John Cheever, dessen erzählerische Kraft mit Hemingway und Faulkner verglichen wurde, ist mit seinem Roman eine packende und unheimliche Satire auf die trivialen Mysterien des Lebens in Suburbia gelungen. Joseph Heller: «Ein verblüffendes, erschütterndes Meisterwerk.»

John Cheever, geboren am 27. Mai 1912 als Sohn eines Kaufmanns in Quincy/Massachusetts, besuchte die Thayer Academy in South Braintree, von der er wegen angeblicher Faulheit und Rauchens relegiert wurde. Er zog nach Boston, wo er sich der literarischen Arbeit widmete. Später war er u. a. als Hochschuldozent tätig. Sein Weg zum Schriftsteller war langwierig und entbehrungsreich; der Durchbruch gelang ihm schließlich mit der Veröffentlichung seiner Short stories, von denen eine Auswahl im Rowohlt Taschenbuch Verlag unter dem Titel «Der Schwimmer» (Nr. 13326) erschienen ist. Der zweiteilige Roman «Die Wapshots» (Nr. 13340) und «Der Wapshot-Skandal» (Nr. 13341) verhalf ihm zu internationalem Ruhm und wurde 1958 mit dem National Book Award ausgezeichnet. 1994 erschienen im Rowohlt Verlag John Cheevers «Tagebücher». Für sein Gesamtwerk erhielt er 1979 den Pulitzer-Preis. John Cheever starb 1982.

John Cheever

Die Bürger von Bullet Park

Roman

Deutsch von Kurt Wagenseil

Rowohlt

Die Originalausgabe erschien bei Alfred A. Knopf, Inc.,
New York, unter dem Titel «Bullet Park»

Robert und Susan Cowley gewidmet

19.–25. Tausend, Februar 1997

Neuausgabe
Veröffentlicht im Rowohlt Taschenbuch Verlag GmbH,
Reinbek bei Hamburg, Mai 1975

Umschlaggestaltung: Walter Hellmann
(Foto: Tony Stone Images, Coneyl Jay)
Satz Aldus (Linotronic 500)
Gesamtherstellung Clausen & Bosse, Leck
Printed in Germany
1290-ISBN 3 499 13357 1

Erster Teil

I Man denke sich eine kleine Bahnstation, zehn Minuten vor dem Dunkelwerden. Jenseits des Bahnsteigs fließt der Wekonsett, dessen Wasser ein düsteres Abendrot widerspiegelt. Die Bauart des Bahnhofs ist seltsam, sie weicht vom üblichen ab: Trübselig, aber unseriös, erinnert die Station eher an eine Pergola, ein Landhäuschen oder einen Gartenpavillon, obgleich die Winter in dieser Gegend lang und kalt sind. Die Lampen auf dem Bahnsteig brennen mit einer fast fühlbaren Traurigkeit. Der Schauplatz trifft in gewisser Weise den Kern der Sache. Heutzutage bevorzugen wir in zunehmendem Maße das Flugzeug, und doch scheint das Charakteristikum unseres Landes die Eisenbahn geblieben zu sein. Man erwacht in einem Pullmanschlafabteil um drei Uhr morgens in einer Stadt, deren Namen man nicht kennt und vielleicht niemals erfahren wird. Ein Mann mit einem Kind auf den Schultern steht auf dem Bahnsteig. Sie verabschieden sich von einem Reisenden, winken ihm zu – aber was hat das Kind mitten in der Nacht hier zu suchen, und warum weint der Mann? Auf einem Nebengleis ist ein erleuchteter Speisewagen abgestellt, in dem ein Kellner allein an einem Tisch sitzt und seine Rechnungen zusammenzählt. Dahinter sieht man einen Wasserturm und noch weiter hinten eine gut beleuchtete, leere Straße. Dies ist dein Land, denkt man beglückt, dein einzigartiges, geheimnisvolles und großes Land. In Flugzeugen, auf Flughäfen und in den Zügen anderer Nationen hat man ein solches Gefühl nicht.

Ein Zug kommt an, ein Fahrgast steigt aus. Er wird von

einem Grundstücksmakler namens Hazzard in Empfang genommen, der besser als sonst jemand das genaue Alter, die Brauchbarkeit, den Wert und die Behaglichkeit der Häuser dieses Vorortes kennt. «Willkommen in Bullet Park! Wir hoffen, es gefällt Ihnen hier so gut, daß Sie einer der Unseren werden.» Mr. Hazzard selbst wohnt zufällig nicht in Bullet Park. Wie es bei konzessionierten Immobilienmaklern üblich ist, sind Schilder mit seinem Namen an die Bäume unbebauter Grundstücke genagelt, aber er wickelt seine Geschäfte in einem kleinen Büro im Nachbarort ab. Der Fremde hat seine Frau vor dem Fernsehschirm des Hotels «Plaza» zurückgelassen. Die Wohnungssuche scheint ihm in einer fast uranfänglichen Form vor sich zu gehen. Die Preise sind derzeit hoch, und nie findet man genau das, was einem vorschwebt. Der abgeblätterte Farbanstrich und die ausrangierten Kleinmöbel früherer Besitzer wirken ebenso lebendig und herausfordernd wie die Kleider und Papiere, die man nach einem Todesfall in der Familie aussortiert. Er weiß, das Haus oder die Wohnung, die er sucht, muß ihm mindestens zweimal im Traum erschienen sein. Wenn er alles hinter sich hat, wenn der Garten bepflanzt ist und die Möbel gestellt sind, dann werden alle Mühen der Suche vergessen sein. Aber an diesem Abend sitzt ihm die Erinnerung an Eisenbahnfahrten und Besichtigungen noch im Blut und kreist durch seine Adern. Die Bewohner von Bullet Park behaupten gern, sie wären nicht einfach dorthin übergesiedelt, sondern hätten sich zu dem Ort hingezogen gefühlt und in ihm Wurzeln geschlagen. Das ist natürlich nicht wahr. Unordnung, Möbelwagen, Bankkredite zu hohem Zinssatz, Tränen und Verzweiflung haben in den meisten Fällen ihre Ankünfte und Abreisen gekennzeichnet.

«Dies ist unser Geschäftszentrum», erklärt Hazzard. «Wir haben alle möglichen Pläne für seine Verbesserung. Da drüben liegt Powder Hill» – er deutet mit einer Kopfbewegung auf einen beleuchteten Hügel zu ihrer Rechten –, «und dort ist ein Haus, das ich Ihnen gern zeigen möchte. Geforderter Preis siebenundfünfzigtausend. Fünf Schlafzimmer, drei Bäder...» Die Lichter von Powder Hill blinken, seine Schornsteine rauchen, und ein rosa Plüschüberzug für einen Toilettendeckel flattert an einer Wäscheleine. Aus unwahrscheinlicher Entfernung mit den Augen eines eifrigen und rachsüchtigen Jugendlichen gesehen, scheint der rosa Plüsch das Siegel, der Lohn, das Adelspatent von Powder Hill zu sein, das Banner, hinter dem – in engen englischen Schuhen – Legionen von ehebrecherischen, Judenhetze betreibenden, versoffenen geistigen Bankrotteuren marschieren. Zum Teufel mit ihnen allen, denkt der Jugendliche, während er über die Golfplätze wandert. Zum Teufel mit den hellen Lichtern, bei denen niemand liest, zum Teufel mit der pausenlosen Musik, die niemand beachtet, zum Teufel mit den Flügeln, auf denen niemand spielen kann, zum Teufel mit den weißen Häusern, die bis zur Dachrinne mit Hypotheken belastet sind – verflucht sollen sie alle sein, weil sie das Meer plündern und die Fische den Nerzen geben, deren Felle sie später tragen. Zum Teufel mit ihren Bücherregalen, auf denen nur ein einziges Buch steht – das Telefonbuch, in rosa Brokat gebunden. Zum Teufel mit ihren Kreditkarten. Verflucht sei ihre Scheinheiligkeit, verflucht ihre Heuchelei, ihre Mißachtung der Wildnis des menschlichen Geistes, verflucht ihre Makellosigkeit, verflucht ihre Geilheit. Und vor allem Fluch über sie, weil sie dem Leben jene Kraft und Farbe, jenen würzigen Geruch und Schwung geraubt haben, die ihm erst Bedeutung verleihen. Heule, heule, heule!

Aber der Jugendliche war, wie Jugendliche es immer sind, in einem Irrtum befangen. Man nehme zum Beispiel Wickwires, an deren weißem Haus (geschätzter Verkaufspreis 65 000 Dollar) Hazzard und der Fremde soeben vorbeifuhren. Hätten die sozialen Verhältnisse von Powder Hill den Jugendlichen zu seiner Feindseligkeit veranlaßt, dann wären die Wickwires eine lohnende Zielscheibe gewesen. Sie besaßen

Charme, sie führten ein glanzvolles Leben, und ihr Terminkalender für gesellschaftliche Verpflichtungen war vom Labour Day, dem ersten Montag im September, bis zum Vierten Juli voll ausgebucht. Sie waren Sozialfürsorger im wahrsten Sinne des Wortes – Zelebranten, die ihren Charme und ihren äußeren Glanz dazu benutzten, die Dinge auf sozialer Ebene in Gang zu halten. Sie waren Leute, die begriffen, daß Cocktailparties und Dinners zur rechten Zeit und am rechten Ort für das Wohlergehen der Gemeinde ebensoviel bedeuteten wie die Wahlversammlung, die Schulkommission und andere Institutionen. Da die Gemeinde so wenig Altäre besaß – vier, um genau zu sein, und keiner davon zur Darbringung von Opfern bestimmt –, schienen die Wickwires als ernste und eifrige Zelebranten einen Opferaltar improvisiert zu haben, auf dem sie buchstäblich etwas von ihrem Fleisch und Blut darbrachten: Dauernd fielen sie die Treppe hinunter, rannten gegen scharfkantige Möbel und fuhren ihre Autos in Gräben. Wenn sie an einer Party teilnahmen, waren sie stets tadellos gekleidet, aber Mrs. Wickwires rechter Arm lag in einer Schlinge, während ihr Mann sich hinkend auf einen Stock mit goldenem Griff stützte und eine dunkle Brille trug. Sie hatte sich den Arm bei einem Sturz verstaucht. Er hatte sich im Winter das Bein gebrochen, und die dunklen Gläser verbargen ein blaues Auge mit den roten und purpurnen Schattierungen eines wolkenverhangenen Spätwintermondes, der von einem ratlosen jungen Menschen angeschmachtet wird. Die glanzvolle Erscheinung der beiden wurde durch ihre Verletzungen nicht beeinträchtigt. Tatsächlich erschienen sie beinahe immer mit einem Arm in der Schlinge, mit einem dicken Verband oder mit einer reichlichen Zurschaustellung von Heftpflaster.

Ihre glanzvolle Erscheinung, ihr Eifer als Zelebranten sind ernst zu nehmen. Das läßt sich am besten nach einem normalen Wochenende beurteilen. Drei Tage lang haben sie außer Haus zu Mittag und zu Abend gegessen, und nun scheint das

Licht des Montagmorgens auf die Schlafenden. Als der Wekker läutet, verwechselt Mr. Wickwire ihn mit dem Telefon. Die Kinder sind im Internat, und er folgert sogleich, daß eines von ihnen krank oder in Schwierigkeiten ist. Dann merkt er, daß es sich um den Wecker, nicht um das Telefon handelt, und stellt die Füße auf den Boden. Er stöhnt. Er flucht. Er steht da. Er kommt sich hohl vor – hohl wie ein Mensch, der erst vor kurzem ausgeweidet wurde und sich noch genau erinnert, was für ein Gefühl es war, voll glitzernder Lichter und sprühenden Lebens zu sein. Mrs. Wickwire wimmert kläglich und bedeckt ihr Gesicht mit einem Kissen. Fest überzeugt, in schrecklicher Weise ausgehöhlt zu sein, geht er über den Korridor und ins Badezimmer. Beim Anblick seines Spiegelbildes schreit er vor Schreck und Abscheu laut auf. Seine Augen sind gerötet, das Gesicht ist von Runzeln gefurcht, das helle Haar sieht aus, als wäre es ungeschickt gefärbt. Eine Sekunde lang besitzt er die seltsame Gabe, sich selbst Angst einjagen zu können. Er taucht rasch sein Gesicht ins Wasser und rasiert sich. Das erschöpft seine Energien, und er geht über die Diele ins Schlafzimmer zurück, sagt, daß er einen späteren Zug nehmen wird, kriecht ins Bett und zieht sich die Decke über den Kopf, um den Morgen auszusperren. Seine Frau wimmert und ächzt. Nach einer Weile verläßt sie das Bett; ihr Nachthemd hat sich über dem hübschen Hinterteil hochgezogen. Im Badezimmer schließt sie die Augen, als sie am Spiegel vorbeigeht. Sie kommt zurück, legt sich wieder ins Bett, bedeckt ihr Gesicht mit einem Kissen, und nun liegen beide laut stöhnend da. Dann wälzt er sich auf ihre Seite des Bettes hinüber, und sie widmen sich einer erschöpfenden Liebesanstrengung, die zwanzig Minuten in Anspruch nimmt und ihnen ein zermürbendes Kopfweh verursacht. Er hat bereits drei Züge versäumt: den Achtuhrelf, den Achtuhrzweiundzwanzig und den Achtuhrdreißig. «Kaffee», murmelt er und steigt abermals aus dem Bett. Er geht hinunter in die Küche. Als er die Küche betritt, stößt er neuerlich einen Schreckensschrei aus, denn er hat die leeren Flaschen auf dem Bord neben dem Spülbecken erspäht.

Sie stehen dort aufgereiht wie die Götter in einem Pantheon der Reue, offenbar in der Absicht, ihn auf die Knie zu zwingen und ein Gebet aus ihm herauszupressen. «Leere Flaschen, o leere Flaschen, höchst barmherzige leere Flaschen, habt Erbarmen mit mir – um Jack Daniels und der Seagram-Destillateure willen.» Die unabänderliche Leere läßt sie grausam und streng aussehen. Ihre Etiketts – Scotch, Gin und Bourbon – haben die Wildheit chinesischer Dämonen, und er ist sicher, daß jeder Versuch, sie mit einem Kniefall zu besänftigen, auf erbarmungslose Ablehnung stoßen würde. Er wirft sie in den Mülleimer, aber damit ist ihre Macht nicht aus der Welt geschafft. Nachdem er Kaffeewasser aufgestellt hat, tastet er sich wie ein Blinder an der Wand entlang in das Schlafzimmer zurück, aus dem die Wehklagen seiner Frau dringen. «Ach, ich wollte, ich wäre tot», jammert sie. «Ich wollte, ich wäre tot.» – «Komm, komm, Liebes», beschwichtigt er sie dumpf, «komm, komm.» Er legt einen sauberen Anzug, ein Hemd, eine Krawatte und Schuhe zurecht, schlüpft dann wieder ins Bett und zieht sich die Decke über den Kopf. Es ist jetzt kurz vor neun, und Sonnenlicht erfüllt den Garten. Sie hören, wie der Schulbus an der Ecke nach dem kleinen Marsden hupt. Die Woche hat ihre prächtige Folge von Tagen begonnen. In der Küche pfeift der Wasserkessel.

Er steigt zum drittenmal aus dem Bett, geht nach unten und gießt den Kaffee auf. Mit zwei gefüllten Tassen erscheint er wieder im Schlafzimmer. Sie kriecht aus dem Bett, wäscht sich das Gesicht, ohne es im Spiegel zu betrachten, und kehrt dann ins Bett zurück. Er zieht seine Unterwäsche an und kehrt dann ebenfalls ins Bett zurück. In der nächsten Stunde stehen sie abwechselnd auf und legen sich wieder hin, gehen hinaus, kommen herein, sind bemüht, sich dem Strom der Dinge anzupassen. Schließlich zieht er sich an und geht, gepeinigt von Schwindelgefühl, Melancholie, Übelkeit und krampfartigen Erektionen, an Bord seines Gethsemane, des Montagmorgenzuges um zehn Uhr achtundvierzig.

Es war nichts Scheinheiliges an diesen Morgenstunden der Wickwires – und damit genug, was den Jugendlichen betrifft.

Der Fremde stellt vielleicht fest, daß der Ort einen sehr ruhigen Eindruck macht. Sie scheinen die Geräusche der Wildnis – Möwen, Eisenbahnzüge, Schmerzens- und Liebesschreie, Knarren, Gehämmer, Schüsse – hinter sich gelassen zu haben. Nicht einmal ein Kind übt Klavier in diesem Bereich desinfizierter Akustik. Sie kommen am Haus der Howestons vorbei (7 Schlafzimmer, 5 Bäder, 65 000 Dollar) und an dem der Welchers (3 Schlafzimmer, 1 ½ Bäder, 31 000 Dollar). Der Wind weht ein paar welke Ulmenblätter, eine Kreditkarte, Kartoffelchips, Rechnungen, Garderobenmarken und Asche vor den Lichtkegel ihres Scheinwerfers. Gibt es wohl Lieder für diesen Ort? fragt sich der Fremde – ja, es gibt welche. Lieder für Kinder und von Kindern gesungen, Lieder, die man beim Kochen, beim Ausziehen oder im Bad singt, triviale Kirchenlieder (Wir werfen unsere Kronen Dir, o Herr, zu Füßen), Madrigale, Volkslieder und ein wenig bodenständige Musik. Mr. Elmsford (6 Schlafzimmer, 3 Bäder, 53 000 Dollar) staubt seinen angelaufenen Psalter ab – ein Instrument, das er nie gemeistert hat – und singt: «Hotchkiss, Yale, eine mittelmäßige Ehe, drei Kinder und dreiundzwanzig Jahre bei der Universal Tuffa Corporation. Ach, warum bin ich so enttäuscht», singt er, «warum scheint mir alles entgangen zu sein?» Die übrigen Gäste verlassen eilends das Lokal, bevor er mit seinem zweiten Vers beginnt, aber er singt weiter. «Warum schmeckt alles nach Asche, warum ist weit und breit kein Glanz, keine Hoffnung zu sehen?» Die Kellner leeren die Aschenbecher aus, der Barkeeper schließt die Flaschen weg, und dann werden die Lichter gelöscht. Mr. Elmsford jedoch läßt unentwegt seine Stimme erschallen. «Hab's versucht, hab's versucht, wollt es machen gut, ach, warum ist mir so traurig und so trüb zumut?» – «Das Lokal ist geschlossen, Mister», bedeutet man ihm, «und Sie sind derjenige, der es geschlossen hat.» Es gibt aber auch bejahende Sänger: «Bullet Park wächst und wächst, Bullet Park wird bleiben, Bullet Park wird Blüten treiben, Jahr um Jahr, immerdar...»

Bevölkerungsstatistiken? Sie waren ohne Bedeutung. Die Scheidungsquote war gering, die Selbstmordziffer ein Geheimnis. Verkehrsunfälle ereigneten sich durchschnittlich zweiundzwanzigmal im Jahr – wegen einer gewundenen Straße, die aussah, als sei sie von einem Kind mit Pastellstift in die Landkarte eingezeichnet worden. Für Zitrusfrüchte waren die Winter zu rauh, aber viel zu mild für die heimische Weißbirke.

Hazzard brachte seinen Wagen vor einem weißen Haus mit erleuchteten Fenstern zum Stehen. «Dies ist das Grundstück, das ich Ihnen anbieten möchte», erklärte er. «Hoffentlich ist die Eigentümerin nicht da. Sie versteht es nicht sehr gut, mit Interessenten zu verhandeln. Sie hat gesagt, daß sie ausgehen würde.» Aber auf sein Läuten öffnete Mrs. Heathcup selbst die Tür. Wie sich herausstellte, wollte sie tatsächlich ausgehen, war jedoch ein wenig in Verzug geraten. Die untersetzte Frau trug das weiße, gelbstichige Haar in einem Knoten und war mit einem Bademantel bekleidet. Einer ihrer seidenen Pantoffeln war mit einer Stoffrose besetzt, der andere nicht. «Gewiß, Sie können sich's gern ansehen», sagte sie mit lauter, heiserer Stimme. «Ich hoffe, es gefällt Ihnen so gut, daß Sie's kaufen. Allmählich habe ich es satt, daß die Leute mir Schmutz hereintragen und sich dann für ein anderes Objekt entscheiden. Das Haus ist wirklich hübsch und noch dazu in bester Ordnung – das können Sie mir glauben. Wissen Sie, es gibt welche hier in der Gegend, die sich nicht geniert haben, Häuser mit defekten elektrischen Anlagen, notdürftig ausgebesserten Senkgruben, veralteter Installation und schadhaften Dächern zu verkaufen. So was finden Sie hier nicht. Bevor mein lieber Mann von mir ging, hat er dafür gesorgt, daß alles bestens in Schuß war, und wenn ich verkaufen will, dann nur, weil ich hier nichts mehr verloren habe, seit er verschieden ist. Nichts, gar nichts. Ein Ort wie dieser ist nicht das richtige für eine alleinstehende Frau. Hier herrscht eine regelrechte Sippenwirtschaft, sage ich Ihnen. Witwen, geschiedene Frauen und Junggesellen werden von den Sippenältesten glatt boykottiert. Mein Verkaufspreis ist siebenundfünfzigtausend. Das ist ein endgültiger Preis, von dem ich mir nichts abhandeln lasse. Zwanzigtausend haben wir in das Haus hineingesteckt, und mein Mann hat es bis zu seinem Hinscheiden jedes Jahr neu gestrichen. Im Januar kam immer die Küche an die Reihe. Samstags, sonntags und in den Nächten, heißt das. Danach nahm er sich die Diele, das Wohnzimmer und die Schlafzimmer vor, und im Januar des nächsten Jahres fing er dann wieder mit der Küche an. Unmittelbar bevor er verschied, hat er noch das Eßzimmer gestrichen. Ich war gerade oben. Wenn ich sage, er ist verschieden, dann meine ich damit nicht, daß er im Schlaf gestorben ist. Während er im Eßzimmer pinselte, hörte ich ihn mit sich selber reden. ‹Ich halte es nicht mehr aus›, sagte er. Was das bedeuten sollte, weiß ich bis zum heutigen Tag nicht. Dann ging er in den Garten und erschoß sich. Damals merkte ich, was für Nachbarn ich hatte. Sie können auf der ganzen Welt suchen, aber nirgends werden Sie Nachbarn finden, die so hilfsbereit und aufmerksam sind wie die Leute in Bullet Park. Sobald sie von dem Hinscheiden meines Mannes hörten, kamen sie, um mich zu trösten. Es müssen ihrer zehn oder zwölf gewesen sein, wir tranken etwas, und sie waren alle so rührend nett, daß ich fast vergaß, was geschehen war. Ich meine, man hatte gar nicht das Gefühl, es sei etwas geschehen. So, dies ist das Wohnzimmer. Fünf Meter fünfzig mal neun fünfzig. Wir hatten hier schon fünfzig Gäste zum Cocktail, aber es macht nie einen überfüllten Eindruck. Den Teppich würde ich Ihnen für die Hälfte des Preises überlassen, den ich selber dafür bezahlt habe. Reine Wolle. Wenn Ihre Frau auf die Vorhänge reflektiert, können wir uns bestimmt einigen. Haben Sie eine Tochter? Diese Diele eignet sich großartig für eine Hochzeit. Ich meine, wenn die Braut von der Treppe her den Brautjungfern ihren Strauß zuwirft. Und jetzt das Eßzimmer...»

Der Eßtisch war für zwölf Personen gedeckt, mit Suppentellern, Weingläsern, Leuchtern und Wachsblumen. «Bei mir ist der Tisch immer gedeckt», erklärte Mrs. Heathcup. «Ich habe zwar seit Monaten keine Gäste mehr gehabt, aber mein Mann konnte es nicht ausstehen, einen leeren Tisch zu sehen, und deshalb lasse ich ihn immer gedeckt – gewissermaßen zur Erinnerung. Ein leerer Tisch deprimierte ihn. Ein- oder zweimal in der Woche wechsle ich das Geschirr... Wir haben vier Kirchen im Ort. Wahrscheinlich ist Ihnen der Gorey Brook Country Club ein Begriff. Da gibt es einen sehr guten, von Pete Ellison entworfenen Golfplatz mit achtzehn Löchern, vier regenfeste Tennisplätze und ein Schwimmbecken. Ich hoffe, Sie sind Nichtjude. In dieser Beziehung sind sie nämlich sehr streng. Ich selbst habe kein Schwimmbecken, und das ist, wie ich zugeben muß, ein gewisses Manko. Wenn Leute nämlich anfangen, über Chemikalien fürs Schwimmbecken und so weiter zu sprechen, ist unsereins von der Unterhaltung ausgeschlossen. Ich habe mir einen Kostenvoranschlag machen lassen. Für achttausend können Sie sich hinten im Garten eines anlegen. Die Instandhaltung kommt auf ungefähr fünfundzwanzig Dollar pro Woche, für das Füllen und Entleeren werden hundert berechnet. Die Nachbarn sind, wie ich schon sagte, ganz reizende Leute, wenn man sie erst mal richtig kennt. Harry Plutarch zum Beispiel, der drüben auf der anderen Straßenseite wohnt, wird einem Fremden, der nichts von der ganzen Geschichte weiß, vielleicht ein bißchen absonderlich vorkommen. Seine Frau ist mit Howie Jones durchgebrannt. Eines Morgens bestellte sie einen Möbelwagen und nahm alles mit außer einem Stuhl, einem Einzelbett und dem Papagei im Käfig. Als Harry von der Arbeit kam, fand er ein leeres Haus vor, und seitdem begnügt er sich mit einem Stuhl, einem Bett und einem Papagei. Hier ist eine Nummer der Abendzeitung. Daraus können Sie vielleicht ersehen, wie es hier bei uns zugeht...»

Während Mrs. Heathcup die Wasserspülung der Toiletten vorführte, Türen öffnete und schloß, ließ bei dem Fremden – sein Name war Hammer – das Interesse an ihrem Heim in zunehmendem Maße nach und machte einer gewissen Melancholie Platz. Aber das tragische und hell erleuchtete Haus war geräumig und brauchbar, und was den Geist des armen Heathcup betraf – nun ja, jedes Haus hat seinen Geist, und man wohnt trotzdem darin. «Ich glaube, wir werden es nehmen», sagte er. «Morgen komme ich mit meiner Frau her, und dann soll sie entscheiden.»

Hazzard fuhr ihn zum Bahnhof zurück und verabschiedete sich von ihm. Wartesäle in Vororten werden nicht instand gehalten, und dieser war obendrein geplündert worden. Zerbrochene Fensterscheiben ließen den Nachtwind herein. Das Zifferblatt der Uhr war zertrümmert, die Zeiger fehlten. Vor vielen Jahren hatte ein Architekt das Gebäude entworfen und dabei Verständnis für das erotische und romantische Wesen des Reisens bewiesen, aber alle seine Einfälle waren abmontiert oder entstellt worden, so daß sich Hammer wie in einer vom Krieg hinterlassenen Ruine vorkam. Er schlug die Zeitung auf und las: «Der Lithgow Club hielt am Donnerstagabend sein Jahresfestessen im Restaurant ‹Harvey› ab. Das Programm begann mit einer Parade der Liebchen, wie die Frauen der Mitglieder genannt werden. Als nächstes folgte ein Hula-Hula-Tanz, dargeboten von Mrs. Leonard A. Atkinson, deren Gatte sie auf der Hawaiigitarre begleitete.

Siebzehn Debütantinnen wurden im Gorey Brook Country Club in die Gesellschaft eingeführt...

Mr. Lewis Harwich erlitt in der letzten Nacht tödliche Verbrennungen, als während einer Barbecue-Party im Garten seines Hauses in Redburn Circle 23 ein Behälter mit

Kohlenanzündern explodierte und seine Kleidung in Brand setzte...

Die Schulsteuern sollen erhöht werden.»

Hammer nahm den Zug um sieben Uhr vierzehn.

II Heilige Kommunion am Sonntag Sexagesima. Während Nailles seine Gebete sprach, hörte er das Zirpen einer Grille im Altarraum und ein blechernes Getrommel von den Dachrinnen. Für ihn war der Kirchenkalender viel enger mit dem Wetter verbunden als mit den Offenbarungen und den Geboten des Evangeliums. Der heilige Paulus bedeutet Schneestürme, der heilige Matthäus Tauwetter. Bei der Hochzeit zu Kana und der Heilung des Aussätzigen ist die Ölheizung noch in Betrieb, obgleich die Lüftungsklappen in den Buntglasfenstern manchmal bereits der rauhen Frühlingsluft geöffnet sind. Meide die Unzucht! Lerne, deine Frau in Ehrbarkeit zu besitzen! Jesus bricht von der Küste von Tyros und Sidon auf, wenn die Skisaison zu Ende geht. Bei der Kreuzigung steht ein Schlitten verloren in einem Blumenbeet, seine Leine ringelt sich zwischen den frühen Veilchen. Die Forellengewässer werden zum Fest der Auferstehung befischbar. Die karmesinroten Gewänder zu Pfingsten und das Wunder der Ausgießung des Heiligen Geistes bedeuten Schwimmen. Der heilige Jakobus und die Offenbarung fallen auf die ersten warmen Sommertage, wenn der Kletterrosenduft durch die offenen Fenster dringt und gelegentlich eine Biene, die sich verirrt hat, summend ins Gotteshaus hereinfliegt und summend wieder verschwindet. Das Trinitatisfest versetzt einen in den Sommer, in die Hundstage, in die Zeit der Dürre, und das Gleichnis vom Barmherzigen Samariter wird verkündet, wenn die Jahreszeit wechselt und die sanften Geräusche des nächtlichen Gartens eisenhart werden. Das Fleisch gelüstet wider den Geist beim Rauch von Laubfeuern, ebenso die Auferweckung der Toten. Dann ist man wieder beim Andreastag angelangt und bei dem Schnee des Advents.

Nailles' geteilte Aufmerksamkeit während des Gottesdienstes ging auf seine Jugend zurück, als er die meiste Zeit in der Kirche damit verbracht hatte, die Formen zu betrachten, die sich in der Eichenholzmaserung des Kirchengestühls abzeichneten. Bei bestimmter Beleuchtung und Gemütsverfassung schienen sie deutlich erkennbar. In der dritten Reihe rechts, neben dem Taufbecken, war ein Angriff mongolischer Reiter zu sehen. In der Reihe davor schien ein großer See oder sonstein Gewässer zu sein, mit einem Leuchtturm auf einer Halbinsel. In dem Kirchengestühl jenseits des Seitenschiffes fand ein bewaffneter Zusammenstoß statt, und in der Reihe davor weidete offenbar eine Viehherde. Dieser Mangel an Konzentration bedrückte Nailles keineswegs. Er erwartete nicht, sich beim Betreten der Kirche von allem Fleischlichen und von seiner Erinnerung zu lösen. Seine Interessen in der Kirche blieben zumindest teilweise sachlich, und an diesem Wintermorgen bemerkte er, daß sich Mrs. Trencham auf ihre besondere Art als wetteifernde Kirchgängerin aufspielte. Mrs. Trencham war erst vor kurzem übergetreten – sie hatte bisher zu den Unitariern gehört –, und sie war mehr als stolz auf ihre rasche Auffassungsgabe, wenn es um Responsorien und Kniefälle ging. Sie war kampflustig. Kaum erklang die Stimme des Priesters im Vestarium, da war sie schon auf den Beinen und schmetterte mit feierlicher und volltönender Stimme ihre «Amen» und ihre «Erbarme dich unser», wobei sie der übrigen Gemeinde stets weit voraus war, als sei dies eine Art kirchlicher Wettlauf. Ihre Verneigungen waren tief und graziös, ihr Kredo und ihr Sündenbekenntnis stimmten auf den Buchstaben genau, ihr «Lamm Gottes» war gefühlvoll, und wenn irgend jemand ihr Konkurrenz machte, wie es gelegentlich der Fall war, bekreuzigte sie sich ein paarmal mehr, um damit ihre überlegene Frömmigkeit zu beweisen. Mrs. Trencham blieb immer Siegerin.

Auf dem Altar mit der purpurroten Decke standen Chrysanthemen. Es brannten nur zwei Kerzen, die das Fleisch und den Geist versinnbildlichten. Charlie Stuart kam herein und setzte sich in die vorderste Reihe. Sein Aussehen verblüffte Nailles. Der Anzug schlotterte ihm um den Leib. Charlie mußte abgenommen haben – wieviel wohl? Vierzig Pfund? Fünfzig Pfund? Das überaus weite Jackett ließ ihn erschrekkend klapprig und verfallen erscheinen. Krebs? fragte sich Nailles. Aber ihre Frauen waren gut befreundet, und wenn es Krebs gewesen wäre, dann hätte er davon gehört. Wahrheiten und Gerüchte über Krebs flogen so ungehemmt wie der Wind durch die Nachbarschaft. Der Anblick seines offensichtlich schwer heimgesuchten Freundes zwang ihm düstere Gedanken über die Rätselhaftigkeit von Siechtum und Tod auf. Die Todesgedanken brachten ihn auf die Tatsache, daß Charlies Vater vor einem halben Jahr bei einem Flugzeugunglück in Südamerika ums Leben gekommen war, und dies wiederum brachte ihn zu der tröstlichen Schlußfolgerung, daß Charlie die Anzüge seines Vaters auftrug. Wie einfach alles war! Dieser Triumph des Praktischen über den Tod erheiterte ihn sehr. Dann kamen die Fremden herein.

Die kleine Schar von Männern und Frauen, die an der heiligen Kommunion teilnahmen, waren Nailles alle wohlbekannt. Neue Kommunikanten tauchten selten auf, und so war seine Neugier berechtigt. Die beiden mochten in den Vierzigern sein – die Haare des Mannes waren noch braun –, und sie wirkten wie ein Symbol der heterosexuellen Einehe. Die Frau beugte tief das Knie, machte in Wahrheit einen Knicks. Der Mann grüßte das Kreuz mit einer steifen Verbeugung. Als beim Kredo die Jungfrau Maria erwähnt wurde, sank sie wieder in die Knie, während er stehen blieb. Sie mußte einmal sehr hübsch gewesen sein und würde wahrscheinlich nie die Überlegenheit einbüßen, die dieser Glücksfall ihr verliehen hatte, als sie noch jünger war. Sein Gesicht war unbedeutend, anständig und freundlich. Ohne den freundlichen Ausdruck hätte es vielleicht banal ausgesehen. Beide sprachen die Responsorien mit klarer Stimme.

In ihrer Anmut und Lieblichkeit, dachte Nailles, gehört sie zu jenen Frauen, die sich in dem außergewöhnlichen und visionären Stand der heiligen Ehe zu sonnen scheinen. Kummer und Sorgen haben kein einziges Fältchen auf ihrem Gesicht hinterlassen. Sie wird in allen ihren Rollen brillieren – eifrig, klug, verständig, liebevoll. Es ist, als wäre die Ehe für Frauen wie sie erfunden worden. Ja, sie und ihresgleichen hätten sogar bei der Erfindung der Ehe die Hand im Spiel haben können. Was den Mann betraf, so hätte ein weniger wohlwollender Kritiker, als Nailles es war, in ihm einen jener Menschen gesehen, bei denen man auf dem Gipfel ihrer Vollendung entdeckt, daß sie von den ihnen anvertrauten Geldern zwei Millionen Dollar veruntreut haben, um die Befriedigung ihrer ungezügelten und unnatürlichen sexuellen Triebe und die damit verbundene Erpressung zu finanzieren. Derselbe Kritiker hätte die Frau als gelangweilt und rachsüchtig bezeichnet, als eine heimliche Sherrytrinkerin, die nachts davon träumt, in einem Männerharem wilde Orgien zu feiern. Aber in Nailles' Augen waren die beiden an diesem regnerischen Morgen unangreifbar. Ihre Ehe, Leidenschaft und Intelligenz waren echt. Ihr Leben würde nicht frei von Gefahren sein, aber sie würden ihren Enttäuschungen und ihren Erfolgen mit einem unveränderlichen Einsatz von gesundem Menschenverstand begegnen.

Nachdem der Friede Gottes, der höher ist als alle Vernunft, auf die Gemeinde herabgefleht worden war, verließ der Priester den Altar und murmelte vom Vestarium aus ein Gebet. Für Nailles hatte dieses Gemurmel eine organische Altertümlichkeit; die Laute drangen wie das Plätschern einer sich brechenden Welle an sein Ohr. Der Mesner löschte die Lichter des Fleisches und des Geistes aus. Nailles erhob sich und ging hinter den Fremden das Kirchenschiff entlang.

«Wir heißen Hammer», sagte der Fremde zu dem Priester.

Nailles fand das nicht komisch, denn er ahnte, wie komisch es fast jeder andere in Bullet Park finden würde. Im Klang waren ja der Name Nailles und das Wort nails nicht zu unterscheiden, und so würden sie Hunderte, vielleicht sogar Tausende von Cocktailparties als Hammer und Nagel miteinander durchleben müssen. Nailles behauptete, kein abergläubischer Mensch zu sein, aber er glaubte fest an die geheimnisvolle Macht der Namengebung. So war er beispielsweise überzeugt, bei Ehepaaren, die John und Mary hießen, sei eine Scheidung undenkbar. Ob in guten oder in schlechten Tagen, im Wahnsinn oder bei vollem Verstand, sie schienen durch die Schlichtheit ihrer Namen auf immer und ewig verbunden. Sie mochten einander hassen und verachten, mochten streiten, weinen und sich gegenseitig zu Krüppeln schlagen, doch es stand ihnen nicht frei, die Scheidung zu begehren. Hinz und Kunz hatten die Möglichkeit, jederzeit nach Reno zu gehen, aber nur der Tod konnte John und Mary scheiden. Und wieviel schlimmer war es um Hammer und Nagel bestellt.

«Willkommen in der Kirche Christi», rief der Geistliche. «Willkommen in Bullet Park. Pater Frisbee hat Sie mir bereits angekündigt.» Pater Frisbee war vermutlich nicht auf die finanzielle Lage der Hammers eingegangen, aber Pater Ransome schätzte ihren Kirchenbeitrag nach einem raschen Blick auf mindestens fünfhundert im Jahr – obwohl er in diesem Punkt schon viele Enttäuschungen erlebt hatte. Die Follansbees zum Beispiel hielten Reitpferde und fuhren jeden Sommer nach Europa, aber wenn sie in die Kirche kamen, legten sie einen Dollar auf den Sammelteller und ließen es dabei bewenden. Obendrein beantragten sie höchstwahrscheinlich Steuerbefreiung für einen Beitrag von tausend Dollar. Man lernt eben nie aus. «Mr. und Mrs. Hammer», sagte er, «ich möchte Sie mit Ihrem Nachbarn Mr. Nailles bekannt machen.» Er lachte.

Der Blick, den sie wechselten, war äußerst neugierig und in gewisser Weise feindselig. Auch der Fremde schien die unerfreuliche Verbindung zu ahnen, in die ihre Namen zwangsläufig gebracht werden würden. Nailles, der Genealogie, Wappenkunde, müßiges Herumschnüffeln in der Eleganz früherer Zeiten verabscheute, sprach aus einem Gefühlskonflikt heraus, als er sagte: «Ursprünglich hießen wir de Noailles.»

«Ich habe mich nie um die Geschichte unseres Namens gekümmert», versetzte der Fremde. Er hätte es unfreundlich meinen können. Dann nahm er den Arm seiner Frau und verließ mit ihr die Kirche.

«Sagen Sie mal», wandte sich der Geistliche an Nailles, «wie steht's eigentlich mit Tony und dem Konfirmandenunterricht?»

«Er spielt Basketball für die Uni», antwortete Nailles ziemlich laut. Die Hammers waren noch in Hörweite. «Er ist als einziger aus seiner Klasse bei der Universitätsmannschaft, und ich möchte ihm nicht zumuten, daß er es aufgibt.»

«Na schön», sagte Pater Ransome, «der Bischof kommt ja im Frühjahr wieder. Ich fürchte nur, daß Tony dann Baseball spielen wird.»

«Da könnten Sie recht haben», erwiderte Nailles und verabschiedete sich. Sein Platz wurde von Mrs. Trencham eingenommen, die einen Knicks andeutete und wahrscheinlich den Ring des Geistlichen geküßt hätte, wenn seine Finger nicht bar jeden Schmuckes gewesen wären.

Als Nailles von der Kirche wegfuhr, stellte er den Scheibenwischer an, obwohl es nicht mehr regnete. Er tat das, weil (zu der Zeit, von der ich schreibe) die Gesellschaft so automatisiert und unstet geworden war, daß nomadische Signale oder Kommunikationsmittel eingeführt worden waren, und zwar bediente man sich dabei der Scheinwerfer und der Scheibenwischer. Die Abendzeitung berichtete über die fraglichen

Probleme und nannte die entsprechenden Signale. Hängt den Kindermörder! (Scheinwerfer voll aufgeblendet.) Setzt die staatliche Einkommensteuer herab! (Standlicht.) Schafft die Geheimpolizei ab (Notsignal.) Der Bischof der Diözese hatte vorgeschlagen, daß die Kirchgänger ihre Scheibenwischer anstellen sollten, um ihren Glauben an die Auferstehung der Toten und das Weiterleben in der kommenden Welt zu bekunden. Nailles fuhr jetzt durch die Gegend, in der die Häuser auf Grundstücken von einem oder einem halben Morgen standen. Sämtliche Häuser waren weiß. Sein eigenes lag am Westrand der Stadt. Er hatte drei Morgen. Vor seinem Grundstück war ein Schild aufgestellt, das besagte: «Schuttabladen verboten! 50 Dollar Strafe. Zuwiderhandelnde werden strafrechtlich verfolgt.» Um die Tafel herum waren ein ausgeschlachtetes Auto, drei unbrauchbare Fernsehgeräte und eine verschmutzte Matratze gruppiert. Die Nachtbevölkerung von Bullet Park war dünn gesät, aber ihre unerforschlichsten und geheimnisvollsten Mitglieder waren das Gegenteil von Müllabholern, nämlich Müllablader. Vier- oder fünfmal im Jahr fand Nailles auf seinem Grundstück eine Sammlung von defekten Kühlschränken und Fernsehapparaten, von nicht mehr identifizierbaren Autowracks, und immer waren auch ein paar zerschlissene, obszön von menschlichem Gebrauch besudelte Matratzen dabei. Diese Matratzen waren sozusagen allgegenwärtig. Im Rathaus hatte man ihm erklärt, daß die Kosten einer ordnungsgemäßen Beseitigung von Sperrmüll den Schrottwert des Abfalls überstiegen. Viele Leute fanden es daher billiger und einfacher, aus der Stadt nach Bullet Park hinauszufahren und dort ihre ausrangierten Gebrauchsgegenstände abzuladen, als sie von den zuständigen Unternehmen wegschaffen zu lassen. Keiner dieser Gesetzesübertreter wurde jemals auf frischer Tat ertappt und strafrechtlich verfolgt. Für Nailles war das Problem lediglich gefühlsmäßiger Natur – Nellie brauchte ja nur im Rathaus anzurufen, und dann würde ein

Lastwagen das Gerümpel am Morgen abholen –, aber der Ärger, sein Grundstück verschandelt zu sehen, seine Betrübnis und sein Unbehagen über das, was dieser intime und häusliche Unrat offenbarte, setzten ihm stark zu.

Nailles' (weißes) Haus war einer dieser geradlinigen Bauten im holländischen Kolonialstil mit zwei Säulen an der Eingangstür und einem so konventionellen Grundriß, daß man, wenn man in der Diele mit ihrer gewundenen Treppe stand, ohne weiteres erraten konnte, wo jedes Möbelstück und fast jedes Haushaltgerät seinen Platz hatte – angefangen bei dem Doppelbett in dem nach Nordosten gelegenen Schlafzimmer bis zu dem Flaschenregal im Anrichteraum und der Waschmaschine im Keller. Nailles wurde in der Diele von einer alten roten Setterhündin namens Tessie begrüßt, die er selbst abgerichtet hatte und mit der er seit zwölf Jahren auf die Jagd ging. Tessie hörte nicht mehr gut; sooft eine Tür zugeschlagen wurde, hielt sie den Knall für einen Schuß und trottete hinaus auf den Rasen, bereit, einen Vogel oder ein Kaninchen zu apportieren. Tessies Schnauze, ihr Schamhaar und die Haare an ihren Pfoten waren weiß geworden, und das Treppensteigen fiel ihr schwer. Abends, wenn Nailles mit Tessie nach oben ging, half er ihr von hinten nach. Manchmal schrie sie vor Schmerz auf. Die Schreie klangen mitleiderregend und greisenhaft; es waren die einzigen (oder ersten) derartigen Schreie, die man je in dem Haus der Familie Nailles gehört hatte. Nailles sprach zu der alten Hündin mit einer Vertraulichkeit, die närrisch hätte erscheinen können. Er wünschte ihr guten Morgen und erkundigte sich, wie sie geschlafen habe. Wenn er an das Barometer klopfte und zum Himmel hinaufschaute, fragte er nach ihrer Meinung über das Wetter. Er lud sie zu einem Stück Toast ein, berichtete ihr über den Leitartikel in der «Times» und forderte sie, bevor er zum Bahnhof ging, wie ein freundlicher Schulleiter auf, einen recht schönen Tag zu verleben. Wenn er abends zurückkam, gab er ihr Crackers oder Erdnüsse, während er die

Cocktails mixte, und häufig zündete er das Holzfeuer im Kamin mehr um ihrer Behaglichkeit willen als aus sonst einem Grund an. Er hatte beschlossen, wenn es Zeit sei, daß man sie töten müßte, werde er mit ihr hinter den Rosengarten gehen und sie selbst erschießen. Mit zunehmendem Alter hatte sie zwei auch sonst weit verbreitete Ängste entwickelt: Sie fürchtete sich vor Höhen und vor Gewittern. Sobald der erste Donnerschlag ertönte, lief sie zu Nailles und blieb an seiner Seite, bis das Unwetter sich endgültig in eine andere Gegend verzogen hatte. Nailles nahm sie im Herbst noch mit auf die Jagd.

Nellie war in der Küche. Sie briet Speck, und er küßte und umarmte sie leidenschaftlich. Nailles liebte Nellie. Wenn irgend etwas sein ureigenes Schicksal war, dann seine Liebe zu Nellie. Sollte sie vor ihm sterben, so würde er sich vielleicht in die Flammen ihres Scheiterhaufens stürzen, um mit ihr zu verbrennen – auf den Gedanken, daß Nellie sterben könnte, war er allerdings noch nie verfallen. Er hielt sie für unsterblich. Die Intensität seiner Monogamie, die Unbedingtheit seines Glaubens an die Heiligkeit der Ehe wurde von erstaunlich vielen Leuten für morbid, anormal und pervers gehalten. Im Lauf der Zeit hätte er so manche Frau haben können, aber wenn eine Geschiedene, eine Witwe oder eine abenteuerlustige Hausfrau ihn feurig attackierte, nahm sein männliches Glied eine peinlich desinteressierte Haltung an. Man konnte glauben, es rufe ihn heim. Es war eben ein häusliches Organ mit einer Liebe zu Hausmannskost, Kaminfeuern und Nellies Schenkeln. Wie gern hätte er ein Gedicht auf Nellies Schenkel gemacht! Der Gedanke war ihm gekommen, nur fehlte ihm leider das Talent. Er wäre wirklich froh gewesen, seiner geistigen und fleischlichen Liebe einen Denkstein setzen zu können. Die Landschaften, die er erblickte, wenn er ihr Nachthemd hochhob, machten ihn schwindlig. Was für eine Schönheit – was für eine unglaubliche Schönheit! Hier war der Schlußstein für seine Liebe zur sichtbaren Welt.

Sie frühstückten im Eßzimmer. Nailles ging in die Diele und rief die Treppe hinauf: «He, Tony, Frühstück ist fertig!»

«Der Junge ist doch nicht da, Liebster», sagte Nellie. «Er ist bei den Pendletons. Du hast ihn ja selbst auf dem Weg zur Kirche hingefahren.»

«Ach, richtig.» Nailles war ein wenig verwirrt. Er konnte einfach nicht begreifen, daß es dem Jungen freistand, sich jederzeit aus seinem Haus, seinem Bereich und seiner Zuneigung zu entfernen. Auch wenn er wußte, daß Tony fort war, daß er selbst ihn zum Flughafen gefahren und in eine Maschine gesetzt hatte, lief er zu Hause gleich in den Garten und suchte ihn. Die Liebe, die Nailles für seine Frau und seinen einzigen Sohn empfand, war wie ein unbegrenzter Strom klaren Bernsteins, eine Flüssigkeit, die sie umhüllen, bedecken, bewahren und isolieren, aber doch sichtbar wie den Inhalt eines Aspiks lassen sollte.

An ihrem Frühstückstisch sitzend, schienen Nailles und Nellie weniger Ausstrahlung zu haben als die Figuren der Comic strips – aber warum war das so? Sie besaßen doch erotische Tiefen, hatten gemeinsame Quellen, Erinnerungen, Träume und Anwandlungen von Melancholie und Begeisterung. Nailles seufzte. Er dachte an seine Mutter. Sie hatte vor vier Monaten einen Schlaganfall erlitten und seither das Bewußtsein nicht wiedererlangt. Jetzt lag sie in einer Privatklinik im Westend der Siedlung. Nailles besuchte sie jeden Sonntag, und er erinnerte sich voller Unbehagen an seinen Besuch vor einer Woche.

Die Privatklinik war eine jener großen Anstalten, die bei Bestattungsinstituten so beliebt sind und die durch das Verschwinden der dienenden Klasse ein wenig verkommen wirken. Im Vestibül gab es einen Kristallüster und einen Marmorfußboden, aber das Mobiliar schien aus einer alten Veranda zu stammen, und die Blumen auf dem Tisch waren aus Wachs. Der Direktor war ein Schwede und zweifellos ein wohlhabender Schwede, denn der niedrigste Pflegesatz belief sich auf hundertfünfzig Dollar in der Woche. Aber für Kleidung gab er sein Geld gewiß nicht aus. Seine Hose glänzte speckig, und er trug eine sackartige braune Baumwolljacke. Er sprach ohne Akzent, jedoch in dem gemütlich singenden Tonfall der Skandinavier. «Dr. Powers war gestern hier und konnte keine Veränderungen feststellen», sang er. «Der Blutdruck unserer Patientin beträgt hundertundzweiundsiebzig. Das Herz ist angegriffen, aber noch sehr stark. Sie bekommt sechsmal täglich zweiundzwanzig Kubikzentimeter PLM, außerdem die üblichen Antikoagulationsmittel.» Der Direktor war kein Mediziner, doch er erteilte die medizinischen Auskünfte, die er sich mühsam eingeprägt hatte, ebenso bravourös, wie ein Rekrut mit militärischen Fachausdrücken um sich wirft. «Der Friseur kam am Mittwoch, aber ich erlaubte ihm nicht, ihr Haar zu tönen. Sie hatten mich ja darum gebeten.»

«Meine Mutter hat sich das Haar nie färben lassen», erklärte Nailles.

«Ja, ich weiß», sagte der Direktor, «aber die meisten meiner Kunden möchten, daß ihre Angehörigen gut aussehen. Ich nenne sie meine Puppen», fügte er mit echter Zärtlichkeit hinzu. «Sie sehen wie Menschen aus und sind in Wirklichkeit keine.» Nailles überlegte kurz, ob der Direktor als Kind mit Puppen gespielt hatte. Wie wäre er sonst gerade auf diesen Vergleich gekommen? «Wir ziehen sie an. Ziehen sie aus. Richten ihnen die Haare. Wir sprechen zu ihnen, aber sie können natürlich nicht antworten. Für mich sind sie meine Puppen.»

«Könnte ich sie wohl sehen?» fragte Nailles.

«Selbstverständlich.»

Der Direktor führte ihn die Marmortreppe hinauf und in das Zimmer seiner Mutter. Der kleine Raum mit nur einem Fenster wäre ein Kinderschlafzimmer gewesen, hätte das Haus eine Familie beherbergt. «Vorigen Donnerstag hat sie gesprochen», berichtete der Direktor. «Die Pflegerin gab ihr zu essen, und da sagte sie: ‹Ich wohne in einem Fuchsbau.› Natürlich sprach sie undeutlich. Ich lasse Sie jetzt allein.» Er schloß die Tür, und Nailles flüsterte: «Mutter, Mutter...»

Ihr weißes Haar war dünn. In einem Wasserglas auf dem Nachttisch lag ihr Gebiß. Sie atmete kaum merklich und bewegte die linke Hand auf der Decke. Nailles hatte sich bei dem Arzt dafür eingesetzt, daß man sie, wie er es ausdrückte, friedlich sterben lasse, aber der Arzt hatte gesagt, er sei verpflichtet, das Leben zu erhalten. So regungslos und unbeteiligt diese ausgemergelte Gestalt auch dalag, für Nailles stellte sie noch immer eine riesige gefühlsbedingte Macht dar. Sie war in jeder Beziehung ohne Tadel gewesen – gütig, anständig und liebevoll –, und daß sie so grausam heimgesucht worden war und so lange auf den erlösenden Tod warten mußte, ließ Nailles zweifeln, ob es so etwas wie Gerechtigkeit gab. Seiner Meinung nach hätte sie für ihre Vortrefflichkeit mit einem sanften Tod belohnt werden müssen. Er nahm den Todessold der Sünde ganz wörtlich. Die Bösen waren krank, die Guten gesund, obwohl die Bewußtlosigkeit der Mutter diese Ansichten zu denen eines Einfaltspinsels stempelte. Ihre Hand bewegte sich, und erst jetzt fiel ihm auf, daß sie ihre Brillantringe trug. Eine Pflegerin hatte sie ihr wohl beim Spiel mit der Puppe über die Finger gestreift. «Mutter», fragte er, «Mutter, kann ich irgendwas für dich tun? Möchtest du, daß Tony dich besucht? Möchtest du Nellie sehen?» Er sprach zu sich selber.

Dann dachte er an seinen Vater. Der alte Mann war ein Meisterschütze, ein erfolgreicher Angler, ein starker Trinker und die Seele seines Klubs gewesen. Nailles erinnerte sich an seine ersten Semesterferien, als er einen Studienfreund mit nach Hause gebracht hatte. Er bewunderte den Jungen und stellte ihn am Bahnhof voller Stolz seinem Vater vor. Aber der alte Mann musterte den Fremden von oben bis unten mit einem Blick verächtlicher Ablehnung und schüttelte unverhohlen den Kopf über den entsetzlich schlechten Geschmack, den sein Sohn bei der Wahl dieses Begleiters bewiesen hatte.

Sie gingen nicht zum Essen nach Hause, wie Nailles gedacht hatte, sondern der Vater führte sie in ein Restaurant, wo eine Musikkapelle zum Tanz aufspielte. Der Alte bestellte das Essen, und Nailles merkte ihm an, daß er sehr betrunken war. Er scherzte mit der Kellnerin, kniff sie ins Hinterteil und stieß ein Glas Wasser um. Als die Kapelle *I'm forever blowing Bubbles* zu spielen begann, stand er auf, bahnte sich einen Weg durch die Tanzenden, nahm dem Kapellmeister den Taktstock aus der Hand und dirigierte die Musiker. Alle im Saal amüsierten sich, nur Nailles hätte liebend gern eine Pistole gehabt, um seinem Vater in den Rücken zu schießen.

Der alte Mann schüttelte den weißhaarigen Kopf, bewegte sich lebhaft, ließ fortissimo und pianissimo spielen und imitierte sehr witzig einen Orchesterdirigenten. Es war eine seiner erfolgreichsten Darbietungen im Klub. Die Musiker lachten, der Kapellmeister lachte, die Kellnerinnen stellten ihre Tabletts ab, um zuzusehen, und Nailles versank immer tiefer in einen Abgrund von Elend und Unbehagen. Natürlich hätte er das Lokal verlassen und im Taxi nach Hause fahren können, aber er wollte nicht, daß sich die ohnehin gespannte Beziehung zwischen ihm und dem Vater noch verschlechterte. Er entschuldigte sich und ging auf die Toilette, wo er sich an ein Waschbecken lehnte. Das war die einzige Möglichkeit, seinem Kummer Ausdruck zu geben. Als er in den Saal zurückkehrte, war die Vorführung zu Ende, und sein Vater genehmigte sich den dritten oder vierten Drink. Schließlich bekamen sie etwas zu essen, und während der Heimfahrt im Taxi schlief der Alte in seiner Trunkenheit ein. Nailles half ihm die Stufen zur Haustür hinauf, dankbar, daß er wenigstens soweit die Rolle des Sohnes spielen konnte. Er wünschte sich inbrünstig, den alten Mann zu lieben, aber dies hier war seine einzige Möglichkeit, sich als Sohn zu erweisen. Der Vater ging hinauf in sein Zimmer, und Nailles wurde von dem schwachen, gequälten, wissenden Lächeln seiner Mutter begrüßt.

Ein frisch bezogenes Kopfkissen lag auf dem einzigen anderen Stuhl im Zimmer. Ein Schritt nur, und er konnte es ergreifen, fest auf ihr Gesicht pressen und sie in wenigen Augenblicken von allen Qualen erlösen. Er machte den Schritt, nahm das Kissen vom Stuhl und kehrte zum Bett zurück – aber angenommen, sie wehrte sich, angenommen, sie liebte trotz ihrer tiefen Bewußtlosigkeit instinktiv und zäh das, was noch an Leben in ihr war, angenommen, sie käme lange genug zu sich, um zu erkennen, daß ihr Sohn ein Muttermörder war... Das waren die Erinnerungen, denen sich Nailles am Frühstückstisch überließ.

Nellie gehörte nicht zu den Gastgeberinnen, die einen zum Dinner eingeladenen Gast mit einem Redeschwall überfallen, bevor er noch seinen Hut aufhängen kann. Sie hatte ein einnehmendes Wesen. An diesem Morgen trug sie ein Spitzenneglígé und roch nach Nelken. Sie war eine zarte Frau mit rötlichem Haar, deren Komitee-Arbeit, Blumenarrangements und moralische Ansichten das Rohmaterial für eine Nachtklubdarbietung abgegeben hätten. Sie interessierte sich für Kunst. Die drei Bilder im Eßzimmer hatte sie selbst gemalt. Die Leinwand, wie eine geodätische Landkarte mit einem Labyrinth blauer Linien bedruckt, wurde von einem Versandhaus geliefert. Die Felder innerhalb der Linien waren numeriert – eins bedeutete Gelb, zwei bedeutete Grün und so weiter –, und wenn Nellie die Anweisungen sorgfältig befolgte, konnte sie auf der leblosen Leinwand die Tiefe und den Glanz eines Herbstnachmittags in Vermont oder (über der Anrichte) Gainsboroughs Porträt der Töchter des Majors Gillespie hervorzaubern, es war eine recht primitive Methode, und Nellie wußte das auch, aber es machte ihr trotzdem Freude. Sie hatte sich vor kurzem – aus echter Neugier und voller Wissensdurst – für einen Kursus über das moderne Theater angemeldet. Eine ihrer Aufgaben war es gewesen, nach New York zu fahren und über ein Theaterstück zu berichten, das im «Village» gespielt wurde. Ursprünglich hatte sie eine Freundin mitnehmen wollen, aber die Freundin erkrankte, und so machte sie die Reise allein.

Das Stück wurde auf einem Dachboden vor einem nicht gerade zahlreichen Publikum aufgeführt. Gegen Ende des ersten Aktes zog sich einer der Schauspieler die Schuhe, das Hemd, die Hose und dann – mit dem Rücken zum Publikum – die Unterhose aus. Nellie wollte ihren Augen nicht trauen. Wenn sie, wie ihre Mutter es getan hätte, entrüstet aufgestanden und hinausgegangen wäre, dann hätte es so ausgesehen, als fehlte ihr der Mut, den Tatsachen des Lebens ins Auge zu blicken. Aber sie war ja eine moderne Frau, bestrebt, mit der Welt in Einklang zu leben. Nun drehte sich der Schauspieler langsam um, gähnte und rekelte sich in scheinbarer Unbekümmertheit. Es war alles durchaus lebensecht, aber die auf Nellie einstürmende Folge von Vergleichen und Anstandsbegriffen sowie ihre angeborene Erregbarkeit stürzten sie in eine solche Gefühlsverwirrung, daß ihr der Schweiß aus allen Poren brach. Wenn dies die natürlichste Sache von der Welt war, weshalb heftete sich dann ihr Blick wie gebannt auf das dichte Vlies der Schamhaare, von dem wie eine trübselige, unbegossene Blume das schlaffe Glied herabhing? Die Lichter wurden abgeblendet. Im weiteren Verlauf des Stückes blieben die Darsteller angekleidet, aber Nellie zitterte vor Nervosität. Als sie das Theater verließ, war das Wetter regnerisch, die Luft feucht. Sie überquerte den Washington Square, denn sie wollte mit dem Autobus fahren. Einige Studenten der Universität gingen um den Teich herum; sie trugen Plakate. Nellie las: Fick, Schwanz, Fotze. War sie verrückt geworden? Sie blickte dem Umzug nach, bis er außer Sicht war. Scheiße stand auf dem letzten Plakat, das sie sah. Sie fühlte sich schwach. Als sie im Autobus saß, hielt sie verzweifelt Ausschau nach den beruhigenden Gesichtern von ihresgleichen, nach anständigen Müttern und Ehefrauen, die stolz auf ihre Häuser, ihre Gärten, ihre Blumenarrangements und ihre Kochkünste waren. Zwei junge Männer in der Reihe vor ihr lachten. Der eine legte den Arm um den anderen und küßte ihn aufs Ohr. Sollte sie mit ihrem Schirm auf die beiden einschlagen? An der nächsten Haltestelle stieg eine Frau ein, wie Nellie sie suchte – eine anständige Frau –, und nahm neben ihr Platz. Nellie lächelte die Fremde an, die das Lächeln erwiderte und dann mit einem Seufzer sagte: «Ich habe überall nach englischem Cretonne gesucht, nach echtem englischem Cretonne, und stellen Sie sich vor, in ganz New York ist kein Fetzchen aufzutreiben. Ich habe so hübsche englische Sachen und ein Haus in englischem Stil, und knotiger, dehnbarer Rips paßt überhaupt nicht zu meiner Inneneinrichtung, aber dehnbarer Rips ist alles, was man bekommen kann. Bestimmt gibt es irgendwo auch Cretonne, nur weiß ich leider nicht, wo. Mein alter Cretonne ist wunderschön, unglücklicherweise wird er an verschiedenen Stellen schon fadenscheinig. Iris, Pfingstrosen und Kornblumen auf einem blauen Hintergrund. Hier, ich habe eine Stoffprobe bei mir.» Sie öffnete ihre Handtasche und zog einen Streifen bedruckten Stoff heraus.

Diese Art von Gespräch hatte Nellie gewollt, aber während die andere weiter über Stoffe redete, schienen sich die Wörter auf den Plakattafeln – Fick und Schwanz – mit einer schleichenden Weißglut in ihr Bewußtsein einzubrennen, und das Schamhaarbüschel des Schauspielers und seine unbegossene Blume wollten ihr nicht aus dem Sinn. Es schien ihr unmöglich, so weiterzuleben wie bisher. Die Fremde war jetzt dabei, ihre gesamte Einrichtung zu beschreiben, und Nellies Reaktion ging von Langeweile in Gereiztheit über. Wie verächtlich waren ein von Teppichen und Stühlen beherrschtes Leben, ein mit Elektrogeräten vollgestopftes Bewußtsein, gemusterter Cretonne, in dem sich die Tugend verkörperte, und Rips, der das Böse repräsentierte. In Nellies Augen war das alles verächtlicher als die verliebten jungen Männer vor ihr und das alberne Benehmen der Studenten. Der flüchtige Blick auf eine erotische Revolution hatte ein Gefühl ratloser Bestürzung in ihr hervorgerufen, schien aber gleichzeitig ihren Enthusiasmus für Blumenarrangements abgekühlt zu haben. Sie ging im Regen zum Bahnhof, vorüber an mehreren Zeitungskiosken, die anscheinend auf Aktfotos von Männern spezialisiert waren. In den Zug einzusteigen bedeutete einen Schritt in die ihr gemäße Richtung. Sie fuhr jetzt nach Hause und würde in einer Stunde die Tür hinter sich schließen und diesen aufwühlenden, regnerischen Nachmittag aussperren können. Dann würde sie wieder sie selbst sein – Nellie Nailles, Mrs. Eliot Nailles, anständig, gewissenhaft, intelligent, keusch und so weiter. Aber wenn ihre Gemütsruhe vom Türenschließen abhing, war ihre Gemütsruhe dann nicht verachtenswert? Verachtenswert oder nicht, sie spürte schon im fahrenden Zug die ersten Symptome der Wiederherstellung. Als sie in Bullet Park ausstieg und über den Parkplatz zu ihrem Wagen ging, war sie ganz die alte. Sie fuhr den Hügel hinauf, öffnete die Haustür. Die Köchin dünstete Pilze in Butter, und das Wohnzimmer roch danach. «Hatten sie einen netten Tag?» fragte die Köchin.

«Ja, danke. Sehr nett. Nur schade, daß es regnete, aber wir brauchen ja Regen für die Wasserreservoire, nicht wahr?» Sie ärgerte sich über ihre Unaufrichtigkeit, aber wie weit durfte sie offenbaren, was in ihr vorging? Konnte sie scheiße zu der Köchin sagen und die Entkleidungsszene auf der Bühne schildern? Sie ging in ihr wohltuend gemütliches Zimmer hinauf und nahm ein wohltuend warmes Bad, aber Unwahrheit, Daheimbleiben, Aussperren der Umwelt und Schließen der Augen schienen die einzige Möglichkeit zu sein, die ihr blieb. Sie hatte ihrem Mann nie von dem Erlebnis erzählt.

Nach dem Frühstück ging Nailles in das Zimmer seines Sohnes. Am Vorabend hatte er noch lange mit Tony zusammengesessen, als er und Nellie von einer Party zurückgekommen waren und den jungen Mann lesend vorgefunden hatten.

«War's nett?» hatte sich Tony erkundigt.

«Ja, ganz nett.»

«Wie wär's mit einem Schluck vor dem Schlafengehen?» fragte Tony.

«Klar, warum nicht? Möchtest du ein Bier?»

«Ja. Ich hole die Drinks.»

«*Ich* hole sie», sagte Nailles, nicht streng, aber bestimmt. Er sah es nicht gern, wenn ein Bursche im Alter seines Sohnes die Rolle des Barmannes übernahm. Einige seiner Freunde und Nachbarn erlaubten ihren Kindern, Drinks zu mixen und zu servieren. Nailles fand das nicht richtig und sogar unpassend. Die jungen Leute fühlten sich dadurch allzuleicht als Erwachsene und büßten seiner Meinung nach eine wünschenswerte Unschuld ein. Er holte das Bier und den Whisky und kehrte zu seinem Sessel zurück. Intensiv mit seinen Gedanken beschäftigt, starrte er finster in die Luft über dem Teppich. Zwischen den beiden Männern, die gern miteinander sprechen wollten, aber noch schwiegen, breitete sich jenes Gefühl der Geborgenheit aus, das der Kern der Liebe ist.

Nailles erzählte seinem Sohn von der Gesellschaft, da Tony die meisten Gäste kannte. Der Junge fragte sich, ob seine Mutter wohl eingeschlafen sei, so daß es ihm erspart bleiben würde, die fleischlichen Forderungen, Ermunterungen und anfeuernden Ausrufe zu hören, die so oft aus dem Schlafzimmer der Eltern an sein Ohr drangen. Er hoffte, daß seine Mutter schon schlief. Es lag ein Gefühl der Bevorzugung in der Luft, das erfreuliche und doch etwas peinliche Gefühl, daß sie die Rollen spielten, die für sie in ihrer Eigenschaft als Vater und Sohn geschrieben waren. Was Nailles empfand, war eindeutig Liebe, aber während ein überschwenglicher Mann in einem andern Land seinen Sohn umarmt und ihm seine Liebe erklärt hätte, tat Nailles nichts dergleichen. Nailles zündete sich eine Zigarette an und hustete. Der Husten war keuchend, verschleimt, er schüttelte ihn mitleidlos, trieb ihm das Blut ins Gesicht und machte mehr als alles andere den Altersunterschied deutlich. Tony überlegte, warum sich der Vater das Rauchen nicht abgewöhnte. Wenn er nicht mehr rauchte, würde er den Husten vielleicht loswerden. Durch den mißtönenden Husten, der es fertigbrachte, den Vater für kurze Zeit zu schwächen, wurde der Junge ganz sachlich daran erinnert, daß es so etwas wie Krankheit, Alter und Tod gab. Aber sein Vater, dachte er stolz, sah viel jünger aus, als er war, und wirkte auch in seinem Wesen jünger, als es seinem Alter entsprach. Viel jünger als Don Walthams Vater oder Henry Pastors Vater oder Herbert Matsons Vater. Sein Vater tat sich zwar bei keinem Spiel besonders hervor, doch er konnte sich beim Eishockey noch immer seinen Weg durch das gegnerische Getümmel bahnen und beim Football oder auf einer abgesteckten Skipiste gelegentlich Punkte erzielen. Er war zweiundvierzig. Für Tony war das ein Greisenalter, grotesk und verwirrend. Der Gedanke, daß jemand so lange gelebt hatte, erregte ihn genauso, wie einen Archäologen der Anblick sumerischer oder skythischer Ausgrabungen erregt. Aber der Vater hatte dichtes Haar ohne eine Spur von Grau, sein Gesicht war zwar faltig, doch nicht gedunsen, er hielt sich sehr gerade und hatte einen flachen Bauch. Vater ist ungewöhnlich, dachte Tony und sagte sich selbstzufrieden, daß er diese Ungewöhnlichkeit bestimmt geerbt habe. Er war der ungewöhnliche Sohn eines ungewöhnlichen Vaters, und das allgemein Übliche – graues Haar, Kahlköpfigkeit, Korpulenz und Aufgeschwemmtheit – würde ihm erspart bleiben.

Nailles legte eine Platte auf. Tony wußte im voraus, daß es *Guys and Dolls* war. Nailles ging fast nie ins Theater, und er interessierte sich auch nicht für Musik, aber aus irgendeinem Grund, an den sich jetzt nach so langer Zeit niemand mehr deutlich erinnerte, hatte er einmal zwei Karten für die Premiere von *Guys and Dolls* geschenkt bekommen. Vermutlich war einer seiner Freunde erkrankt oder mußte eine Dienstreise machen. Nailles wollte die Karten weitergeben, er mochte Musicals nicht, und die Namen Loesser und Runyon waren ihm kein Begriff, aber Nellie hatte ein neues Kleid, das sie gern anziehen wollte, und so gingen sie denn ins Theater.

Argwöhnisch lauschte Nailles der Ouvertüre, doch seine Begeisterung schien mit der einleitenden Fuge zu beginnen und sich von Nummer zu Nummer zu steigern. Beim Schlußchor sprang er auf, klatschte wie ein Rasender und brüllte: «Dakapo, Dakapo!» Als die Lichter im Zuschauerraum aufflammten, klatschte und schrie er noch immer, und er verließ das Theater als einer der letzten.

Eliot Nailles war überzeugt, daß er an diesem Abend ein Stück echter Theatergeschichte miterlebt hatte, und entwikkelte eine sentimentale Theorie über die Tragödie des Erhabenen. Für ihn verschmolz Frank Loesser mit Orpheus zu einer Person, und als er in der Zeitung las, daß Loesser sich hatte scheiden lassen, dachte er – aufrichtig betrübt –, dies habe sicherlich etwas mit der Perfektion von *Guys and Dolls* zu tun. Er hegte nicht den Wunsch, eine andere Show von Loesser zu besuchen, denn er war sicher, daß er dann Zeuge eines tragischen Abstiegs werden würde. Kein Mensch – kein Künstler – konnte einen solchen Triumph wiederholen. Er schien das Gefühl zu haben, man solle Loesser, wie einst dem Erbauer einer herrlichen Kathedrale, die Augen ausreißen. Dieser Premierenabend hatte für ihn die Vollkommenheit eines Hochsommerabends gehabt, in dessen sublimer Majestät man bereits die Unvermeidbarkeit von Winter und Tod spürt.

Er fing an, den Text der Platte mitzusingen. Da er sie sofort nach der Premiere gekauft und sie inzwischen nicht erneuert hatte, war viel von der ursprünglichen Klangfülle verlorengegangen, aber das machte ihm nichts aus. Zeitweilig verzichtete er auf die Worte und ersetzte sie durch sinnlose Laute (dadadada), aber bei *Luck be a Lady tonight* stand er auf, schlug sich mit der Faust in den Handteller und sang alle Verse, an die er sich erinnerte. Beim Schlußchor machte er eine weit ausholende Geste, um einen Menschen zu veranschaulichen, der nach den Sternen greift, und als der letzte Ton verklungen war, sagte er mit einem tiefen Seufzer: «Das ist eine große, eine wirklich ganz große Show. Zu schade, daß du sie nicht gesehen hast. Also dann gute Nacht.»

An diesem Sonntagmorgen nun schien Eliot den Jungen zu suchen. Tonys Zimmer war kalt. Der Junge stellte die Heizung nie an und schlief bei offenen Fenstern. Die Kälte erweckte den Eindruck, das Zimmer stehe nicht nur an diesem Vormittag leer. Tony hätte auch für ein Jahr fortgegangen sein können, dachte Nailles, aber warum? Er blickte liebevoll auf das Durcheinander von persönlichen Dingen und Alltagskram: Footballstiefel, ein Footballsweater, ein Stoß Bücher: Stephen Crane, Somerset Maugham, Samuel Butler und Hemingway. Vor einiger Zeit hatte Nailles ein Wörterbuch gebraucht und sich eines aus dem Bücherschrank seines Sohnes genommen. Als er es aufschlug, rutschten mindestens fünfzig Bilder von nackten Mädchen heraus und ergossen sich auf den Boden. Seine erste Reaktion war ein Gefühl sexueller Erregung gewesen. Er sah sich die Fotos an – es waren Zeitungsausschnitte – und begutachtete auf Grund seiner sehr geringen Erfahrung mit Frauen diese Galerie unzüchtiger Weiber. Das Papier war billig, und er vermutete, daß die Bilder aus den Nudistenmagazinen stammten, die man in manchen Schuhputzläden und Friseurgeschäften findet. Er war nicht im geringsten bestürzt, daß sein geliebter Sohn es vorzog, statt indianischer Pfeilspitzen, Mineralien oder seltener Münzen solche Bilder zu sammeln. Er warf das Zeug in den Papierkorb und schlug das Wort nach, über dessen Schreibweise er sich nicht im klaren gewesen war. Irgendwann – es mochte inzwischen ein Monat vergangen sein – fragte der Junge: «Hast du mein Wörterbuch benutzt?»

«Ja», antwortete Nailles, «und diese Bilder habe ich weggeworfen.»

«Ach», sagte Tony, und mehr wurde darüber nicht gesprochen.

Auf dem Tisch am Fenster stand das Tonbandgerät, das er

dem Jungen zum Geburtstag geschenkt hatte. Für ihn war es ebenso undenkbar, den Apparat einzuschalten wie die Post seines Sohnes zu öffnen. Er respektierte das Privatleben anderer Leute in jeder Beziehung und ausnahmslos. Wäre er jedoch der Versuchung erlegen, das Band abzuspielen, dann hätte er die Stimme seines Sohnes, durch die Wiedergabe eine halbe Oktave tiefer, sagen hören: «Du dreckiger alter Affe, du dreckiger alter Affe! So weit ich zurückdenken kann, höre ich dich jedesmal, wenn ich gerade einschlafen will, hundsgemeine Schweinereien sagen. Du sagst die größten Schweinereien von der Welt, du dreckiger, geiler alter Affe!» Nailles schaltete jedoch das Tonbandgerät nicht ein.

Statt des dunklen Anzugs, den er zum Kirchgang trug, zog er jetzt seine Arbeitskleidung an. Er hatte einmal dem Kirchenausschuß vorgeschlagen, man solle den am frühen Morgen erscheinenden Kommunikanten gestatten, den Gottesdienst in der Sport- und Arbeitskleidung zu besuchen, die sie zumeist am Sonntag trugen, aber Pater Ransome hatte mit der Frage gekontert, ob man etwa von ihm erwarte, daß er das heilige Sakrament in Tennisshorts spende. Nailles ging in den Keller, wo er die Motorsäge auftankte. Südlich von seinem Haus gab es ein kleines Tal mit zwölf Ulmen, die nach und nach dem Borkenkäfer zum Opfer gefallen waren. Nailles verbrachte seine Wochenenden damit, die abgestorbenen Bäume zu fällen und das Holz so zu zersägen und zu zerkleinern, daß die Kloben in den Kamin paßten. Die Bäume hatten nichts von ihrer melancholischen Schönheit bewahrt. Sie hatten die oberen Äste verloren und ihre Rinde abgeworfen, und an den verstümmelten, unansehnlichen Baumstämmen schimmerte nun das Holz wie Knochen im Winterlicht – eine Landschaft für einen Alptraum oder ein Schlachtfeld. Nailles wählte einen Baum aus und überlegte, wie er ans Werk gehen sollte. Er war stolz, ja selbstzufrieden, weil er seine Motorsäge so geschickt zu handhaben wußte, und es machte ihm Freude, das heulende, krächzende Instrument mit den mörderischen Zähnen zu benutzen. Das Tal lag geschützt und war an diesem Morgen so außergewöhnlich warm, daß dem abgestorbenen Holz ein würziger Duft entströmte – ein Geruch, der Nailles an die kalten Kirchen in Rom erinnerte. Frühling. Er hörte das Gurren einer Wildtaube. Oder war es der Ruf einer Eule? Die Luft war lind, erweckte aber nicht den Eindruck des Idyllischen – eine unruhige Milde – das Unbehagen jeder Veränderung. Sexagesima. Der Korintherbrief. Wie hieß es doch da? Er dachte nach, erinnerte sich. «Von den Juden habe ich fünfmal empfangen vierzig Streiche weniger eins. Ich bin dreimal gestäupt, einmal gesteinigt; dreimal habe ich Schiffbruch erlitten, Tag und Nacht habe ich zugebracht in der Tiefe des Meeres. Ich bin oft gereist, ich bin in Gefahr gewesen durch die Flüsse, in Gefahr durch die Mörder, in Gefahr unter den Juden, in Gefahr unter den Heiden, in Gefahr in den Städten, in Gefahr in der Wüste, in Gefahr auf dem Meer, in Gefahr unter falschen Brüdern. In Mühe und Arbeit, in viel Wachen, in Hunger und Durst, in viel Fasten, in Frost und Blöße.»

Dann hörte Nellie das Kreischen der Säge.

III

Eines Morgens weigerte sich Tony, das Bett zu verlassen.

«Ich bin nicht krank», sagte er, als seine Mutter mit dem Fieberthermometer erschien. «Ich fühle mich nur so schrecklich bedrückt. Mir ist einfach nicht nach Aufstehen zumute.»

Seine Eltern beschlossen, er solle den Tag über liegenbleiben.

Nach fünf Tagen hütete er noch immer das Bett.

Später verglich Nellie die drei Ärzte, die kamen, um ihn zu behandeln, mit Freiern in einem Märchen oder einer Legende, denen drei Schatzkästchen – aus Gold, Silber und Blei – zur Wahl angeboten werden. In einem der Kästchen befindet sich der Schlüssel zu einem großen Vermögen – zu Juwelen und einer Braut. Es war das Rätselraten hinsichtlich der Diagnose, das sie an die Märchenprinzen erinnerte. Einer nach dem anderen standen sie über ihren Sohn gebeugt und suchten die Kräfte zu erahnen oder zu erraten, die ihn aufs Krankenlager geworfen hatten. Gold? Silber? Blei? Als erster kam der praktische Arzt.

Dr. Mullin folgte dem Ruf nur widerstrebend, denn Hausbesuche waren nicht mehr üblich. Bei einer ernsten Erkrankung wurde der Patient mit dem Rettungswagen ins Krankenhaus gebracht, wo die zuständigen Ärzte und Assistenten die entscheidenden Untersuchungen vornahmen. Dr. Mullin forderte Nellie auf, mit Tony in seine Sprechstunde zu kommen. Nur mühsam konnte Nellie ihm klarmachen, daß Tony sich rundweg weigerte aufzustehen. Als es ihr schließlich gelungen war, den Arzt zu überzeugen, erklärte er sich einverstanden, um zwölf Uhr mittags ins Haus zu kommen.

Dr. Mullin fuhr in einem schmutzigen Volkswagen mit eingebeultem Kotflügel vor. Er war ein junger Mann – jünger als Nellie – und strahlte einen heiteren Optimismus aus, der unberührt von dem zu sein schien, was er über die unabänderliche Gewalt von Krankheit, Leiden und Tod gelernt haben mußte. Das hatte übrigens seiner Praxis geschadet, denn Patienten, die bereits mit einem Fuß im Grab standen, mochten keinen Heilkundigen, den menschliche Leiden so wenig kümmerten. Er war kein Angeber und kein Dummkopf, aber sein ungestümer Optimismus stiftete eine ähnliche Unruhe wie gewisse Windstöße, die plötzlich Türen auffliegen lassen und Papiere fortwehen. Nellie führte ihn in Tonys Zimmer und wartete dann unten. Sie konnte Mullins volltönende, muntere Stimme und Tonys ruhige Antworten hören.

«Es fehlt ihm absolut nichts», sagte der Arzt, als er herunterkam. «Ich habe ihm eine Urinprobe und etwas Blut abgenommen und lasse das im Laboratorium untersuchen. Wenn er morgen aufsteht, mache ich auch noch ein Kardiogramm, obgleich ich ganz sicher bin, daß ihm nichts fehlt. Offen gestanden, habe ich schon lange keinen Patienten gehabt, der so von Gesundheit strotzte. Nun ja, er ist ein junger Mann und genießt sicherlich alle Vorteile seines Alters. Das bringt ihn zwar nicht aus dem Bett heraus, aber möglicherweise handelt es sich einfach um eine vorübergehende Depression. Für den Fall, daß er morgen nicht aufstehen will, schreibe ich Ihnen ein Mittel auf, das ihn rasch auf die Beine bringen dürfte.» Er überreichte Nellie ein Rezept und lächelte sie an. Unsere Beziehungen zu Heilkundigen sind kurzlebiger Natur, intim und in gewisser Weise zärtlich – einen Augenblick lang liebte Nellie den Arzt. Er bat sie, ihn am nächsten Morgen gegen elf Uhr anzurufen, und das tat sie.

«Er wollte wieder nicht aufstehen», berichtete Nellie. «Jetzt liegt er schon seit sechs Tagen im Bett. Ich habe ihm heute früh eine von den Pillen in einem Glas Orangensaft gegeben. Bald darauf hörte ich, wie er aufstand und duschte. Dann kam er zu mir in die Küche. Er war angezogen, aber ich merkte sofort, daß etwas nicht stimmte. Er schwankte ein wenig und lachte, und seine Pupillen waren wie Nadelspitzen. Als ich ihn fragte, ob er frühstücken wolle, verlangte er sechs Setzeier, sechs Scheiben Toast und einen Liter Milch. Er sagte, so hungrig sei er noch nie in seinem Leben gewesen. Er war sehr rastlos, wanderte lachend in der Küche umher, und einmal rannte er gegen einen Tisch wie ein Betrunkener. Von seinem Frühstück blieb kein Krümchen übrig, und als er fertig war, sagte er: ‹Jetzt fühle ich mich stark. Noch nie im Leben habe ich mich so stark gefühlt. Am besten mache ich, daß ich aus dem Haus komme, denn sonst reiße ich es noch nieder.› Genau das sagte er. Dann ging er zur Küchentür hinaus und lief den Weg nach Courtland entlang. Das ist ein ehemaliger Reitweg, der etwa sechs Meilen durch den Wald führt. Früher, als Tony bei der Langstreckenmannschaft war, hat er dort immer trainiert. Auf diesem Weg konnte ich natürlich nicht hinter ihm herfahren, und deshalb entschloß ich mich für die Autostraße 64, in die der Weg mündet. Ich wartete an der Kreuzung – ungefähr eine Stunde lang –, und dann kam er angelaufen. Die Droge hatte er wohl ausgeschwitzt, denn er machte keinen betrunkenen Eindruck mehr, aber er schien sein Gedächtnis verloren zu haben. Er konnte sich nicht erinnern, daß er schon gefrühstückt hatte, und er begriff offenbar nicht, wie er auf die Autostraße 64 gekommen war. Auf der Heimfahrt schlief er im Wagen ein. Zu Hause duschte er noch einmal und legte sich dann ins Bett.»

«Ich glaube, wir werden das nicht wieder versuchen», meinte Dr. Mullin. «Mir war bekannt, daß dieses Medikament gewisse Nebenwirkungen hat, aber ich dachte, wir sollten es trotzdem riskieren. Wie die Dinge liegen, Mrs. Nailles, kann ich Ihnen eigentlich nur raten, einen Psychotherapeuten zu konsultieren. Ich arbeite mit Dr. Bronson zusammen, der seine Praxis am Ort hat. Wenn Sie ihn anrufen wollen ...»

Der Psychiater war einem Hausbesuch mindestens ebenso abgeneigt wie Dr. Mullin, aber als Nellie ihm den Fall erklärt hatte, willigte er schließlich ein zu kommen. Um drei Uhr – Nellie stand gerade am Fenster – fuhr er vor. Sein Wagen, ein hellblaues Sportkabriolett mit einer besonders langen Motorhaube, sollte offenbar den Eindruck brutaler Kraft und Kostspieligkeit erwecken. Nellie war ein wenig verwirrt, als sie sah, daß ein Mann, dessen Beruf es war, Melancholie und Depressionen zu heilen, einen so mondänen Wagen hatte. Der Arzt selbst wirkte jedoch durchaus nicht mondän, sondern eher eingeschüchtert und unsicher. Er schloß die Wagentür, rieb sich nervös die Hände und untersuchte sein Auto mit besorgter und mißtrauischer Miene von allen Seiten. Dann ging er zum Haus und läutete.

Er trug natürlich keine Arzttasche – keinerlei Erkennungszeichen. Nellie fand, daß er etwas von der beruflichen Gespreiztheit eines Zahnarztes hatte. Er sprach mit müder Freundlichkeit und rieb sich dabei unentwegt die Hände. Während Nellie ihm schilderte, was geschehen war, umkreiste er den Teppich des Wohnzimmers, als stünde darauf ein Zahnarztstuhl. Seine Haltung war ein wenig gebeugt – vielleicht weil er gewohnt war, daß seine Patienten lang ausgestreckt auf einer Couch lagen –, und seine Stimme hatte einen traurigen, mitfühlenden Klang. Nellie führte ihn in Tonys Schlafzimmer und schloß die Tür hinter ihm. Fünfzig Minuten später erschien er wieder im Wohnzimmer.

«Ich fürchte, er ist ziemlich krank, Mrs. Nailles, und das schlimmste ist, daß er keine Bereitschaft zeigt mitzuhelfen. Ich möchte Ihnen raten, den Jungen in ein Krankenhaus zu bringen.»

«In welches Krankenhaus?»

«Nun, da gibt es in unserer Nachbarschaft ein Sanatorium namens Stonehenge, in das ich oft Patienten überweise. Vielleicht reagiert er auf eine elektrische Schockbehandlung.»

«Nein, nein», rief Nelly und brach in Tränen aus.

«Ein Elektroschock ist absolut ungefährlich, Mrs. Nailles. Nach dem ersten Mal wird er nicht wissen, was geschieht. Die Behandlung ruft keine Angstzustände hervor.»

«Nein, nein», wiederholte Nellie. «Bitte nicht!»

«Er ist zutiefst aufgewühlt, Mrs. Nailles. Es würde Monate intensiver Behandlung *und* seiner Mithilfe bedürfen, damit ich einigermaßen dahinterkäme, was schiefgegangen ist. Junge Leute in seinem Alter, besonders wenn sie aus einem solchen Milieu kommen, stellen uns sehr oft vor Probleme, die sich der Analyse entziehen. Ich nehme an, Sie geben dem Jungen alles, was er will.»

«In vernünftigen Grenzen», erwiderte Nellie. «Einen Wagen hat er zum Beispiel nicht.»

«Aber wie ich sehe, besitzt er ein Tonbandgerät, einen Plattenspieler und einen Schrank voll teurer Kleidungsstücke.»

«Ja.»

«In Ihrer Einkommensgruppe besteht die Neigung, sittliche und geistige Normen durch Wertgegenstände zu ersetzen. Ein strenges Gefühl für Gut und Böse ist, selbst wenn es auf einem Irrtum beruht, besser als gar keines.»

«Mein Mann geht fast jeden Sonntag in die Kirche», sagte Nellie.

Wie dürftig und durchsichtig erschien ihr diese Tatsache, kaum daß sie sie erwähnt hatte. Sie wußte, wie lau Eliots Gebete waren, wie unbeteiligt er seine Andachtsübungen absolvierte. Gewohnheit, Aberglaube und Gefühlsduselei waren es, die ihn bewogen, zur heiligen Kommunion zu gehen. «Wir lügen nicht», fuhr sie fort. «Ich glaube, auch Tony hat noch nie gelogen.» Der Arzt sah sie mit einem beleidigend ironischen Lächeln an. «Keiner von uns liest die Post der anderen. Wir betrügen nicht. Wir erzählen keine Klatschgeschichten. Wir bezahlen unsere Rechnungen. Mein Mann liebt mich. Wir trinken etwas vor dem Abendessen. Ich rauche ziemlich viel...»

War das alles? Sie fand, es sei eine recht armselige Darstellung, aber was sonst wurde von ihr erwartet? Propheten mit Bärten, feurige Reiter, Donner und Blitz, heilige Gebote, in alten Sprachen auf Gesetzestafeln geschrieben? «Wir sind ehrliche und anständige Leute», fügte sie zornig hinzu, «und ich weigere mich, irgendwelche Schuldgefühle zu empfinden.»

«Ich lege es nicht darauf an, daß Sie sich schuldig fühlen, Mrs. Nailles. Ehrlichkeit und Anstand sind durchaus nicht tadelnswert, aber ich kann nur wiederholen, daß Ihr Sohn sehr krank ist.»

Das Telefon läutete, jemand verlangte den Arzt zu sprechen. «Ich denke nicht daran, dieses Objekt für weniger als fünfzigtausend Dollar zu verkaufen», sagte der Doktor. «Wenn Sie etwas Billigeres suchen, kann ich Ihnen eine hübsche moderne Ranch in der Chestnut Street anbieten. Natürlich weiß ich, daß der Schätzwert dreißigtausend beträgt, aber diese Schätzung liegt schon acht Jahre zurück. Fünfzigtausend Dollar ist mein äußerster Preis... Entschuldigen Sie», wandte er sich an Nellie, nachdem er aufgelegt hatte.

«Bitte sehr», sagte Nellie, aber das Gespräch hatte sie unangenehm berührt. Handelte dieser Psychotherapeut nebenher mit Immobilien, oder war er ein Makler, der sich im Nebenberuf mit der Heilung von Verrückten befaßte?

«Werden Sie wiederkommen?» erkundigte sich Nellie.

«Nur wenn Ihr Sohn mich sehen will», erwiderte der Doktor. «Sonst wäre es einfach eine Verschwendung Ihres Geldes und meiner Zeit.»

Als der Arzt fort war, ging Nellie nach oben und fragte Tony, wie er sich fühle.

«Eigentlich unverändert», antwortete er. «Ich bin noch immer so schrecklich traurig, und ich habe den Eindruck, das Haus sei aus Karten erbaut. Wenn ich als kleines Kind krank war, hast du mir oft Kartenhäuser gebaut, und ich habe sie umgeblasen. Dies ist ein hübsches Haus, und ich mag es, aber es kommt mir vor wie ein Kartenhaus.»

Der dritte Arzt war ein Spezialist für somnambule Phänomene. Er hatte zuerst den Zug, dann ein Taxi benutzt, und Nellie fand, er sehe wie ein Mechaniker aus. Außer einem Handkoffer hatte er noch eine Kiste mit Instrumenten bei sich. Auf Nellies Frage, ob die Behandlung für Tony gefährlich sei, versicherte er, es handle sich um ganz harmlose Elektroden zur Aufzeichnung der Körpertemperatur. Sie führte ihn ins Gästezimmer und wollte ihn gerade zu Tony bringen, als er sagte: «Ich würde jetzt gern ein Nickerchen machen. Sie verstehen, ich muß ja den größten Teil der Nacht aufbleiben.»

«Haben Sie irgendwelche Wünsche?» fragte Nellie.

«Nein, vielen Dank. Ich will mich nur ein wenig ausruhen.» Damit schloß er die Tür.

Als er um fünf Uhr herunterkam, bot Nellie ihm einen

Drink an. «Nicht für mich», lehnte er ab, «nein, danke. Ich gehöre der Liga für anonyme Alkoholiker an. Seit eineinhalb Jahren bin ich frei von diesem Laster. Oh, Sie hätten mich sehen sollen! Ich wog zweihundertfünfzig Pfund, das meiste davon Gin. Die erste Gruppe, der ich mich anschloß, hatte ihren Sitz in Greenwich Village. Das war keine große Hilfe für mich, denn die anderen Mitglieder gehörten alle zum Abschaum der Menschheit. Dann wechselte ich zu einer Gruppe in den East Sixties über, und glauben Sie mir, Mrs. Nailles, es gibt keine Nieten unter diesen Leuten. Alles bedeutende Geschäftsleute, Rechtsanwälte, Ärzte. Wir haben unseren Spaß daran, über die Symptome zu sprechen, die während der Entwöhnung auftreten. Wie man sich fühlt, wenn man ganz tief unten ist. Mir kommt's immer vor, als ob wir über eine Fahrt zur Hölle sprechen. Wir waren ja alle dort, und wir reden darüber genauso, wie Reisende von Orten erzählen, die sie besucht haben. Es ist eine große Gemeinschaft. Und immer beenden wir unsere Zusammenkunft mit einem Gebet. Ich nehme an», fuhr er fort, «daß Geistliche und Priester ständig an Gott denken. Wahrscheinlich denken sie schon an Gott, wenn sie aufwachen, und wahrscheinlich erinnert sie alles an Gott, was sie während des Tages sehen, und natürlich beten sie jeden Abend vor dem Schlafengehen. So war das auch bei mir, nur daß ich nicht an Gott dachte – ich dachte ans Trinken. Morgens dachte ich als erstes ans Trinken, tagsüber dachte ich in einem fort daran, und abends ging ich immer schwer geladen zu Bett. Das Trinken war wie Gott für mich, ich meine, es war genauso allgegenwärtig, wie man es von Gott annimmt. Die Wolken erinnerten mich ans Trinken, der Regen erinnerte mich ans Trinken, die Sterne erinnerten mich ans Trinken. Bevor ich dem Suff verfiel, hatte ich meistens von Mädchen geträumt, danach träumte ich nur noch vom Saufen. Ich meine, man nimmt an, daß Träume aus den tiefsten Tiefen des Ich kommen und immer mit Sex zu tun haben, aber bei mir war es der Alkohol. Ich träumte, daß ich in der einen Hand ein Glas und in der anderen eine Flasche hielt. Dann träumte ich, daß ich das Glas drei oder vier Fingerbreit füllte und es austrank. Danach träumte ich von diesem herrlichen Gefühl, das ich immer bekam – als ob ich ein neues Leben anfinge. Ich träumte von Bourbon, von Scotch, von Gin und von Wodka, aber niemals von Rum. Aus Rum habe ich mir nie was gemacht. Wenn ich so dasaß und mir die Comics im Fernsehen anschaute, war mir, als glitte ich eine eingefettete Stange hinunter, glitte leicht und schön nach unten. Morgens wachte ich dann deprimiert und mit Schüttelfrost auf und dachte sofort wieder ans Saufen.»

Beim Abendessen versuchte der Spezialist seinen Beruf zu erklären, aber sein Vokabular war derart fachwissenschaftlich, daß weder Nellie noch Eliot so richtig begriffen, was zu erwarten war. Um acht Uhr trug er seine Instrumentenkiste nach oben und sagte: «Zeit, an die Arbeit zu gehen.» Er schloß die Tür hinter sich. Am nächsten Morgen erschien er mit geröteten Augen zum Frühstück; offenbar war er die ganze Nacht auf gewesen. Nailles fuhr ihn zum Bahnhof, und am Ende der Woche bekamen sie seinen Befund mit der Post. Der Bericht lautete: «Der Patient fiel um 9.12 in Schlaf, gleichzeitig sank die Körpertemperatur ab. Er schlief in der Fanchonhaltung – das heißt auf dem Bauch, mit angewinkeltem rechtem Knie. Um 10.00 Uhr hatte er eine zwei Minuten dauernde Traumfolge, die seine Körpertemperatur erhöhte und allgemein die kardiovaskulären Spannungen löste. Um 10.30 wechselte er zu der Nimbushaltung über, das heißt, er zog das linke Bein hoch. Die nächste Traumsequenz begann um 1.15 und endete drei Minuten später. Sie verursachte eine Erektion, die den Patienten für kurze Zeit wach werden ließ. Danach wechselte er zur vorgeburtlichen Lage über und fiel wieder in Schlaf. Die Körpertemperatur blieb konstant. Um 3.10 nahm er abermals die Fanchonhaltung ein und begann zu schnarchen. Das Schnarchen war teils oral, teils nasal und dauerte achteinhalb Minuten...» Der Bericht war fünf maschinengeschriebene Seiten lang, und daran angeheftet fanden sie eine Rechnung über fünfhundert Dollar.

IV

Für Nailles waren Schmerzen und Leiden in einem Fürstentum beheimatet, das irgendwo jenseits der Grenzen von Westeuropa lag. Die Regierung war vermutlich feudal und das Land gebirgig. Es würde nie auf seiner Reiseroute liegen, und im Reisebüro hätte man ihm nichts darüber sagen können. Dann und wann erhielt er Postkarten aus diesem fernen Land: die Ansicht einer Äskulapstatue im Kurpark mit schneebedeckten Bergen im Hintergrund, und auf der Rückseite der Karte die Mitteilung: «Edna steht die meiste Zeit unter Beruhigungsmitteln und hat nur noch ungefähr drei Wochen zu leben, aber sie würde sich sehr über einen Brief von Dir freuen.» Er schrieb muntere Briefe an die Sterbende und sandte sie in jene ferne, wunderliche Hauptstadt, wo die Figuren des Rathausglockenspiels verkrüppelt und die Statuen in den Anlagen groteske Ausgeburten der Phantasie schmerzgequälter Menschen waren, wo man das Schloß zum Krankenhaus umgebaut hatte und wo Ströme von Blut unter den Brückenbogen schäumten. Es war Nailles nicht bestimmt, in dieses Land zu reisen, und er war überrascht und erschrocken, als er aus einem Traum erwachte, in dem er – vom Zug aus – diese schreckliche Bergkette gesehen hatte.

Am zwölften Tag von Tonys rätselhafter Krankheit endete Nailles' Unerfahrenheit in Hinblick auf Kummer. Er hätte sich wohl nicht zu der Behauptung verstiegen, das Glück werde ausgeteilt wie Erdnüsse am Ende einer Kindergeburtstagsfeier, aber er hatte das vage Gefühl gehabt, daß jedem Menschen sein Anteil an sinnlichen Vergnügungen, an harter Arbeit, Geld und Liebe zugemessen sei und daß die Klassenunterschiede, die er überall sah, Geheimnisse waren, die ihn nichts angingen. Glücklicher Nailles! Nun lag sein Sohn todkrank danieder. Das trat nicht wie eine Tatsache in sein Leben. Vielmehr sollte es von nun an sein Leben sein, und er sollte die Hartnäckigkeit des Leides erfahren. Wenn er morgens erwachte, war sein erster Gedanke, vielleicht werde er gleich Tonys Schritt auf der Treppe hören. Was ihn auch beschäftigte – trinken, spielen, Arbeit oder Geld –, es war lediglich eine Ablenkung von dem zermürbenden Bild seines verlorenen Sohnes, der ein Kopfkissen an sich preßte. Nachdem er die Hartnäckigkeit des Leides erfahren hatte, erlebte er auch die heftige Eifersucht eines Menschen, der sich vom Glück im Stich gelassen fühlt. Warum mußte gerade Tony an einer geheimnisvollen und unheilbaren Krankheit leiden? Das war keine Frage, die er selbst sich stellte, nein, sie wurde ihm mitleidlos aufgezwungen von der Welt, wie sie sich ihm vom frühen Morgen bis zum Dunkelwerden zeigte. Fröhliches, unbekümmertes Gelächter auf dem Bahnsteig ließ Nailles zornig und verbittert werden, weil er nicht wußte, warum es den Söhnen seiner Freunde vergönnt war, ungehindert im Freien umherzulaufen, während sein Sohn wie ein Gefangener im Zimmer lag. Beim Lunch mit Freunden, die unausweichlich von den Erfolgen ihrer Söhne erzählten, wurde er regelmäßig von einer solchen Traurigkeit und so bösen Ahnungen befallen, daß es den Anschein hatte, er sei seinen Tischgenossen physisch entrückt. Sah er einen fremden Jungen die Straße entlanglaufen, so hätte er ihm am liebsten nachgerufen: «Halt, halt, halt, halt! Tony war auch einmal so kräftig und schnell wie du.» Er, der in seiner Lebensführung ein Patriot gewesen war, fand sich jetzt in Umsturzgelüste, Spionage und Rachsucht verstrickt.

«Kennst du Leute, die Hammer heißen?» fragte Nellie eines Abends. Nailles erwiderte, er habe die Hammers in der Kirche kennengelernt. «Sie hat heute nachmittag angerufen und uns zum Dinner eingeladen», sagte Nellie. «Ich finde es ja unpassend, wildfremde Menschen zum Essen einzuladen, aber vielleicht stammen sie aus einer Gegend, wo das üblich ist.»

«Ein bißchen merkwürdig kommt's mir auch vor», meinte Nailles. «Wir haben uns nur ganz flüchtig in der Vorhalle begrüßt. Vielleicht sind sie einsam...» Er dachte nicht an die vermutliche Einsamkeit der Hammers, sondern an seine eigene. Es war der Gedanke an Tony im Bett, der seinem strengen Gefühl für gesellschaftliche Formen einen Stoß versetzte. Tony war krank, Nailles war traurig, es gab mehr Leiden auf der Welt, als man ihn glauben gemacht hatte – sollte er da nicht vielleicht Mrs. Hammers Aufdringlichkeit großmütig übersehen und ihre Einladung annehmen? «Laß uns ruhig hingehen, wenn wir nichts anderes vorhaben», sagte er. «Es wäre eine nachbarliche Geste, und wir brauchen ja nicht lange zu bleiben.» Einige Tage später fuhren sie abends nach Powder Hill. Es war eine sternklare Nacht – die Venus leuchtete wie eine Glühbirne –, und als sie durch den Vorgarten auf das Haus zugingen, beugte sich Nailles zu Nellie und küßte sie. Hammer öffnete ihnen die Tür und machte sie mit seiner Frau und den anderen Gästen bekannt. Marietta Hammer wirkte teilnahmslos – war sie geistesabwesend oder vielleicht betrunken? Einer von Nailles' großen Passivposten war seine Unfähigkeit, Leute nach ihrem Äußeren zu beurteilen. Er hielt alle Männer und Frauen für ehrlich, zuverlässig, sauber und glücklich, und natürlich wurde er oft überrascht und enttäuscht. Er stellte sofort fest, daß er seine anfänglich optimistische Einschätzung der Hammers revidieren mußte. Außer Nellie und ihm waren noch drei andere Ehepaare da – die Taylors, die Phillips und die Hazzards. Die Gastgeber schienen kein Dienstmädchen zu haben. Während Hammer im Anrichteraum die Drinks mixte, entschuldigte sich Marietta und ging in die Küche.

«Kennen Sie die Hammers schon lange?» fragte Eliot die anderen.

«Eigentlich kenne ich sie überhaupt nicht», sagte Mr. Taylor. «Ich habe die Ford-Vertretung im Ort, und als er kam, um einen Wagen zu kaufen, hat er mich zum Dinner eingeladen. Ich nehme an, sie werden auch noch einen Zweitwagen brauchen – in Powder Hill ist das ja so üblich –, also bin ich im Grunde geschäftlich hier.»

«Ich habe ihnen eine Tiefkühltruhe verkauft», sagte Mr. Phillips.

«Ich habe ihnen das Haus verkauft», sagte Mr. Hazzard.

«Ist es nicht ein entzückendes Haus?» warf Mrs. Hazzard ein. «Es hat den Heathcups gehört – bis er verschied.»

«Er war so ein netter Mensch», meinte Mr. Hazzard.

«Ich möchte nur wissen, warum er es getan hat.»

«So», sagte Hammer, der aus dem Anrichteraum zurückkam, «Bourbon für Sie. Scotch und Wasser...»

«In welcher Branche sind Sie tätig, Mr. Hammer?» fragte Mr. Hazzard.

«Ich leite die Firma Paul Hammer Associates», antwortete Hammer. «Wir befassen uns sozusagen mit allem.»

Marietta Hammer lachte. Ihr Lachen zielte darauf ab, ihren Mann aus der Fassung zu bringen. Es war ein musikalisches Lachen und ging über eine halbe Oktave, aber es war, dachte Eliot, ein Lachen, wie man es in Frauenklubs, beim Bridgespiel und in jenen Restaurants hört, die für ihre gehaltvollen Desserts bekannt sind. Es vermochte nicht, sexuell aufzurütteln, wie Lachen es oft tut. Mariettas blondes Haar, ihre Ohrringe und ihr Kleid waren lang, und man konnte diese Frau durchaus als eine Schönheit bezeichnen – eine Schönheit, wie sie einem vielleicht von dem Titelblatt einer Zeitschrift entgegenlächelt, aber von einem alten Titelblatt im Wartezimmer eines Zahnarztes, abgegriffen und vom vorletzten Jahr datiert. Sie ging in den Anrichteraum und schenkte sich noch einen Whisky ein. Taylor machte kein Hehl daraus, daß er geschäftlich hier war, und während sie die Cocktails tranken, sprach er von den interessanten Preisnachlässen, die er Hammer gewähren könnte, wenn er sich eines Tages einen Zweitwagen zulegen wolle. Das Essen war, gemessen an dem, was man sonst in Bullet Park servierte, alles andere als gut. Es gab eine Art Gulasch, und Marietta stocherte mit so sichtlichem Widerwillen darin herum, daß Eliot sich fragte, ob etwa Hammer die Mahlzeit zubereitet habe. «Wahrscheinlich wohnen Sie noch nicht lange genug in Bullet Park, um sich ein Urteil bilden zu können», wandte er sich an die Gastgeber, «aber wir hoffen, daß der Ort Ihnen gefällt. Für mein Gefühl ist es eine sehr nette Gemeinde.»

«Wir sind erst seit zwei Wochen hier», erwiderte Hammer.

«Wenn meine Meinung Sie interessiert», rief Marietta, «dann will ich sie Ihnen gern sagen. Ich finde Bullet Park gräßlich. Wie auf einem Maskenball ist es hier. Man braucht nur seine Kleider bei Brooks zu kaufen, den Zug zu nehmen und sich jede Woche in der Kirche zu zeigen – und niemand wird jemals fragen, wer man ist.»

«Bitte, Liebling», sagte Hammer, «nicht heute abend.»

«Ach, was ist denn mit dir los?» fragte sie. «Weswegen bist du so verärgert? Schon die ganze Woche hast du eine Stinklaune. Bist du wütend, weil ich mir dieses Kleid gekauft habe? Findest du, ich sollte meine Kleider bei Macy oder Alexander oder in sonst einem schäbigen Laden kaufen? Oder verlangst du etwa, daß ich mich selbst an die Nähmaschine setze? Na ja, es hat vierhundert Dollar gekostet, aber ich sehe gut darin aus, und schließlich brauche ich etwas zum Anziehen. Ich habe nicht viele Kleider. Also gut, ich habe nicht *sehr* viele Kleider. Okay, okay, ich habe massenhaft Kleider, und ich habe etwas Dummes gesagt, und du freust dich hämisch darüber. O Gott, ich wollte, du könntest dein Gesicht sehen. Wirklich zum Totlachen.»

«Bei Ohrbach gibt es sehr hübsche Kleider», warf Mrs. Taylor ein.

«Bitte nicht heute abend, Schatz», sagte Hammer.

«Du bist ein Schlappschwanz», fuhr sie fort. «Ein Schlappschwanz und ein Pantoffelheld – und versuche bloß nicht, mir die Schuld daran zu geben. Du gehörst zu den Männern, die glauben, daß sich eines Tages – eines schönen Tages – eine schlanke, gut erzogene, bildhübsche, wohlhabende, leidenschaftliche und intelligente Blondine in sie verlieben wird. O Gott, wie gut ich mir das vorstellen kann. Es ist so widerlich. Sie wird lange Haare und Beine haben und etwa achtundzwanzig sein, geschieden, aber ohne Kinder. Entweder ist sie Schauspielerin, oder sie singt in einem Nachtlokal. Das entspricht so ungefähr dem Niveau deiner Phantasie. Was tust du mit ihr außer trinken? Wozu ist ein Pantoffelheld schon fähig? Führst du sie ins Theater? Kaufst du ihr Schmuck? Gehst du mit ihr auf Reisen? Ich möchte wetten, daß du mit ihr auf Reisen gehst. Das ist deine Idee von unüberbietbarem Luxus. Zehn Tage auf der ‹Raffaello›, morgens, mittags und abends trinken und um sieben Uhr in deinem eleganten Smoking in der Erste-Klasse-Bar aufkreuzen. Was für ein distinguiertes Paar! Was für ein Quatsch! Aber wahrscheinlich würdest du die ‹France› vorziehen, weil du dich da mit deinem lausigen Französisch großtun könntest. Ich nehme an, du würdest sie in ihren hochhackigen Schuhen kreuz und quer durch Paris schleppen und ihr all deine altvertrauten Lieblingsplätze zeigen. Sie tut mir aufrichtig leid. Aber eines laß dir gesagt sein, du Dummkopf, laß es dir ein für allemal gesagt sein: Wenn diese Blondine tatsächlich auftauchte, dann hättest du garantiert nicht den Mut, mit ihr ins Bett zu gehen. Du würdest sie nur anschmachten, sie heimlich im Anrichteraum küssen und zu guter Letzt beschließen, daß du mir nicht untreu werden willst. Ja, so wäre es, wenn eine Blondine auftauchte, aber es wird keine auftauchen. Es gibt keine solche Blondine. Du wirst für den Rest deines Lebens einsam sein. Du bist ein einsamer Mann, und ein einsamer Mann ist ein verlassenes Wesen, ein Stock, ein Stein, ein abgemagerter Knochen, ein Fußabtreter, eine leere Ginflasche...»

«Ich glaube, wir müssen jetzt gehen», sagte Mrs. Taylor.

«Ja, wir auch», stimmten die Phillips zu, und alle drängten zur Tür.

«Gute Nacht.»

«Gute Nacht.»

«Gute Nacht.»

Später, als Nailles im Bett lag, dachte er: Hammer und Nailles, Spaghetti und Fleischklößchen, Pfeffer und Salz, Essig und Öl, Romeo und Julia, Haken und Öse, Donner und Blitz, Speck und Eier, Brot und Butter, Schinken und Käse, Kandare und Trense, Schuhe und Strümpfe, Schnur und Senkblei, wahr und unwahr, spitz und stumpf, Stiefel und Sporen, Schnorchel und Flosse, Fisch und Kartoffelchips, Frack und weiße Binde, Braut und Bräutigam, Hund und Katze, Zucker und Sahne, Tisch und Stuhl, Feder und Tinte, Mond und Sterne, Kugel und Kette, Lachen und Weinen, Mama und Papa, Krieg und Frieden, Himmel und Hölle, gut und böse, Leben und Tod, Tod und Steuern ... Er schlief und träumte.

Er träumte, daß sie in einer kleinen Dorfkirche waren, die sie manchmal im Sommer besuchten. Die Kirche war kreuzförmig gebaut, und im Mittelgang lag ein abgetretener grüner Läufer. Ein scharfer und deprimierender Geruch nach kirchlichem Firnis hing in der Luft. Sie waren zu einem Begräbnis gekommen, und der Sarg stand vor dem Altar, aber er konnte sich nicht erinnern, für wessen Seele hier gebetet werden sollte. Er schaute umher und versuchte herauszufinden, welches Gemeindemitglied fehlte. Charlie Estabrooke? Nein, der saß dort links mit seiner Frau. Bailey Barnes? Bailey mit seiner ganzen Familie saß rechts. Alex Kneeland? Eddie Clapp? Jim Randolph? Sam Farrar? Dave Poor? Rick Rhodes? Jim Stesse? Und Roger Cromwell? Als er sah, daß die Kirchengemeinde vollzählig versammelt war, wurde ihm klar, daß es sich um sein eigenes Begräbnis handelte.

V Tony lag seit siebzehn Tagen im Bett, als eine Schönwetterperiode einsetzte. Nailles wachte morgens gegen sechs Uhr auf und fühlte sich großartig. Die Sonne war noch nicht aufgegangen, aber der Himmel leuchtete hell. Nailles rasierte sich, badete und sprang dann zu Nellie ins Bett. Er nahm sie in die Arme und dachte dabei, daß sie viel jünger zu sein schien, als sie in Wirklichkeit war. Hatten sie etwa in ihrem Liebesleben die Ablagerungen der Zeit von sich getan? Waren ihre niedrigen Eigenschaften für eine Stunde oder länger verschwunden und hatten sie beide frei zu Vergnügen und Lustbarkeit zurückgelassen? Als er zum Fenster ging, sah das Land, das sich vor seinen Augen erstreckte, wie ein Paradies aus. Dabei wußte er genau, daß es keines war. Unter dem Gras verbargen sich Rieselfelder, und diese roten Kardinäle in den Fichten hatten vielleicht Läuse, aber obgleich der Glanz ihres Gefieders und die Klarheit ihres Gesanges nichts mit dem Frieden auf Erden, mit Liebe und Bankdepots zu tun hatte, riefen sie in Nailles ein solches Jubelgefühl hervor, daß er die Arme ausbreitete, als wolle er die Landschaft und die Vögel umarmen. «Ach, ich fühle mich unglaublich wohl», sagte er. «Irgend etwas scheint geschehen zu sein, während ich schlief. Mir ist, als hätte man mir ein Geschenk gemacht, ein wunderschönes Geschenk. Ich spüre es, alles wird wieder werden wie früher, als es so herrlich war. Tony wird heute oder vielleicht morgen aufstehen und zur Schule gehen. Ich weiß genau, daß alles ganz herrlich werden wird.»

Nailles frühstückte ausgiebig und ging dann zu Tony hinauf. Da weder er noch seine Frau noch sein Sohn jemals krank gewesen waren, empfand er den muffigen Geruch des Krankenzimmers, der ihm entgegenschlug, als fremdartig und unangenehm. Die Jalousien waren heruntergelassen. Tony schlief. Er trug nur eine Unterhose, der Oberkörper war nackt. Seine Haut hatte eine gelbliche Farbe. Das wirre Haar war seit einem Monat nicht mehr geschnitten worden. Wie ein Verzweifelter umklammerte er sein Kopfkissen. «Wach auf, Tony!» rief Nailles. «Wach auf! Es ist ein ganz, ganz prachtvoller Morgen. Wach auf und schau dir das an.» Er zog die Jalousien hoch, und strahlendes Sonnenlicht flutete in das Krankenzimmer. «Sieh nur, Tony, wie hell alles ist. An so einem Tag kann man doch nicht im Bett bleiben. Es ist wie ein Ruf an dich, Tony. Alles liegt vor dir. Alles. Du wirst aufs College gehen, du wirst eine interessante Stellung finden, du wirst heiraten und Kinder haben. Alles liegt vor dir, Tony. Komm ans Fenster!»

Er ergriff die Hand des Jungen, zog ihn aus dem Bett ans Fenster und stand dort mit ihm, einen Arm um Tonys Schulter gelegt. «Sieh, Tony, wie wunderbar hell alles ist. Fühlst du dich nicht schon besser?» Tony sank in die Knie. «Morgen, Daddy», schluchzte er. «Vielleicht morgen.»

Wie ein Kind auf einem Hügel spürte Nailles, daß den Dächern, den Bäumen, dem Fluß und den Straßen, welche die Landschaft bildeten, Zweck und Ordnung zugrunde lagen. Es hatte einen offensichtlichen Zweck, daß er Nellie und das Morgenlicht liebte, aber was für einen Zweck hatte die Krankheit seines Sohnes, welche Botschaft oder Lehre sollte sie ihm übermitteln? Kummer war für die anderen; Gram und Leid waren für die anderen. Ein schrecklicher Irrtum war geschehen. Tony schluchzte heftig, und dann sagte er – heulte er: «Gib mir die Berge wieder.»

«Was, mein Junge? Was hast du gesagt?»

«Gib mir die Berge wieder.»

«Welche Berge, mein Junge?» fragte Nailles. «Meinst du die Berge, auf die wir so oft gestiegen sind? Die Weißen Berge. In Wirklichkeit sind sie gar nicht weiß, nicht wahr? Erinnerst du dich, wie wir immer von Franconia nach Crawford geklettert sind? Das hat Spaß gemacht, nicht wahr? Sind das die Berge, die du meinst?»

«Ich weiß nicht», sagte Tony. Er legte sich wieder ins Bett.

«So, und jetzt muß ich gehen, sonst versäume ich den Zug», sagte Nailles. «Auf Wiedersehen bis heute abend.»

Nailles, der an diesem Morgen auf den Siebenuhrsechsundfünfzig wartete, entzog sich allen Fragen nach dem Gesundheitszustand seines Sohnes, indem er behauptete, Tony habe eine Mononukleose. Er stand auf dem Bahnsteig zwischen Harry Shinglehouse und Hammer. Nailles und Hammer lasen die «Times». Shinglehouse las das «Wall Street Journal». Seit der Abendgesellschaft grüßten sich Nailles und Hammer, sprachen jedoch im übrigen kaum miteinander. Morgens nahmen sie manchmal denselben Zug, aber auf der Rückfahrt hatte Nailles seinen Nachbarn nur einmal im Sechsuhrzweiunddreißig gesehen, und bei dieser Gelegenheit schlief Hammer – entweder war er betrunken oder müde oder beides. Er hatte eine schwarze Aktentasche auf dem Schoß und war im Schlaf über sie gesunken, eine Haltung, die verzweifelt und kriecherisch wirkte. Was ist das ergreifende an Männern und Frauen, die in Zügen und Flugzeugen schlafen, warum kommen sie uns so verlassen, so besiegt, so verloren vor? Sie schnarchen, zucken, murmeln Namen, sie scheinen die Opfer einer schrecklichen Umwälzung zu sein, obwohl sie nur nach Hause fahren, um zu essen und den Rasen zu mähen. Nailles beobachtete seinen Nachbarn, und als Hammer in Bullet Park nicht aufwachte, rüttelte er ihn an der Schulter und sagte: «He, wir sind da.» – «Ach ja, vielen Dank», sagte Hammer. Das war ihr einziges Gespräch gewesen.

An diesem Morgen nickten sie einander zu und lasen ihre gefalteten Zeitungen, als der Chicago-Expreß mit hundertzwanzig Minuten Verspätung und einhundertfünfundvierzig Kilometern Stundengeschwindigkeit heranbrauste. Nailles hielt seinen Hut fest, faltete die Zeitung noch einmal und schloß die Augen, denn der Lärm und die Erschütterung des Zuges gaben ihm das Gefühl, im Wirbel eines scheußlichen Windkanals zu sein. Als der Expreß vorbeigerast war, öffnete er die Augen und sah den Zug in der Ferne entschwinden, eine Rauchfahne, wie ein Schweineschwänzchen geringelt, fröhlich hinter sich herziehend. Nailles hatte sich schon wieder seiner Zeitung zugewandt, als ihm auffiel, daß Harry Shinglehouse verschwunden war. Er blickte umher, denn er dachte, Harry habe vielleicht seinen Standort gewechselt, aber er konnte ihn nirgends auf dem Bahnsteig entdecken. Plötzlich sah er zwischen den Schienen einen blank geputzten braunen Schuh auf dem Schotter liegen. «Großer Gott», stieß er hervor. «Dieser Mann – wie heißt er doch gleich? – ist in den Sog des Zuges geraten.»

«Hmmm», machte Hammer und ließ seine Zeitung sinken.

«Shinglehouse. Er ist fort.»

«O ja, da haben Sie recht», sagte Hammer.

«Shinglehouse», schrie Nailles. «Er ist tot. Ich meine, er wurde getötet.»

«Was sollen wir tun?» fragte Hammer.

«Ich werde die Polizei anrufen», entschied Nailles. «Das wird wohl das beste sein.»

Am Ende des Bahnsteigs befand sich eine Telefonzelle. Nailles lief hin und rief das zuständige Revier an.

«Polizist Shea», meldete sich eine Stimme.

«Hören Sie zu», sagte Nailles. «Hier spricht Eliot Nailles. Ich bin am Bahnhof. Der Zug nach Chicago kam gerade durch, und Shinglehouse ist in den Sog des Zuges geraten.»

«Ich verstehe Sie nicht», sagte der Polizist. Nailles mußte seine Geschichte dreimal wiederholen. Inzwischen kam der Siebenuhrsechsundfünfzig, und alle außer Hammer und Nailles stiegen ein. Wenig später ertönte die Sirene, und sie sahen die Lichter eines Streifenwagens. Zwei Polizisten kamen auf den Bahnsteig gelaufen. «Hier hat er gestanden», erklärte Nailles. «Da ist noch sein Schuh. Genau hier hat er gestanden, und dann fuhr der Expreß durch, und er war fort.»

«Wo ist die Leiche?»

«Keine Ahnung», antwortete Nailles.

«Ich muß Sie bitten, mich zur Vernehmung auf die Wache zu begleiten, meine Herren.»

«Aber wir müssen zur Arbeit», wandte Hammer ein. «Ich habe eine Sitzung.»

«Ich auch», sagte Nailles. «Außerdem wissen wir nichts über die Sache. Warum rufen Sie nicht die Bahnpolizei?» Das war ein Versuchsballon, aber irgendwer mußte ja etwas unternehmen, damit die Sache weiterging, und die Polizisten schienen dankbar für den Rat. Einer von ihnen hob den Schuh von den Schienen auf, und dann gingen sie zu dem Streifenwagen zurück. Plötzlich begann Hammer zu weinen. «Nicht doch», sagte Nailles tröstend, «ist ja schon gut. Waren Sie mit ihm befreundet?»

«Nein», schluchzte Hammer. «Ich habe den armen Kerl gar nicht gekannt.»

«Kommen Sie, beruhigen Sie sich.» Nailles legte den Arm um Hammer. Sie waren lediglich Bekannte, doch der Unglücksfall hatte sie eng miteinander verbunden. Hammer unterdrückte sein Schluchzen, aber Nailles nahm den Arm nicht fort, und so wurde dieses merkwürdige Paar von den Reisenden des Achtuhrelf gesehen. Nailles und Hammer fuhren gemeinsam in die Stadt, bestürzt über die Rätselhaftigkeit von Leben und Tod.

Die Abendzeitung brachte einen ausführlichen Bericht. Der verschwundene Mann war arbeitslos gewesen und hinterließ eine Frau und drei Kinder. Er hatte einmal in der republikanischen Wahlliste für den Gemeinderat kandidiert und war früher in einem Werbebüro tätig gewesen. Nailles wollte die Witwe anrufen, aber ihm fiel nichts ein, was er ihr hätte sagen können.

Der nächste Morgen war dunkel und regnerisch. Nailles verschlief den Schnellzug, der ihn gewöhnlich in die Stadt brachte. Der Vorortzug, mit dem er statt dessen fuhr, hielt zweiundzwanzigmal zwischen Bullet Park und der Grand Central Station. Die schmutzigen Abteilfenster und der bedeckte Himmel schienen seine Stimmung zu verdüstern. Er mußte an Shinglehouse' Schuh denken. Ihm war ganz eigenartig zumute. Er las die «Times», aber die Meldungen – mit Ausnahme der Sportberichte – kamen ihm vor wie Nachrichten von einem anderen Planeten. Ein Verrückter hatte in einem Park in Dallas mit einem Karabiner siebzehn Menschen niedergemetzelt, darunter einen Erzbischof, der seinen Hund spazierenführte. Die üblichen Kriege waren im Gang. Die Musikergewerkschaft, die Flugzeugpiloten, die Feuerwehrleute, die Zirkusartisten und die Matrosen drohten mit Streik. Ein Sprecher des Weißen Hauses dementierte Gerüchte von einer Schlägerei zwischen dem Präsidenten, dem Außenminister und dem Verteidigungsminister. Anhaltende Dürre gefährdete die Weizenernte. In Ohio war ein unbekanntes fliegendes Objekt gesichtet worden. Ein Friseur in Linden, New Jersey, hatte seine Frau, seine vier Kinder, seinen Pudel und sich selbst erschossen. Dichter Nebel hatte in Chicago den Verkehr für drei Tage weitgehend lahmgelegt und viele Geschäfte zum Schließen gezwungen. Nailles fühlte sich niedergeschlagen und versuchte es mit dem naiven Ausweg, seine Stimmung zu heben, indem er alle möglichen Schicksalsschläge aufzählte, die ihn hätten treffen können. War er des schweren Einbruchs angeklagt worden? Nein. Hatte man ihn in einem Park ermordet aufgefunden? Nein. War er in einem brennenden Gebäude eingeschlossen gewesen, hatte er sich auf einem Gletscher verirrt, war er von einem tollwütigen Hund gebissen worden? Nein. Warum also war ihm nicht fröhlicher zumute?

Der Zug hielt in Tremont Point, Greenacres, Lascalles, Medowvale und Clear Haven. Die Fahrt erschien Nailles unerträglich – aber warum? Er hatte sie schon mindestens tausendmal gemacht. Warum kam ihm auf einmal diese Verbindung zwischen seiner Wohnung und seinem Büro wie eine Tortur vor? Er atmete schwer, seine Handflächen waren feucht, er hatte ein zitteriges Gefühl in der Magengrube, und der anhaltende Regen verursachte ihm Herzbeschwerden. Als der Zug in Longbrook hielt, ergriff Nailles plötzlich seinen Regenmantel, drängte sich an den einsteigenden Reisenden vorbei und verließ den Wagen. Der Zug fuhr ab, und er stand um halb neun Uhr morgens allein auf einem Vorortbahnsteig.

Für Nailles' Lebensgefühl war es wichtig, daß er die ungleichen Milieus und Rhythmen seiner Welt überbrückte oder miteinander verband, und eine der Hauptbrücken – die zwischen seinem weißen Haus und seinem Büro – war nun eingestürzt. Er flüchtete sich aus dem Regen in den Warteraum. Was er brauchte, war Unternehmungsgeist, aber woher sollte er ihn nehmen? So etwas ließ sich nicht herbeizitieren, das stand fest. Konnte er sich den Mumm in einer Sportschule aneignen, ihn in einer Lotterie gewinnen, ihn bei einem Versandhaus bestellen oder ihn als eine himmlische Gabe empfangen? Der nächste Vorortzug war in fünfzehn Minuten fällig, und es warteten bereits mehrere Fahrgäste. Nailles stieg mit ihnen zusammen ein und versuchte sich einzureden, daß er vergnügt und munter sei. An der dritten Haltestelle stieg er wieder aus. So machte er eine grausame Pilgerfahrt in die Stadt, von einer Station zur anderen.

An diesem Abend schenkte sich Nailles nach dem Essen einen doppelten Whisky ein und nahm das Glas mit in Tonys Zimmer. Er setzte sich auf einen Stuhl neben Tonys Bett, wie er es früher so oft getan hatte, wenn er dem Jungen «Die Schatzinsel» vorlas.

«Wie fühlst du dich, mein Junge?»

«Eigentlich unverändert.»

«Hast du was zu Abend gegessen?»

«Ja.»

«Am Sonntag war ein langer Artikel in der Zeitung, und da hieß es, daß deine Generation die Welt für schrecklich gefährdet hält. Findest du auch, daß die Welt schrecklich gefährdet ist?»

«Nein. Ich halte sie nicht für gefährdet.»

«Du glaubst also nicht, daß deine Schwierigkeiten damit zusammenhängen könnten?»

«Ich liebe die Welt. Ich bin nur eben traurig, das ist alles.»

«Nun, ich glaube, es gibt viel Grund zur Traurigkeit, wenn man sich so umsieht, aber es ärgert mich, daß die Leute immer auf den Vororten herumhacken. Ich habe nie verstanden, warum sie das tun. In jedem modernen Theaterstück hacken sie auf den Vororten herum, aber ich weiß wirklich nicht, was am Golfspielen und Blumenzüchten verderbt sein soll. Hier draußen lebt man auch billiger, und ich wäre verloren, wenn ich mir keine Bewegung machen könnte. Für die Leute scheint ein Zusammenhang zwischen Achtbarkeit und moralischer Integrität zu bestehen, und das begreife ich einfach nicht. Zum Beispiel braucht die Tatsache, daß ich eine Weste trage, nicht unbedingt zu bedeuten, daß ich Anspruch darauf erhebe, reinen Herzens zu sein. Das eine hat mit dem anderen nichts zu tun. Überall passieren skandalöse Dinge, aber nur weil sie auch Leuten passieren, die Blumengärten haben, sollte man doch nicht generell an Blumengärten Anstoß nehmen. Charlie Stringer wurde vergangenes Jahr verurteilt, weil er Pornographie mit der Post versandte. Er nennt sich Verleger, und ich nehme an, obszöne Bilder sind sein Geschäft. Er wohnt in einem dieser Tudor-Häuser am Hansen Circle. Hat eine hübsche Frau und drei Kinder. Einen Blumengarten, Bäume. Zwei Pudel. Die Kritiker würden sagen: Ei, ei, der hat sich aber eine schicke Fassade aufgebaut, um zu verbergen, daß er sein Geld mit Obszönitäten und anstößigen Dingen verdient – aber was soll's? Muß denn ein Mann, der mit Schmutz handelt, in einer Kloake hausen? Gewiß, er ist widerlich, aber kann man es einem widerlichen Kerl verdenken, daß er seinen Rasen sprengen und mit den Kindern Ball spielen will?

Wir reden schrecklich viel über Freiheit und Unabhängigkeit. Wenn man unser nationales Ziel definieren sollte, glaube ich nicht, daß man es vermeiden könnte, Wörter wie

Freiheit und Unabhängigkeit zu gebrauchen. Der Präsident spricht immer von Freiheit und Unabhängigkeit, unsere Streitkräfte kämpfen immer, um Freiheit und Unabhängigkeit zu verteidigen, und sonntags in der Kirche dankt Pater Ransome dem Herrgott für unsere Freiheit und Unabhängigkeit, aber du und ich, wir wissen, daß die Schwarzen, die in diesen Bruchbuden unten am Fluß hausen, keine Freiheit und Unabhängigkeit haben, wenn es darum geht, was sie tun und wo sie wohnen. Charlie Simpson ist wirklich ein netter Mensch, aber er und Phelps Marsden und ein halbes Dutzend andere angesehene und wohlhabende Männer hier im Ort verdienen ihr Geld, indem sie Geschäfte mit Salazar, Franco, der Union Minière und allen diesen Militärjuntas machen. Sie sprechen mehr als jeder andere von Freiheit und Unabhängigkeit, aber sie liefern das Geld, die Waffen und die Techniker, um Freiheit und Unabhängigkeit überall dort zu zerschmettern, wo sie in Erscheinung treten. Ich verabscheue Lügen, und ich hasse Falschheit, und wenn man in einer Welt lebt, die so viele Lügner duldet, dann hat man schon Grund, traurig zu sein. Auch ich habe übrigens nicht soviel Freiheit und Unabhängigkeit, wie ich gern haben möchte. Was ich anziehe, was ich esse, mein Sexualleben und ein großer Teil meiner Gedanken – das alles ist streng reglementiert. Aber manchmal bin ich heilfroh, wenn man mir sagt, was ich tun soll. Ich kann nicht in jeder Lage entscheiden, was recht oder unrecht ist.

Die Zeitungen sind oft sehr verwirrend. Dauernd bringen sie Fotos von Soldaten, die im Dschungel und in Schlammlöchern gestorben sind, und daneben wird dann in einem Inserat ein Smaragdring für vierzigtausend Dollar oder ein Zobelmantel angepriesen. Es wäre kindisch, zu sagen, daß der Soldat für Smaragde und Zobelpelze gestorben ist, aber man bekommt es Tag für Tag zu sehen – der sterbende Soldat und der Smaragdring. Und die Homosexualität. Man liest jetzt sehr viel darüber, und es beunruhigt mich. Ich wollte, so etwas gäbe es nicht. Bevor ich dem Chemikerverband beitrat, war ich darauf angewiesen, in der Grand Central Station zu pinkeln, und dabei bin ich fast jedesmal belästigt worden. Einmal, als ich gerade auf der Treppe war, kam so ein Kerl und packte mich am Arm. Ich trug einen Anzug von Brooks, einen Hut von Locke und Peal-Schuhe, und all dieses feine Zeug hatte ich hauptsächlich an, um klarzumachen, daß ich nicht so einer war. Ich ließ den Kerl einfach stehen. Ich schlug ihn nicht. Sein Gesicht habe ich nicht gesehen. Auch die Gesichter der anderen habe ich nie gesehen. Dem Chemikerverband bin ich nur deshalb beigetreten, damit ich in der Bahnhofsgegend einen Ort habe, wo ich pinkeln kann, ohne in eine sittliche Krise zu geraten. Im Grunde bin ich ja gar kein Chemiker, und der Vertrieb von Mundwasser ist keine erhebende Tätigkeit, aber wenn man an die Dinge denkt, die wir brauchen, dann ist es doch klar, daß jemand sie machen muß. Ich meine Rasierklingen und Seife und Speck und Eier und Benzin und Eisenbahnfahrkarten und Schuhe. Irgendwer muß all dieses Zeug herstellen. Tony? Tony?» Tony war eingeschlafen.

Nailles trank sein Glas aus und blickte zärtlich auf seinen geheimnisvollen Sohn. Tony war in Rom zur Welt gekommen, wo Nailles als Chemiker bei der Ernährungs- und Akkerbauorganisation der UNO tätig gewesen war. Nailles hatte Nellie an einem Spätnachmittag in das internationale Krankenhaus am anderen Ufer des Tiber gebracht. Der Arzt, ein sehr dicker Mann, vergewisserte sich, in welchem Zeitabstand die Wehen auftraten, und sagte dann, Nailles solle um halb elf wiederkommen. Als Nailles sich pünktlich einfand, führte man ihn in ein Büro und stellte seine Blutgruppe fest. Eine Erklärung dafür gab man ihm nicht. Später erschien ein Freund mit einer Flasche Scotch und einem Päckchen amerikanischer Zigaretten, was beides damals schwer zu beschaffen war. Die Nonnen hatten anscheinend nichts dagegen einzuwenden, daß die Männer tranken; sie brachten ihnen sogar

Gläser und Eis. Um Mitternacht ging Nailles' Freund nach Hause. Der Arzt kam um drei Uhr herein. Er schwitzte und sah besorgt aus. «Ist sie in Gefahr?» wollte Nailles wissen. «Ja», sagte der Arzt barsch, «sie ist in Gefahr. Das Leben ist nun mal gefährlich. Warum wollt ihr Amerikaner ewig leben?»

«Bitte sagen Sie mir alles», bat Nailles.

«Ich kann Ihnen nur sagen, daß Ihre Frau lieber keine Kinder mehr bekommen sollte, wenn sie das hier übersteht.»

In einem gegenüberliegenden Park begannen bei Sonnenaufgang einige Pfauen zu schreien. Für Nailles klang das unheilverkündend. Der Arzt kam um acht noch einmal herein. «Machen Sie einen Spaziergang», sagte er zu Nailles. «Lenken Sie sich ab. Schöpfen Sie frische Luft.» Nailles ging den Hügel hinunter zur Peterskirche und sprach dort seine Gebete. Dann erklomm er die Treppe, die auf das Dach führte. Oben standen all die riesigen Heiligen und Apostel und kehrten ihm den Rücken zu. Er hatte die Stadt Rom immer sehr gern gehabt, aber jetzt kam sie ihm unheimlich vor – die Stadt der Wölfin. Rom würde Nellie umbringen. Die blutige Geschichte des Ortes schien Einfluß auf ihr Leben zu haben. Rom würde Nellie ermorden.

Er wanderte zu Fuß durch die Stadt und versuchte seinen Kummer auszuschwitzen. In einer Nebenstraße begegnete er einem alten Mann, der phallische Symbole und Totenköpfe verkaufte. Er ging in den Zoo, setzte sich dort ins Café und trank einen Campari. Neben dem Café war ein Käfig mit Raubvögeln, die rohes Fleisch zerrissen. Als er das Café verließ, sah er eine Hyäne, dann ein Gehege mit Wölfen. Im Krankenhaus sagte ihm eine Nonne, er habe einen achtpfündigen Sohn und seine Frau sei außer Gefahr. Er heulte vor Erleichterung und torkelte wie ein Betrunkener im Wartezimmer umher. Abends durfte er Nellie und seinen Sohn sehen, und er hatte sofort den Eindruck, Tony sei hochbegabt, ungestüm und stark. Viel später hatten sie erwogen, einen

Bruder oder eine Schwester für Tony zu adoptieren, aber ein Findelkind hätte Tonys führende Rolle in Frage gestellt, und das war etwas, was sie nicht wollten.

Er hatte keine Möglichkeit, seinen Wert als Vater zu beurteilen. Sie hatten gestritten, als Tony neun war. Damals hatte der Junge plötzlich alle sportlichen Betätigungen und seine Freundschaften zugunsten des Fernsehens aufgegeben. Die Auseinandersetzung fand an einem regnerischen Abend statt. Nailles kam durch die Küchentür ins Haus. Nellie stand am Herd. Er küßte sie auf den Nacken und hob ihre Röcke hoch, aber sie wehrte ihn ab. «Bitte laß das, Liebling», sagte sie. «Ich komme mir ja vor wie ein Tingeltangelgirl. Tonys Zeugnis liegt auf dem Tisch. Vielleicht siehst du's dir mal an.» Nailles mixte sich einen Drink und las das Zeugnis. Tony hatte in keinem Fach mehr als eine Drei oder eine Vier erreicht. Nailles ging durch das Eßzimmer und über die dunkle Diele ins Wohnzimmer, wo Tony sich gerade eine Sendung ansah. Der Bildschirm war die einzige, tiefseeartige Beleuchtung, und das Geräusch des an die Fenster klatschenden Regens ließ das Zimmer wie eine Höhle auf dem Meeresgrund erscheinen.

«Hast du Schularbeiten auf?» fragte Nailles.

«Ja, aber nicht viele», antwortete Tony.

«Du solltest sie lieber machen, bevor du fernsiehst», meinte Nailles. Auf dem Bildschirm tanzten einige Trickfilmfiguren.

«Ich sehe mir nur noch diese Sendung an», erwiderte Tony. «Wenn sie zu Ende ist, mache ich meine Schularbeiten.»

«Mach sie gleich, das ist besser», sagte Nailles.

«Aber Mami hat erlaubt, daß ich mir diese Sendung ansehe», beharrte Tony.

«Wann hast du eigentlich zum letztenmal um Erlaubnis zum Fernsehen gebeten?» erkundigte sich Nailles. Er wußte, daß sarkastische Bemerkungen die Differenzen zwischen ihm und seinem Sohn nur vervielfältigen würden, aber er war müde und nicht bereit nachzugeben. «Du fragst nie um Erlaubnis. Du kommst um halb vier nach Hause, schiebst deinen Stuhl vor den Apparat und rührst dich bis zum Abendessen nicht von der Stelle. Nach dem Essen hockst du dich wieder vor diesen verfluchten Kasten und bleibst bis um neun sitzen. Wenn du nicht ordentlich lernst, wie kannst du da erwarten, ein Zeugnis zu bekommen, mit dem du versetzt wirst?»

«Ich lerne eine Menge durch das Fernsehen», erwiderte Tony schüchtern. «Ich lerne allerlei Interessantes über Geographie und Tiere und Sterne.»

«Was lernst du jetzt?» Nailles deutete auf den Bildschirm.

Die Trickfilmfiguren vergnügten sich mit Tauziehen. Ein großer Vogel hackte das Seil mit seinem Schnabel durch, und alle Figuren purzelten durcheinander.

«Das ist etwas anderes», sagte Tony. «Manche Sendungen sind belehrend und manche nicht.»

«Ach, laß ihn doch, Eliot, laß ihn», rief Nellie aus der Küche. Ihre Stimme war sanft und klar. Nailles schlenderte in die Küche zurück.

«Findest du nicht», fragte er, «daß er viel zu lange vor dem Fernseher sitzt? Von halb vier bis neun, mit einer kurzen Unterbrechung zum Abendessen – das kann doch nicht gut für ihn sein.»

«Du hast schon recht», gab Nellie zu. «Aber es ist ihm gerade jetzt schrecklich wichtig, und ich glaube, mit der Zeit wird sich das schon geben.»

«Ich weiß, daß es ihm schrecklich wichtig ist», sagte Nailles. «Darüber bin ich mir durchaus im klaren. Als ich mit ihm Weihnachtseinkäufe machte, hatte er nur den einen Gedanken, möglichst bald zu dem Kasten zurückzukommen. Er war überhaupt nicht daran interessiert, Geschenke für dich oder für seine Vettern, Tanten und Onkel zu kaufen; Fernsehen, das war alles, was er wollte. Wie ein Süchtiger. Ich meine, er hatte Entziehungserscheinungen. Mir geht's so ähnlich, wenn die Cocktailstunde kommt, aber ich bin immerhin vierunddreißig Jahre alt und bemühe mich, meinen Alkohol- und Zigarettenverbrauch zu rationieren.»

«Der Junge ist noch nicht so alt, daß er anfangen müßte, irgend etwas zu rationieren», warf Nellie ein.

«Er hat keine Lust zum Rodeln, er mag nicht Ball spielen, er will seine Schularbeiten nicht machen und nicht einmal spazierengehen, denn er könnte ja eine Sendung versäumen.»

«Ich glaube, das wird sich geben», sagte Nellie.

«Aus einer krankhaften Sucht wächst man nicht heraus. Man muß sich anstrengen, um sie zu überwinden, oder man braucht jemanden, der einem dabei hilft. Eine Sucht ist nichts, was sich mit der Zeit verliert.»

Er ging zurück in das dunkle Wohnzimmer mit dem wechselnden Tiefseelichtschimmer und dem Getrommel des Regens an den Scheiben. Auf dem Bildschirm forderte ein lispelnder Mann in einem Clownkostüm seine kleinen Freunde auf, sich von Mami ein stromlinienförmiges Spielauto mit Batterieantrieb schenken zu lassen. Nailles drehte das Licht an und sah, wie hingerissen sein Sohn den lispelnden Clown betrachtete.

«Ich habe mit deiner Mutter gesprochen», sagte Nailles, «und wir sind übereingekommen, daß wir deine Fernsehzeit kürzen müssen.» (Der Clown trat ab, und es folgte ein Trickfilm, in dem ein Elefant und ein Tiger Walzer tanzten.) «Ich glaube, eine Stunde am Tag ist reichlich genug. Du kannst selbst entscheiden, welche Sendung du sehen willst.»

Schon früher war dem Jungen diese Maßnahme angedroht worden, aber die Fürsprache seiner Mutter oder Nailles' Vergeßlichkeit hatten ihn stets gerettet. Bei dem Gedanken, wie öde und sinnlos die Stunden nach der Schule sein würden, brach Tony in Tränen aus.

«Weinen führt zu nichts», sagte Nailles. Außer dem Elefanten und dem Tiger drehten sich jetzt auch andere Tiere im Walzertakt.

«Laß mich in Ruhe», trotzte Tony. «Was geht dich das an?»

«Du bist mein Sohn», sagte Nailles energisch, «und es ist meine Aufgabe, dafür zu sorgen, daß du wenigstens das tust, was von dir erwartet wird. Letzten Sommer hast du Nachhilfestunden gehabt, um durchzukommen, und wenn deine Noten nicht besser werden, bleibst du dieses Jahr garantiert sitzen. Glaubst du nicht, daß es mich sehr viel angeht, wie gut oder wie schlecht du lernst? Wenn wir nicht aufpaßten, würdest du überhaupt nicht in die Schule gehen. Du würdest morgens als erstes den Apparat einschalten und bis zur Schlafenszeit fernsehen.»

«Ach, laß mich doch bitte in Ruhe.» Tony stellte das Gerät ab, ging in die Diele und begann die Treppe hinaufzusteigen.

«Komm zurück, Junge», schrie Nailles. «Komm sofort zurück – oder ich komme rauf und hole dich.»

«Bitte, brüll ihn nicht an», bat Nellie von der Küchentür her. «Ich brate gerade Kalbsröllchen, und sie riechen so gut, und ich war so froh, weil du wieder zu Hause bist, und jetzt ist auf einmal alles so schrecklich.»

«Ich war auch froh», sagte Nailles, «aber wir haben hier ein Problem, dem wir nicht einfach deshalb ausweichen können, weil die Kalbsröllchen so gut riechen.»

Er ging an den Fuß der Treppe und rief: «Komm runter, Junge, komm augenblicklich runter, oder du darfst einen Monat lang nicht fernsehen. Hast du gehört? Du kommst sofort runter, oder es ist einen Monat lang Schluß mit dem Fernsehen.»

Der Junge kam langsam die Treppe herunter. «So, nun setz dich mal hierher», sagte Nailles. «Wir werden das jetzt in aller Ruhe besprechen. Ich habe gesagt, du darfst jeden Tag eine Stunde fernsehen, und du brauchst mir nur zu sagen, wann du das tun willst.»

«Ich weiß nicht», erwiderte Tony. «Ich mag die Vieruhrsendung und die Sechsuhrsendung und die Siebenuhrsendung...»

«Du meinst also, eine Stunde reicht nicht aus, stimmt's?»

«Ich weiß nicht», murmelte Tony.

«Ich glaube, ich würde gern etwas trinken», sagte Nellie. «Scotch und Soda.»

Nailles machte ihr den Drink zurecht und kehrte zu Tony zurück. «Nun, wenn du dich nicht entscheiden kannst», sagte er, «dann werde ich es für dich tun. Und eines ist sicher: Der Apparat wird erst angestellt, wenn du deine Schularbeiten fertig hast.»

«Ich komme nie vor halb vier nach Hause», erwiderte Tony, «und manchmal hat der Bus Verspätung, und wenn ich dann erst Schularbeiten mache, versäume ich die Vieruhrsendung.»

«Das ist allerdings schlimm», sagte Nailles. «Geradezu eine Tragödie.»

«Bitte, laß ihn in Ruhe», mischte sich Nellie ein. «Für heute abend reicht es doch wohl.»

«Wir sprechen nicht über heute abend, sondern es geht um jeden einzelnen Abend im Jahr, einschließlich der Samstage, Sonntage und Feiertage. Da hier offenbar kein Übereinkommen erzielt werden kann, muß ich die Entscheidung allein treffen. Ich werde dieses verdammte Ding zur Hintertür hinauswerfen.»

«Nein, Daddy, nein», schrie Tony. «Bitte, tu das nicht. Bitte, bitte, bitte. Ich will mir ja auch Mühe geben. Bestimmt, ich will mich bessern.»

«Das hast du seit Monaten erfolglos versucht», sagte Nailles. «Du versprichst immer, du würdest Vernunft annehmen, und statt dessen hockst du nur noch länger vor dem Fernsehschirm. Deine Vorsätze mögen gut gewesen sein, aber sie haben zu nichts geführt. Der Kasten fliegt jetzt raus.»

«Bitte, tu's nicht, Eliot», rief Nellie. «Bitte, tu's nicht. Er liebt seinen Fernseher. Merkst du denn nicht, wie sehr er ihn liebt?»

«Natürlich merke ich's», erwiderte Nailles. «Deshalb will ich das Ding ja zur Tür hinausfeuern. Ich liebe meinen Gin und meine Zigaretten, aber das ist die vierzehnte Zigarette, die ich heute geraucht habe, und dies ist erst mein vierter Drink. Wenn ich mich um halb vier hinsetzte und ohne Unterbrechung bis um neun tränke, wäre ich jedem dankbar, der mich daran hinderte.» Mit einem Ruck zog er den Stecker heraus und hob das Gerät hoch. Der Kasten war schwer und unhandlich, und um ihn zu tragen, mußte sich Nailles ein wenig nach hinten beugen wie eine schwangere Frau. Die Schnur hinter sich herschleifend, ging er auf die Küchentür zu.

«O Daddy, Daddy», schrie Tony, «tu's nicht, bitte, bitte, tu's nicht!» Er fiel mit gefalteten, flehend erhobenen Händen auf die Knie, eine konventionelle Pose, die er vielleicht in einem melodramatischen Fernsehspiel beobachtet hatte.

«Eliot, Eliot», kreischte Nellie. «Tu's nicht, tu's nicht! Es wird dir leid tun, Eliot. Es wird dir leid tun.»

Tony lief zu seiner Mutter, und sie nahm ihn in die Arme. Beide weinten.

«Ich tue das nicht zu meinem Vergnügen», brüllte Nailles. «Schließlich sehe ich mir gern Football- und Baseballmatches an, wenn ich zu Hause bin; außerdem habe ich den verdammten Kasten bezahlt. Ich tue es bestimmt nicht zu meinem Vergnügen. Ich tue es, weil ich's tun muß.»

«Schau nicht hin, schau nicht hin», sagte Nellie zu Tony und drückte sein Gesicht an ihre Brust.

Die Hintertür war geschlossen, und Nailles mußte den Fernseher abstellen, um sie zu öffnen. Der Regen prasselte auf den Hof. Nailles wuchtete den Apparat wieder hoch, stieß die Fliegentür mit einem Fußtritt auf und schleuderte das Gerät hinaus in die Dunkelheit. Es zersplitterte auf dem zementierten Boden mit dem lauten, gläsernen Knall eines Autozusammenstoßes. Nellie führte Tony nach oben in ihr Schlafzimmer, wo sie sich schluchzend aufs Bett warf. Tony tat es ihr nach. Nailles schloß die Küchentür vor dem Lärm des Regens und schenkte sich noch einen Drink ein. Der fünfte, sagte er sich.

Das alles war vor acht Jahren geschehen.

VI

Tony hatte sich zu einem guten Footballspieler entwickelt und war in seinem vorletzten Schuljahr in die zweite Mannschaft aufgenommen worden. Er hatte nie sehr gut gelernt – auf seinen Zeugnissen herrschte die Note Drei vor –, aber im Französischen waren seine Leistungen so schlecht, daß sie jeder Beschreibung spotteten. Eines Nachmittags, als er gerade zum Training seiner Mannschaft gehen wollte, wurde er über den Lautsprecher zum Schulleiter gerufen. Er hatte keine Angst vor dem Chef, aber ihn beunruhigte der Gedanke, daß er einen Teil des Footballtrainings versäumen könnte. Als er das Vorzimmer betrat, forderte ihn die Sekretärin auf, sich zu setzen.

«Aber ich hab's eilig», sagte Tony. «Ich komme sowieso schon zu spät zum Training.»

«Er ist noch beschäftigt», erwiderte die Sekretärin.

«Könnte ich nicht zu einer anderen Zeit wiederkommen? Vielleicht morgen?»

«Dann würden Sie sich morgen zum Training verspäten.»

«Ginge es nicht während der Unterrichtszeit?»

«Nein.»

Tony schaute sich in dem Sekretariat um. Obgleich ihm die starren, unerbittlichen Tatsachen des Lernens förmlich ins Auge sprangen, hatte das Büro etwas quälend Unwirkliches für ihn. Eine Vitrine mit Sportpreisen, die an einer Wand stand, schien das einzig Reale zu sein. Bald darauf wurde er in das Zimmer des Schulleiters geführt und mußte vor dem Schreibtisch auf einem Stuhl Platz nehmen.

«Sie sind im Anfängerkurs für Französisch zweimal durchgefallen, Tony», sagte der Direktor, «und es sieht ganz so aus, als würden Sie jetzt wieder durchfallen. Ihre Eltern erwarten von Ihnen, daß Sie aufs College gehen, und Sie wissen, daß dazu Kenntnisse in einer modernen Fremdsprache verlangt werden. Ihr Intelligenzquotient ist sehr hoch, und weder Miss Hoe noch ich verstehen, warum es gerade in diesem Fach nicht klappt.»

«Es liegt einfach daran, daß ich mit der Aussprache nicht zurechtkomme, Sir», erklärte Tony. «Ich kann nichts auf französisch sagen. Mein Vater kann's auch nicht. Es klingt irgendwie unecht.»

Der Direktor schaltete die Sprechanlage ein. «Könnten Sie sich jetzt mal mit Tony unterhalten, Miss Hoe?» Ihre bejahende Antwort war deutlich zu hören: «Ja gewiß.» – «Dann gehen Sie also gleich zu Miss Hoe», sagte der Direktor.

«Läßt sich das nicht bis morgen nach dem Unterricht verschieben, Sir? Ich versäume sonst das Footballtraining.»

«Ich glaube, Miss Hoe hat Ihnen gerade über dieses Thema etwas zu sagen. Sie wartet.»

Miss Hoe wartete in einem Zimmer, dessen helles Licht und reine Farben Tony nicht aufzuheitern vermochten. Bald würde es draußen dunkel werden, und dann war es aus mit dem Training. Zuspielen und einen Angriff abwehren hatte er ohnehin schon versäumt. Miss Hoe saß vor einem großen Plakat, auf dem die Ringmauern von Carcassonne zu sehen waren. Es war der einzige traditionelle Schmuck in dem Zimmer. Durch das grelle, fluoreszierende Deckenlicht wirkte der Raum wie eine weißglühende Höhle, gebieterisch in seiner Unabhängigkeit von der zunehmenden Dunkelheit des Herbstnachmittags. Der elektrische Strom zur Beleuchtung des Zimmers kam aus einem anderen, hoch im Norden gelegenen Distrikt, wo bereits Schnee gefallen war. Die Stühle und Pulte waren aus farbigem Plastik gemacht. Der Fußboden bestand aus gewachstem Vinylit.

«Setzen Sie sich, Tony», sagte Miss Hoe. «Bitte setzen Sie sich. Es gibt da so einiges, worüber ich gern mit Ihnen reden möchte.»

Zierlich gebaut und schlank, wie sie war, hätte sie eine hübsche Frau sein können, wäre der fahle Teint nicht gewesen. In dem grellen Licht sah man, daß sie am Kinn ein paar Haare hatte. Ihre Taille war sehr schmal, und das schien sie mit einem gewissen Stolz zu erfüllen, denn sie hob diesen körperlichen Vorzug immer durch Gürtel, Kordeln, Ketten oder Schärpen hervor. Manchmal trug sie ein jungmädchenhaftes Band in dem braunen Haar. Ihr Mund war trotz aller Anstrengungen beim Aussprechen der französischen Vokale sehr klein. Sie benutzte kein Parfüm, und jetzt, am Ende des Tages, umwehte sie ein Hauch von Unfrische.

Sie lebte natürlich allein, aber wir wollen so viel Diskretion walten lassen, daß wir nicht in den klinischen Fakten ihrer Jungfräulichkeit herumschnüffeln oder das Mobiliar, die Andenken und so weiter katalogisieren, mit denen ihre Einzimmerwohnung vollgestopft war. Als einsame und schutzlose Junggesellin war sie das Opfer berechtigter Ängste. An ihrer Wohnungstür waren vier Schlösser angebracht, und sie trug stets ein Fläschchen mit Ammoniak bei sich, um es eventuellen Angreifern in die Augen zu schütten. Sie hatte irgendwo gelesen, Angst sei ein Ausdruck sexuellen Schuldgefühls, und sie war vernünftig genug, zu begreifen, daß ihre Einsamkeit und ihre Jungfräulichkeit sie anfällig für Hemmungen und Schuldbewußtsein machten. Die Last der Schuld mußte jedoch, das fühlte sie, zwischen ihrem Schicksal und den Nachrichten in der Abendzeitung aufgeteilt werden. Es war nicht *ihre* Schuld, die das Ansteigen sexueller Gewalttätigkeit verursacht hatte. Allmählich war bei ihr der Eindruck entstanden, daß sich eine desorganisierte Verschwörung von

Psychopathen entwickelt habe. Allwöchentlich, mitunter sogar täglich, wurden Frauen, die ihr ähnelten, verführt, verstümmelt oder erwürgt. Wenn sie allein im Dunkeln war, hatte sie immer Angst. Da sie häufig träumte, sie werde von einem Rohling in der Gosse mißbraucht, kam zu der Angst das Schuldgefühl.

«Wann sind Sie geboren, Tony?» fragte sie.

«Am siebenundzwanzigsten Mai.»

«Ach, ich wußte es ja», rief sie. «Ich wußte es. Sie sind ein Zwilling.»

«*Was* bin ich?»

«Zwilling ist das Sternbild, unter dem Sie geboren sind. Es bestimmt viele Ihrer Charaktereigenschaften, ja, man kann sagen: Ihr Schicksal. Zwillingsmenschen sind immer hervorragend begabt für Sprachen. Die Tatsache, daß Sie ein Zwilling sind, beweist mir, daß Sie im Französischen gute Leistungen vollbringen können. Glänzende Leistungen sogar. Die Sterne lügen nicht.»

Er sah an ihr vorbei durch das Fenster, blickte auf das Spielfeld. Noch waren das Licht in der Luft, die Farbe in den Bäumen kräftig genug, der Weißglut dieser Zimmerhöhle standzuhalten, aber in zehn Minuten würde die Fensterscheibe nur noch die Gestalten von Miss Hoe und ihm selbst reflektieren. Tony wußte nichts von Astrologie; seiner Meinung nach war sie eine Domäne für Narren. Er vermutete, sie habe in den Sternen gelesen (und damit hatte er recht), daß es ihr offenkundiges Schicksal war, ungeliebt, unverheiratet, kinderlos und einsam zu sein. Sie seufzte, und er wurde sich plötzlich ihres leise zischenden Atems und des Hebens und Senkens ihrer mageren Vorderseite bewußt. Das erschien ihm so intim – fast sexuell –, als lägen sie einander in den Armen, und er schob rasch seinen Stuhl zurück. Die Stuhlbeine scharrten über den Kunststoffboden, und dieses Geräusch brachte ihn wieder zu sich.

«Ich habe mit Mr. Northrup gesprochen, Tony, und wir

sind zu einem Entschluß gekommen. Da Sie offenbar unfähig sind, Ihre Zeit einigermaßen nützlich einzuteilen, werden wir Ihnen dabei behilflich sein. Wir wollen Sie bitten, das Footballspielen aufzugeben.»

Eine derartige Ungerechtigkeit hatte er nicht erwartet. Natürlich würde er nicht weinen, aber im Tränenapparat seiner Augen war entschieden nicht alles in Ordnung. Miss Hoe wußte nicht, was sie sagte. Diese arme Frau hatte noch weniger Ahnung von Football als er von Französisch. Er liebte Football, liebte die Finten, die Arbeit auf dem Mittelfeld, die Ermüdung, und er liebte den Ball selber – seine Form, seine Farbe, seinen Geruch und die Art, wie er mit spiralförmigen Drehungen durch die Luft und in den von Ellenbogen und Brustkasten gebildeten Winkel flog. Er liebte es, mit seiner Mannschaft im Bus zu anderen Schulen zu fahren, er liebte es, als Ersatzmann auf der Bank zu sitzen. Footballspielen war für ihn die natürlichste Beschäftigung von der Welt – wie konnte man ihm diese Natürlichkeit wegnehmen und die Lücke mit französischen Vokabeln ausfüllen?

«Sie wissen nicht, was Sie sagen, Miss Hoe.»

«Doch, Tony, ich weiß es. Ich habe nicht nur mit Mr. Northrup gesprochen, sondern auch mit dem Trainer.»

«Mit dem Trainer?»

«Ja, mit dem Trainer. Er meinte, es wäre besser für Sie, besser für unsere Schule, besser vielleicht auch für unser Footballteam, wenn Sie mehr Zeit auf Ihre Studien verwendeten.»

«Das hat der Trainer gesagt?»

«Der Trainer sagte, Sie zeigten sehr großen Eifer, aber er glaube nicht, daß Sie unentbehrlich seien. Er ist der Ansicht, daß Sie Ihre Zeit vergeuden.»

Tony erhob sich langsam. «Wissen Sie was, Miss Hoe?»

«Na, was denn, Tony? Was, mein Lieber?»

«Ich könnte Sie umbringen», sagte er. «Kaltblütig könnte ich Sie umbringen. Sie erwürgen.»

Miss Hoe sprang so hastig auf, daß ihr Stuhl gegen die Mauern von Carcassonne stieß, und begann zu schreien. Ihr Geschrei alarmierte Mr. Graham, den Lateinlehrer, und Mr. Clark (Naturkunde). Als die beiden Herren angerannt kamen, stand sie hinter ihrem Schreibtisch und deutete mit ausgestrecktem Arm auf Tony.

«Er hat versucht mich umzubringen», kreischte sie. «Erwürgen wollte er mich.»

«Bitte, Mildred, beruhigen Sie sich doch», sagte Mr. Graham beschwichtigend.

«Ich brauche Polizeischutz», schrie sie. «Holen Sie die Polizei!» Mr. Clark rief durch die Sprechanlage das Sekretariat an und veranlaßte, daß man die Polizei verständigte. Dann hob er Miss Hoes Stuhl auf, und sie setzte sich, zitternd und schwer atmend, aber mit so strenger Miene, als sei sie im Begriff, einer ungehorsamen Klasse eine Strafpredigt zu halten. Tony starrte unverwandt seine Hände an. Bald darauf hörte man in der Ferne eine Polizeisirene, deren aufgeregtes, klagendes Geheul nicht aus der herbstlichen Dämmerung zu dringen schien, sondern so klang, als gehöre es zu einem Fernsehdrama, in dem die Anwesenden als Darsteller fungierten und einander wegen viel komplizierterer Probleme bekämpften, als schlechte Noten im Französischen oder eine mißverstandene Drohung es waren. In diesem imaginären Spiel war Tony der Bruder von Miss Hoe, der gerade von einer seiner langen Reisen die Nachricht mitgebracht hatte, daß es sich bei ihrer schönen Mutter um eine bekannte kommunistische Spionin handelte. Der Naturkundelehrer stellte Miss Hoes Mann dar – ein trauriger Versager, dessen geschäftliche Fehlschläge und alkoholische Exzesse bewirkt hatten, daß sie am Rand eines Nervenzusammenbruchs stand –, und Mr. Clark kam vom FBI. Für einen Augenblick durch den Klang der Sirene miteinander verbunden, schienen sie darauf zu warten, daß ihr Dilemma durch eine Werbung für Kopfwehtabletten oder Waschmittel unterbrochen würde, aber statt dessen erschienen zwei Polizisten und fragten: «Was gibt's? Was geht hier vor?» Sie vermuteten Zerstörungswut, obgleich es dafür nicht die richtige Tageszeit war – aber Sachbeschädigung war der übliche Grund, aus dem man sie in Schulen rief. Weshalb waren Kinder eigentlich so versessen darauf, Pultdeckel abzureißen und Fensterscheiben zu zertrümmern? Miss Hoe hob den Kopf. Ihr armes, tränennasses Gesicht war häßlich. «Er wollte mich umbringen», sagte sie. «Er wollte mich umbringen.»

«Beruhigen Sie sich, Mildred», sagte Mr. Clark. «Bitte, beruhigen Sie sich.»

«Bin ich denn völlig schutzlos?» rief sie zornig. «Wollen Sie alle hier herumstehen und diesen Mörder verteidigen, bis ich eines Nachts mit gebrochenem Genick gefunden werde? Woher wissen Sie, daß er kein Messer hat? Hat ihn jemand nach Waffen durchsucht? Hat ihm jemand auch nur eine Frage gestellt?»

«Haben Sie ein Messer, junger Mann?» fragte einer der Polizisten.

«Nein», sagte Tony.

«Haben Sie versucht, diese Dame zu töten?»

«Nein, Sir», sagte Tony.

«Haben Sie versucht, dieser Dame den Hals umzudrehen?»

«Nein, Sir. Ich habe mich über sie geärgert und in meiner Wut gesagt, daß ich es gern tun würde, aber angerührt habe ich sie nicht. So was könnte ich gar nicht tun.»

«Ich wünsche, daß Sie etwas unternehmen», mischte sich Miss Hoe ein. «Ich habe ein Recht auf polizeilichen Schutz.»

«Wollen Sie Klage gegen ihn erheben, meine Dame? Wegen Androhung eines Verbrechens?»

«Das will ich», antwortete Miss Hoe.

«Na schön, dann werde ich ihn aufs Revier bringen und seine Personalien feststellen. Kommen Sie, junger Mann.»

Auf dem Korridor wimmelte es jetzt von Lehrern, Sekretärinnen und Hausmeistern. Keiner von ihnen wußte, was vorgefallen war, und alle fragten einander, um was es sich handelte. Tony und die Polizisten hatten das Ende des Ganges erreicht und waren im Begriff, um die Ecke zu biegen, als Miss Hoe rief: «Herr Polizist! Herr Polizist!» Ihre Stimme klang so angstvoll, daß die Männer sich erschrocken umdrehten.

«Könnten Sie mich nach Hause bringen? In Ihrem Wagen, meine ich.»

«Wo wohnen Sie?»

«In Warwick Gardens.»

«Klar, das läßt sich machen.»

«Ich bin gleich wieder da.»

Sie holte ihren Mantel, schaltete das Licht aus und verschloß die Tür des Klassenzimmers. Dann bahnte sie sich rasch einen Weg durch die Menschenmenge, eilte hinaus zum Wagen und stieg hastig ein. Tony saß vorn zwischen den beiden Polizisten. «Es ist sehr liebenswürdig von Ihnen, daß Sie mich mitnehmen», sagte Miss Hoe. «Ich bin Ihnen wirklich dankbar. Wissen Sie, ich habe schreckliche Angst vor der Dunkelheit. Wenn ich zum Lunch in das Selbstbedienungsrestaurant gehe, ist mein erster Gedanke, daß es in vier Stunden dunkel wird. Ach, ich wollte, es würde nie dunkel – nie. Sie sind doch bestimmt über das Verbrechen in der Maple Street informiert – ich meine diese Dame, die im vorigen Monat mißbraucht und erwürgt wurde. Sie war in meinem Alter, und wir hatten denselben Vornamen. Auch unsere Horoskope stimmten überein, und man hat den Mörder bis heute noch nicht gefunden ...»

Einer der Polizisten begleitete Miss Hoe bis zur Tür ihres Hauses, und dann fuhren sie zum Revier. Tony erklärte, daß seine Mutter in der Stadt sei, daß aber sein Vater gewöhnlich mit dem Zug um sechs Uhr zweiunddreißig komme.

«Nun, der Richter wird frühestens um acht hier sein», sagte der eine Polizist, «und ohne ihn können wir kein Protokoll aufnehmen. Da Sie jedoch einen ziemlich besonnenen

Eindruck machen, werde ich Sie der Obhut Ihres Vaters übergeben, sobald er nach Hause kommt. Die Dame schien mir ein wenig hysterisch...»

Natürlich war Tony zum erstenmal auf der Polizeiwache. Sie befand sich in einem Neubau und wirkte keineswegs schäbig, aber ausgesprochen streng. Fluoreszierendes Neonlicht sorgte für eine gefühlvoll zuckende grelle Beleuchtung, und aus einem Radioapparat kam eine barsche, unnatürlich klingende Stimme. «Ein Meter siebenundsiebzig», sagte die Stimme. «Blaue Augen. Unregelmäßige Zähne. Eine Narbe am rechten Unterkiefer. Ein Muttermal am Nacken. Gewicht hundertsechzig Pfund. Gesucht wegen Mordes...» Ein Polizist notierte Tonys Namen und Adresse und forderte ihn auf, sich zu setzen. Der einzige andere Zivilist in dem Raum war ein Mann, der einen fleckigen weißen Seidenschal um den Hals trug. Seine Kleidung war schmierig und fadenscheinig, seine Hände waren schmutzig, doch der weiße Seidenschal wirkte wie eine Proklamation der Selbstachtung.

«Wie lange muß ich hierbleiben?» fragte er den Polizeibeamten am Schreibtisch.

«Bis der Richter kommt.»

«Was werfen Sie mir denn vor?»

«Landstreicherei.»

«Ich bin per Anhalter auf der Autostraße 27 gefahren», sagte der Landstreicher. «Ich bat den Kerl, er sollte mich mal kurz aussteigen lassen, weil ich pissen mußte, und kaum war ich raus aus dem Wagen, da fuhr er weg. Warum hat er so was getan?» Der Polizeibeamte hustete. «Na, Sie machen es nicht mehr lange», meinte der Landstreicher. «Mit diesem Husten machen Sie es bestimmt nicht mehr lange. Haha. Das hat mir vor achtundzwanzig Jahren ein Arzt gesagt, und wissen Sie, wo der jetzt ist? Etwa zwei Meter unter der Erde. Sieht die Radieschen von unten wachsen. Er starb ein Jahr später. Wer jung bleiben will, muß Kinderbücher lesen, das ist das ganze Geheimnis. Man liest die Bücher, die für kleine Kinder geschrieben sind, und man bleibt jung. Wer Romane, Philosophie und solches Zeug liest, der fühlt sich alt. Fischen Sie im Fluß?»

«Manchmal.» Der Beamte legte so viel Interesselosigkeit in seine Stimme, wie er nur konnte. Dieser Landstreicher beleidigte seine Nase, seine Augen und sein Gefühl für Schicklichkeit – nicht weil der Mann so offenkundig verschroben war, sondern weil er die Geschichte schon unzählige Male gehört hatte. Sie waren einer wie der andere, diese Vagabunden; ihre Gleichförmigkeit war größer als die aufwendige intellektuelle Gleichförmigkeit der mit dem Sechsuhrzweiunddreißig fahrenden Geschäftsleute. Alle hatten sie Theorien, waren ständig unterwegs, lebten diät, hatten eine farbige Vergangenheit, beherrschten die Kunst, eine Unterhaltung zu beginnen, und trugen gewöhnlich ein beschmutztes Glanzstück, zum Beispiel einen weißen Seidenschal.

«Na, dann kann ich nur hoffen, daß Sie die Fische nicht essen», sagte der Landstreicher. «Dieser Fluß ist doch eine Kloake. Alle Scheiße der Stadt New York kommt zweimal am Tag mit den Gezeiten den Fluß herauf. Sie würden bestimmt keine Fische essen, die Sie in einer Kloake gefunden haben, nicht wahr?»

Dann wandte er sich an Tony und fragte: «Warum bist du hier, Junge?»

«Antworten Sie ihm nicht», sagte der Polizeibeamte. «Er ist nicht hier, um Fragen zu stellen.»

«Nanu, darf man denn nicht mal mehr freundlich sein?» empörte sich der Vagabund. «Vielleicht würden wir im Verlauf einer kleinen Unterhaltung einige gemeinsame Interessen entdecken. So habe ich zum Beispiel die Bräuche und die Geschichte der Cherokeeindianer eingehend studiert, und sehr viele Leute finden das interessant. Ich war mal drei Monate lang in einer Reservation der Cherokee in Oklahoma. Ich kleidete mich wie sie, befolgte ihre Bräuche und aß ihre Nahrung. Die Cherokee essen Hunde, wissen Sie. Hunde sind ihre Lieblingsspeise. Meistens kochen sie das Fleisch, obwohl sie es manchmal auch braten. Sie...»

«Halten Sie den Mund», schnitt ihm der Beamte das Wort ab.

Um Viertel vor sieben riefen sie bei Nailles an. Er war schon zu Hause und sagte, er werde sofort kommen. Als er das Revier betrat und Tony erblickte, war seine erste Regung, den Jungen zu umarmen, doch er hielt sich zurück. «Sie können ihn mitnehmen», sagte der Beamte. «Ich glaube nicht, daß viel bei der Geschichte herauskommt. Lassen Sie sich von ihm erzählen, was passiert ist. Die Klägerin scheint ein bißchen hysterisch zu sein.»

Auf der Heimfahrt berichtete Tony seinem Vater, was sich ereignet hatte. Nailles konnte zu diesem verrückten Vorfall keinen Rat, keine Weisung, keine Kritik, keine Erfahrung oder sonstige väterliche Unterstützung beisteuern. Er hatte Verständnis für den Jungen, der sich durch den Ausschluß aus seiner Mannschaft so tief gekränkt fühlte, und wahrscheinlich fand er es durchaus gerechtfertigt, daß sein Sohn mit verbrecherischen Drohungen auf Miss Hoes Worte reagiert hatte. Ein leichter Wind war aufgekommen, und Blätter in allen Farben – meistens aber gelbe – wirbelten durch den Lichtkegel der Scheinwerfer. Alles, was Nailles sagte, war: «Ich mag es zu gern, wenn die Blätter im Scheinwerferlicht tanzen. Ich weiß nicht, warum. Schließlich sind es ja nur welke Blätter, unnützes Zeug, aber ich liebe es, sie im Licht tanzen zu sehen.»

VII Es war ein Herbstnachmittag. Ein Samstag. Hinter dem Haus, unweit der abgestorbenen Ulmen, befand sich ein Sumpf, und dort nistete jeden Frühling eine Schar rotgefiederter Stärlinge. Als Zugvögel hätten sie im Herbst nach Süden fliegen müssen, aber die vielen Futterhäuschen in dieser Gegend hatten ihre Wanderinstinkte durcheinandergebracht, und so überwinterten sie, aufs äußerste verwirrt, in Bullet Park. Ihr Gesang – zwei ansteigende Töne und ein Triller, grell wie das Zirpen einer Zikade – war untrennbar mit den ersten langen Sommernächten verbunden, aber jetzt vernahm man ihn auch im Herbst, auch im Schnee. Dieses sommerliche Lied war wie die Reprise in einer Oper: Die zum Tode verurteilte Heldin hört in ihrem dunklen Kerker (*orrido carcere*) die heitere Liebesmusik, die wir schon aus dem zweiten Akt kennen. Der Wind wehte an diesem Tag aus Westen, und nach dem Mittagessen klang das Bum-bumbum einer Baßtrommel vom Spielfeld herüber, wo die Kapelle die Begleitmusik zum Aufmarsch des Footballteams übte.

Seit Tony aus der Mannschaft ausgeschlossen war, verbrachte er seine Freizeit natürlich nicht damit, unregelmäßige Verben zu konjugieren. Statt dessen las er Gedichte, als teile er mit den Dichtern das geheimnisvolle und schmerzliche Erlebnis, gezwungenermaßen die Rolle eines Zuschauers zu spielen. Nie zuvor hatte er sich mit Lyrik beschäftigt. Nailles war nicht so borniert, ihm das zu verwehren, doch er empfand ein leises Unbchagen. Wenn er auch zugab, daß die Dichtung eine der erhabensten Künste war, so kam er doch nicht von der Überzeugung los, die Poesie sei die Domäne reizloser Frauen und krankhaft sensibler Männer.

Als Tony an diesem Nachmittag die Baßtrommel hörte, ging er nach oben und legte sich auf sein Bett. Nailles, um den Jungen besorgt, rief die Treppe hinauf: «Tony, he, Tony, wollen wir nicht was unternehmen? Ein bißchen durch die Gegend gondeln oder so was.»

«Nein, danke, Daddy», antwortete Tony. «Ich möchte nach New York, wenn du nichts dagegen hast. Ich würde mir gern einen Film ansehen oder vielleicht ein Basketballspiel.»

«Gut, gut», sagte Nailles. «Ich fahre dich zum Zug.»

Am nächsten Morgen um drei Uhr wachte Nailles plötzlich auf. Er stieg aus dem Bett und ging über die Diele in Tonys Zimmer. Er kam sich sehr alt vor, als hätte er, während er schlief, die Träume eines starken Mannes – schneebedeckte Berge und schöne Frauen – gegen die Ängste eines hinfälligen Achtzigjährigen eingetauscht, der befürchtet, sein falsches Gebiß verloren zu haben. Er fühlte sich wie ein Schatten seiner selbst, schwach, elend, zusammengeschrumpft. Tonys Bett war leer. «O mein Gott!» sagte er laut. «O mein Gott!» Sein einziger und heißgeliebter Sohn war Dieben, perversen Menschen, Prostituierten, Mördern oder Rauschgiftsüchtigen zum Opfer gefallen. Was ihn ängstigte, war nicht so sehr das Schreckliche, das sein Sohn möglicherweise erdulden mußte, als die Tatsache, daß er, Nailles, in diesem Fall dazu verdammt wäre, die Zerstörung seiner geliebten Welt – seines Reiches – mitanzusehen. Ohne seinen Sohn konnte er nicht leben. Er hatte Angst vor dem eigenen Tod.

Er verließ den Raum, schloß die Tür des Zimmers, in dem Nellie schlief, und ging hinunter, um die Zentrale für vermißte Personen in New York anzurufen. Als sich dort niemand meldete, rief er die Polizeihauptwache an und erfuhr, daß keine Meldung vorlag, die sich auf Tony hätte beziehen können. Er gab dem Beamten seine Telefonnummer und bat, man möge ihn verständigen, wenn irgendeine Nachricht einträfe. Dann trank er ein halbes Glas Whisky, wanderte im Wohnzimmer auf und ab und murmelte in einem fort: «O Gott, o Gott, o Gott!» Schließlich ging er nach oben, nahm ein Schlafmittel, legte sich ins Bett und fiel wenige Minuten später in tiefen Schlaf.

Nailles erwachte um halb acht und lief sogleich in Tonys Zimmer. Es war immer noch leer. Daraufhin weckte er Nellie und sagte ihr, daß der Junge nicht nach Hause gekommen war. Er rief nochmals die Zentrale für vermißte Personen an, bekam jedoch wieder keinen Anschluß. Eine Nachfrage bei der Polizei ergab, daß man dort nichts über Tony erfahren hatte. Der nächste Zug aus New York war der Achtuhrzehn, und da Nailles nichts anderes hatte, an das er sich klammern konnte, klammerte er sich an eine ebenso ungewisse wie zuversichtliche Hoffnung: Tony würde mit diesem Zug kommen. Nailles hatte das Gefühl, er müsse nur stark genug an die Rückkehr des Jungen glauben, dann werde Tony bestimmt auftauchen. Er fuhr zum Bahnhof, und wirklich – als der Zug hielt, tauchte Tony auf, inmitten jener geheimnisvollen Männer und Frauen, die prinzipiell am Sonntagmorgen zu reisen scheinen und unweigerlich Tragetüten bei sich haben. Nailles umarmte seinen Sohn, umarmte ihn, bis Tonys Knochen krachten, und rief: «Mein Gott, Junge, warum hast du nicht angerufen und uns Bescheid gesagt?»

«Es war zu spät geworden, Daddy. Ich wollte euch nicht aus dem Schlaf reißen.»

«Was war denn passiert?»

«Ach, weißt du, die Sache mit dem Football bedrückte mich so sehr, und deswegen wollte ich mir einen Gedichtband kaufen, ging also in eine Buchhandlung, und da war eine nette Dame – Mrs. Hubbard –, mit der unterhielt ich mich und fragte dann, ob sie nicht mit mir essen gehen wolle, und sie meinte, ich könnte doch mit in ihr Flat kommen – so nannte sie ihre Wohnung – und bei ihr zu Abend essen, und das tat ich denn auch.»

«Bist du über Nacht bei ihr geblieben?»

«Ja.»

Nailles wußte, daß sein Sohn ein vollentwickelter junger Mann war und daß er ihn nicht daran hindern konnte, sich entsprechend zu benehmen. Aber was war das für eine Frau, die einen jungen Burschen in einer Buchhandlung aufgabelte und ihn sofort in ihre Wohnung und ihr Bett schleifte?

«War sie eine Nutte?»

«O nein, Daddy, sie ist sehr nett und gebildet. Eine Witwe. Hat das Smith College absolviert. Ihr Mann ist im Krieg gefallen.»

Das ärgerte Nailles. Sie hatte der Heimat ihren Mann geopfert, und jetzt mußte er ihr seinen Sohn geben. Er hatte das unklare Gefühl, Kriegerwitwen seien verpflichtet, schnell wieder zu heiraten, und dürften keinesfalls die Ungerechtigkeiten des Krieges betonen, indem sie vor der Gesellschaft ihre Einsamkeit zur Schau stellten. Wenn sie reizvoll, gebildet und anständig war, weshalb hatte sie dann nicht wieder geheiratet?

«Hör mal, *das* können wir deiner Mutter nicht sagen. Es wäre ihr Tod. Wir müssen uns irgendeine Geschichte ausdenken. Paß auf: Du bist zu einem Basketballspiel gegangen, und weil es länger als vorgesehen dauerte, hast du bei den Crutchmans übernachtet.»

«Aber ich habe sie für heute zum Lunch eingeladen.»

«Wen?»

«Mrs. Hubbard.»

«Ach, du meine Güte», rief Nailles. «Warum hast du das getan?»

«Sie ist einsam und scheint nicht viele Freunde zu haben, und du hast mir doch erlaubt, nette Leute zu uns einzuladen.»

«Na schön», sagte Nailles. «Dann geht unsere Geschichte eben so: Du hast in einer Buchhandlung eine einsame Kriegerwitwe kennengelernt und sie zum Lunch eingeladen. Dann warst du irgendwo essen, bist zu einem Basketballspiel gegangen und hast bei den Crutchmans übernachtet. Recht so?»

«Ich werde versuchen, es genau so zu erzählen.»

«Das möchte ich dir geraten haben, Bürschchen.»

Nellie umarmte ihren Sohn zärtlich. Er sagte, er habe eine Witwe zum Lunch eingeladen, und Nailles erklärte, daß Tony über Nacht bei den Crutchmans geblieben sei. Kleine Flunkereien machten dem Jungen nichts aus, aber es war ihm, wie Nailles wußte, unmöglich, mit eiserner Stirn zu lügen.

«Wie geht es Crutchmans?» fragte Nellie. «Ich habe sie eine Ewigkeit nicht gesehen. Haben sie ein hübsches Gästezimmer? Sie fordern uns ja immer wieder auf, es zu benutzen, aber ich fahre doch lieber abends nach Hause. Ich glaube, wir sollten ihnen etwas schicken. Vielleicht Blumen? Ich könnte ihnen ein paar Zeilen schreiben.»

«Ach, bemüh dich nicht», sagte Nailles. «Ich werde das schon besorgen.»

Nach dem Frühstück fragte Nailles, ob Tony mit ihm Holz hacken wolle, aber der Junge erwiderte, er müsse noch Schularbeiten machen. Das Wort «Schularbeiten» rührte Nailles, es erschien ihm wie ein Symbol für Unschuld, Jugend, Reinheit, Naivität – alles verlorengegangen im Bett einer liederlichen Kriegerwitwe. Ihm war traurig zumute. Er hackte Holz, bis es Zeit zum Baden und Umziehen war, und als er herunterkam, mixte er sich einen Drink. Nellie briet eine Lammkeule, deren schlichter, unschuldiger Geruch die Küche erfüllte. Er musterte Nellie und versuchte, Spuren von Argwohn, Nachdenklichkeit oder Zweifel auf ihrem Gesicht zu entdecken, aber sie sah so unbefangen aus, so harmlos in des Wortes wahrster Bedeutung, daß er zum Herd ging und sie küßte. Dann stellte er sich ans Wohnzimmerfenster und wartete.

Tony parkte den Wagen in der Einfahrt und öffnete die Tür für Mrs. Hubbard, die lachend ausstieg. Sie trug einen grauen einreihigen Mantel mit Samtkragen und hielt in der Hand einen Regenschirm, den sie wie einen Spazierstock in großem Bogen schwang und auf den Boden setzte. Mit dem rechten Arm hatte sie sich keck bei Tony eingehakt, und es sah aus, als werde sie teils von Tony, teils von dem Schirm vorwärts getrieben. Sie war kleiner als der Junge und schaute mit einer Koketterie zu ihm auf, die Nailles empörte. Sie trug keinen Hut; ihr Haar war von einer undefinierbaren rötlichen Farbe, offensichtlich gefärbt. Auf den ersten Blick schätzte Nailles sie auf dreißig Jahre. Ihre Absätze waren sehr hoch, und das ließ die Waden ein wenig zu kräftig erscheinen. Sie hatte ein rundes, gerötetes Gesicht, und Nailles fragte sich: Verdauungsstörung? Alkohol? Er öffnete die Tür und hieß Mrs. Hubbard höflich willkommen. Sie sagte: «Es ist einfach entzückend von Ihnen, daß Sie sich einer armen Witwe erbarmen.»

«Wir freuen uns sehr, Sie bei uns zu sehen», versicherte Nailles. Tony nahm ihr den Mantel ab.

«Guten Tag», begrüßte Nellie den Gast. «Bitte kommen Sie doch herein.» Sie stand im Wohnzimmer, in dessen Kamin ein Feuer brannte. Das Vergnügen, das es ihr bereitete, einen einsamen Menschen in ihrem Haus, an ihrem Tisch zu bewirten, leuchtete aus ihrem Gesicht.

«Was für ein himmlisches Haus», sagte Mrs. Hubbard und blickte angestrengt auf den Teppich. Nailles vermutete, daß sie eine Brille benötigte. «Darf ich Ihnen einen Manhattan bringen?» fragte er. «Sonntags trinken wir gewöhnlich Manhattans.»

«Jede Art von Schluckischluck wäre himmlisch», sagte Mrs. Hubbard, und Nailles ging in den Anrichteraum. Tony fragte, ob er helfen könne, und Nailles dachte, die beste Hilfe wäre, wenn er dieses Weib auf die Straße setzte, aber er sagte nichts.

«War die Bahnfahrt sehr langweilig?» erkundigte sich Nellie.

«Eigentlich nicht», antwortete Mrs. Hubbard. «Zu meiner größten Freude hatte ich einen interessanten Reisegefährten – einen jungen Mann, der sich hier draußen anscheinend als Grundstücksmakler betätigt. Ich kann mich nicht an seinen Namen erinnern. Klang irgendwie italienisch. Er hatte zauberhaft schwarze Augen... Hmm», sagte sie und betrachtete einen auf dem Tisch liegenden Roman. «O'Hara.»

«Ich überfliege ihn nur», erklärte Nellie. «Ich finde, an den

Menschen, die er schildert, merkt man genau, wie verzerrt er seine Umgebung sieht. In unserer Gesellschaftsschicht sind die meisten Leute glücklich verheiratet und führen ein einfaches Leben. Ich ziehe bei weitem die Werke von Camus vor.» Sie sprach den Namen Camou aus. «Wir haben einen sehr aktiven Literaturzirkel, und zur Zeit befassen wir uns mit Camus.»

«Welches Buch von ihm lesen Sie?»

«Oh, an die einzelnen Titel erinnere ich mich nicht so genau», erwiderte Nellie. «Wir lesen *alles* von Camus.»

Es sprach für Mrs. Hubbard, daß sie das Thema nicht weiter verfolgte. Tony holte ihr einen Aschenbecher, und Nailles beobachtete seinen geliebten Sohn und diese Herumtreiberin sehr genau. Der Junge benahm sich ihr gegenüber männlich und liebenswürdig. Er berührte sie kein einziges Mal, sah sie jedoch mit Blicken an, die von Besitzerstolz und Vertrautheit zeugten. Zweifellos war er zufrieden.

Nailles begriff nicht, wie diese Frau, nachdem sie Tony verführt hatte, die Frechheit haben konnte, vor seine Eltern hinzutreten. Ging ihr denn jedes Gefühl für Moral ab? Oder dachte sie, Nellie und er seien völlig unmoralisch? Aber angesichts von Tonys selbstsicherer Haltung hatte Nailles vor allem das seltsame Empfinden, er solle entthront werden. Es war wie in einem alten Märchen, das von Männern handelte, die Kronen trugen und in runden Türmen lebten: Der falsche Prinz, der Usurpator, hatte Anstalten getroffen, sich des Thrones zu bemächtigen. Die sexuelle Autorität, von der Nailles glaubte, daß sie in seinem Ehebett entspringe und durch alle Zimmer und Korridore des Hauses fließe, war plötzlich angefochten worden. In diesem erotischen Reich schien nicht genügend Platz für zwei Männer zu sein. Nailles hatte den Eindruck, hier gehe es nicht um einen Wettstreit, sondern um einen unvermeidlichen, erbitterten Kampf. Am liebsten hätte er Nellie nach oben geschleppt und wie ein alter Hahn sich selbst bewiesen, daß er das Zepter noch in der Hand hatte und daß der junge Prinz mit goldenen Äpfeln und anderen Spielereien beschäftigt war.

«Wie haben Sie Ihren Mann verloren, Mrs. Hubbard?» erkundigte sich Nellie teilnahmsvoll.

«Genaues kann ich da wirklich nicht sagen», antwortete Mrs. Hubbard. «Die gehen ja nicht auf Einzelheiten ein. Man erfährt nur, daß er gefallen ist und daß man Anspruch auf eine Rente hat ... Ach, was für ein himmlischer alter Hund», rief sie aus, als Tessie ins Zimmer kam. «Ich schwärme für Setter. Mein Paps züchtete sie und zeigte sie auf Ausstellungen.»

«Wo war das?» fragte Nailles.

«Auf der Insel», erwiderte Mrs. Hubbard. «Wir hatten einen ziemlich großen Besitz auf der Insel, bis mein Paps seine Pennies verlor, und ich darf wohl sagen, daß sie alle flötengingen.»

«Wo hat er seine Hunde ausgestellt?»

«Meistens auf der Insel. Einen Hund – Aylshire Lassie – zeigte er mal in New York, aber er mochte die New Yorker Ausstellung nicht.»

«Wenn es Ihnen recht ist, können wir jetzt zum Essen hinübergehen», sagte Nellie.

«Gestatten Sie, daß ich mich erst mal zurückziehe?» fragte Mrs. Hubbard.

Nellie sah sie erstaunt an. «Wohin denn?»

«Auf die To», erklärte Mrs. Hubbard.

«O ja, natürlich», sagte Nellie. «Entschuldigen Sie bitte ...»

Nailles tranchierte den Braten, und während der ersten Hälfte der Mahlzeit wurde nichts von Interesse oder Bedeutung gesprochen, bis sich Mrs. Hubbard begeistert über die Lammkeule äußerte. «Es ist so fabelhaft, sonntags zum Lunch einen Braten zu haben», meinte sie. «Mein Flat ist sehr klein, mein Einkommen auch, und deshalb kommt so ein schönes, großes Stück Fleisch für mich nicht in Frage. Der arme Tony mußte sich gestern abend mit einem Hacksteak begnügen.»

«Wo war das?» wollte Nellie wissen.

«Emma hat mich gestern abend zum Essen eingeladen», sagte Tony.

«Dann hast du die Nacht also nicht bei den Crutchmans verbracht?»

«Nein, Mutter.»

Jetzt sah Nellie klar, hatte alles deutlich vor Augen. Würde sie die Fremde beschimpfen, weil sie ihren unschuldigen Sohn verführt hatte? Miststück. Schlampe. Hure. Entartetes Weibsbild... Würde sie weinend aus dem Zimmer stürzen? Tony war in diesem Augenblick der einzige, der seine Mutter beobachtete, und er hatte Angst, daß sie dazu fähig wäre. Was dann? Er würde ihr nachlaufen und rufen: «Mutter, Mutter, Mutter!» Sein Vater würde nach einem Taxi telefonieren, das die schamlose Mrs. Hubbard fortschaffen sollte... Nellie ließ ihr Essen stehen, zündete sich eine Zigarette an und sagte: «Wir wollen ‹Ich packte den Koffer meiner Großmutter› spielen. Das haben wir immer getan, wenn etwas schiefging – früher, als Tony ein kleiner Junge war.»

«Ach ja, wie nett», stimmte Mrs. Hubbard zu.

«Ich packte den Koffer meiner Großmutter», sagte Nellie, «und verstaute darin einen Flügel.»

«Ich packte den Koffer meiner Großmutter», sagte Nailles, «und verstaute darin einen Flügel und einen Aschenbecher.»

«Ich packte den Koffer meiner Großmutter», sagte Mrs. Hubbard, «und verstaute darin einen Flügel, einen Aschenbecher und einen Gedichtband von Dylan Thomas.»

«Ich packte den Koffer meiner Großmutter», sagte Tony, «und verstaute darin einen Flügel, einen Aschenbecher, einen Gedichtband von Dylan Thomas und einen Fußball.»

«Ich packte den Koffer meiner Großmutter», sagte Nellie,

«und verstaute darin einen Flügel, einen Aschenbecher, einen Gedichtband von Dylan Thomas, einen Fußball und ein Taschentuch.»

«Ich packte den Koffer meiner Großmutter», sagte Nailles, «und verstaute darin einen Flügel, einen Aschenbecher, einen Gedichtband von Dylan Thomas, einen Fußball, ein Taschentuch und einen Baseballschläger...»

Auf diese Weise überstanden sie die Mahlzeit, und als sie fertig waren, wollte Mrs. Hubbard zum Bahnhof gebracht werden. Sie bedankte sich bei Nailles und Nellie, schlüpfte in ihren Mantel, ging zur Tür hinaus und kam gleich darauf zurück. «Hoppla», rief sie in munterem Ton, «jetzt hätte ich doch beinahe mein Regendach vergessen.» Dann verschwand sie endgültig.

Nellie weinte. Nailles umarmte sie und murmelte beruhigend: «Liebling, Liebling, Liebling, Liebling.» Sie ging in ihr Zimmer, und als Tony nach Hause kam, teilte ihm Nailles mit, seine Mutter habe sich hingelegt. «Und bitte», fügte er hinzu, «tu so was um Himmels willen nie wieder.»

«Nein, Daddy», sagte Tony.

VIII

Zwei Abende, bevor Tony an dem erkrankte, was Nailles beharrlich als Mononukleose bezeichnete, waren Nailles und Nellie zu einer Dinnerparty bei den Ridleys gegangen.

Die Ridleys waren ein Paar, das der geheiligten Institution der Ehe eine ausgesprochen kommerzielle Note gab, als wären Heirat und Empfängnis, Erziehung der Kinder und ihre Ausbildung so etwas wie die fabrikmäßige Herstellung und der Verkauf eines nützlichen, in Konkurrenz mit anderen Firmen produzierten Artikels. Sie waren nicht George und

Helen Ridley. Sie waren «die Ridleys». Man konnte glauben, sie seien Geschäftspartner und verkauften über den Ladentisch größere oder kleinere Anteile an ihrem Schicksal. «Die Ridleys» war auf die Tür ihres Kombiwagens gemalt. Ein Schild mit der Aufschrift «Die Ridleys» befand sich an der Einfahrt zu ihrem Grundstück. In ihrem Haus war alles – Streichholzschachteln, Untersätze und Servietten – mit ihrem Namen gekennzeichnet. Den Gästen führten sie ihre hübschen Kinder mit der Miene von Verkäufern vor, die in einem Ausstellungsraum auf die Vorzüge eines neuen Wagens hinweisen. Die Lustgefühle, Kümmernisse, Ekstasen und kleinlichen Sorgen einer Ehe schienen die Leistungsfähigkeit ihres Unternehmens niemals beeinträchtigt zu haben. Sie erweckten den Eindruck, zahlreiche Zweigbüros zu besitzen und über einen Stab von Vertretern zu gebieten. Da die Ridleys sehr geizig mit ihren alkoholischen Getränken waren, machte Nailles zu Hause noch einen Drink für Nellie und sich zurecht.

Er setzte seine Brille auf, um Whisky abzumessen. Hin und wieder ließen die Augengläser einen doppelten Lichtstrahl aufblitzen. Während er mit Eis und Sodawasser hantierte, stellte Nellie insgeheim fest, daß er sich übertrieben geschäftig gebärdete, und sie entdeckte einen großen Lippenstiftfleck an der Seite seines Mundes. Er hatte wohl einen harmlosen Kuß hinter der Tür des Anrichteraumes getauscht. Das machte ihr nichts aus, aber der rote Streifen gab ihm ein lächerliches Aussehen. Aus dem zeugungsfähigen Alter sollte er eigentlich heraus sein, dachte sie, aber sein sexuelles Verlangen ist unvermindert – er kratzte sich, während sie ihn beobachtete –, und sie fragte sich, ob dieser allzu sinnliche Vierziger vielleicht das Opfer einer hormonellen Störung sei, eines Rechenfehlers der Natur, der ihn befähigte, vermittels seiner unerwünschten Zeugungskräfte eine kleine Stadt zu bevölkern. Später, im Bett, als Nailles zu ihr herübergekrochen kam, gab sie ihm zwar keinen Tritt, aber sie ließ deutlich erkennen, daß er unwillkommen war.

Mit Nailles verhielt es sich so, daß er Männer verachtete, die sich vor Frauen fürchteten. Er war mit einem Freund aufgewachsen, der an dieser schrecklichen Schwäche litt. Sein Name war Harry Pile, und er hatte sich zeit seines Lebens vor Frauen gefürchtet. Die erste war natürlich seine Mutter – eine große, vollbusige, unbeherrschte Frau, die mit widersprüchlichen Befehlen um sich warf, ihren Mann seelisch zermürbte und ihren einzigen Sohn mit einem knorrigen Spazierstock verdrosch. Im Alter von acht oder neun Jahren verliebte sich Pile in ein Mädchen namens Janet Forbes. Sie war intelligent und zugänglich – und doch flößte sie ihm irgendwie Angst ein. Ihre Schultern waren breit, ihre Stimme klang für ein Mädchen etwas rauh, und ihr Onkel, Wilbert Forbes, hatte in Alaska einen Berg entdeckt, der dann nach ihm benannt worden war. Daß Harrys «Geliebte» denselben Namen wie ein Berg hatte, schien auf eine schneebedeckte Unzugänglichkeit hinzudeuten, die ihm gefiel, ihn aber auch ängstigte. In der Schule und im College verliebte er sich unweigerlich in Mädchen, die sich durch Unabhängigkeitsdrang und Unlenksamkeit auszeichneten. Er heiratete in erster Ehe eine stolze und schöne junge Frau, die ihm drei Töchter gebar und dann mit einem italienischen Kellner durchbrannte. Das vertiefte seine Ängste. Er heiratete ein zweites Mal, und zwar eine so ungewöhnlich gesetzte, versonnene und schüchterne Frau, daß es aussah, als habe er seine Ängste überlistet, aber wie sich in der Folgezeit herausstellte, war sie eine starke Trinkerin und somit eine neue Quelle der Angst. Inzwischen waren die drei Töchter aus der ersten Ehe zu streitsüchtigen, robusten und energischen jungen Damen herangewachsen, und als er einmal versuchte, die älteste zu züchtigen, ergriff sie eine Porzellanlampe und zerschmetterte sie auf seinem Kopf. Pile war es, der die Scherben zusammenkehrte und sich angstvoll zurückzog. Pile fürchtete sich vor seiner Sekretärin, vor seiner Empfangsdame, vor fremden Frauen, die ihn auf der Straße ansprachen. Als er in den Dreißigern war, erkrankte er schwer, und Nailles, der ihn im Krankenhaus besuchte, entdeckte natürlich sofort, daß sich Pile vor den Pflegerinnen fürchtete und sogar vor jenen freundlichen und mütterlichen Helferinnen, die Zigaretten und Zeitungen verkaufen. Pile verfiel zusehends. Bei Nailles' letztem Besuch war er zum Skelett abgemagert und kaum fähig zu sprechen. Nailles erkundigte sich, ob er etwas für ihn tun könne, aber Pile schüttelte den Kopf. Auf die Frage, ob es jemand gebe, den er gern sehen wolle, antwortete er nur mit einem Seufzer. Als er schließlich sprach, war es in einem heiseren Flüsterton. «Glaubst du, Gott wird eine Frau sein?» stieß er hervor. Möglicherweise waren das seine letzten Worte, denn er starb wenige Stunden später.

Nailles hatte *keine* Angst vor Nellie, aber er ließ sie in Ruhe. Enttäuscht, ärgerlich und beleidigt verzog er sich ins Gästezimmer und schlief dort.

Leute, die in einem Zug, in einem Flugzeug oder auf einem Schiff mit Nailles ins Gespräch kamen und ihn nach seinem Beruf fragten, erfuhren, daß er Chemiker war. Gaben sie sich damit nicht zufrieden, dann bequemte er sich zu der Auskunft, er sei für die Saffron Chemical Corporation tätig, doch das war alles, was man aus ihm herausbekam. Chemie war im College sein Hauptfach gewesen, aber er hatte keine Abschlußprüfung gemacht, und seine Chemiekenntnisse waren reichlich veraltet. Fünf Jahre hatte er bei Monsanto in Delaware gearbeitet, und dann war es drei Jahre lang seine Aufgabe gewesen, chemische Düngemittel für die Ernährungs- und Ackerbauorganisation der UNO in Rom zu analysieren. Später, als er in die Vereinigten Staaten zurückkehrte, wurde er Saffrons Angestellter. Saffron leitete ein Laboratorium in Westfield, das im Grunde eine kleine Fabrik war. Dort wurden außer einem «Moppet» genannten Patentbodenreiniger auch «Tudor», eine Möbelpolitur, und «Spang», ein Mundwasser, hergestellt. Nailles war in der Hauptsache mit dem Vertrieb von «Spang» beschäftigt, was ihm sehr gegen den

Strich ging. So etwas, fand er, sei unter seiner Würde. Er hatte schon oft mit sich selbst über diesen Punkt argumentiert. Wäre es seiner Würde zuträglicher gewesen, wenn er sich mit Matratzen, Enthaarungsmitteln, Buntglasfenstern oder Toilettensitzen befaßt hätte? Nein. In den Werbefernsehsendungen für «Spang» warfen Boxer im Ring einander Mundgeruch vor. Mundgeruch trennte junge Liebende, Freunde und Ehepaare. In gewisser Hinsicht traf das durchaus zu, sagte er sich. Mundgeruch war ein menschliches Gebrechen wie Fettleibigkeit und Melancholie, und Nailles' Aufgabe bestand darin, diesem Übel abzuhelfen. Sexuelle Übereinstimmung war die Hauptstütze jeder gesunden Ehe, und Mundgeruch konnte zu Scheidung, Unterhaltspflicht und Vormundschaftsprozessen führen. Mundgeruch bedrohte die Selbstachtung, die Stellung und das Auftreten eines Mannes, denn wenn jemand sich selbst im Verdacht hatte, daran zu leiden, wurde er unsicher und sprach murmelnd in sein Hemd hinein, in der Hoffnung, die Dünste nach unten abzuleiten. Mundgeruch kannte keine Klassenunterschiede. Nailles wußte aus der Zeitung, daß sich Lord Russell und seine Geliebte wegen Mundgeruchs entzweit hatten. Ebenso konnte sich Mundgeruch zwischen den Priester und seine Gemeinde stellen – Nailles hatte das am eigenen Leib erfahren, als ihn bei der heiligen Kommunion Pater Ransomes Hauch traf. In Nailles' Mythologie beklagten sich die Nymphen untereinander über den Mundgeruch des Priapus. Mundgeruch trieb Kinder aus dem Elternhaus. Der weise Staatsmann wurde in der Ratsversammlung nicht beachtet, weil sein Atem stank. Mundgeruch war ein Kriegsgrund.

Die Saffron Chemical Corporation war ein Familienunternehmen. Der Direktor, ein freundlicher alter Herr namens Marshman, besaß die Aktienmehrheit, und im vergangenen Jahr war sein Sohn Michael in die Firma eingetreten, nachdem er das College absolviert hatte. Der junge Mann war tatkräftig, voller Ideen und verabscheuungswürdig. Er hatte die

Erzeugnisse der Firma von einem psychologische Marktforschung betreibenden Team begutachten lassen. Dabei war festgestellt worden, die Formel für «Spang» sei mild. Das Wort «Sauberkeit», so behaupteten die Psychologen, wecke die Assoziation «bitterer Geschmack», und die Verkaufsziffern von «Spang» würden steigen, wenn das Mundwasser im Geschmack unangenehmer wäre. Das Laboratorium war beauftragt worden, eine neue Formel zu erarbeiten, und am Tag nach dem Dinner bei den Ridleys fuhr Nailles nach Westfield, um Mundwasser zu testen. Es war ein inhaltloser Tag für ihn. Er spülte und spuckte aus, spülte und spuckte aus. Sein Geschmackssinn war nicht besonders ausgeprägt, und als er sich schließlich für eine Formel entschied, geschah das aufs Geratewohl. Gegen vier Uhr machte er sich auf den Heimweg nach Bullet Park. Er hatte ein Brennen im Mund und hielt unterwegs vor einer Gaststätte an der Autostraße, um etwas zu trinken.

Von außen wirkte das Lokal nicht sehr einladend. Es war schäbig, aber als Nailles den dunklen Raum betrat, fand er sich in einer jener stillen Kneipen mit der nahezu fühlbaren Atmosphäre einer Zufluchtsstätte. Der Barmixer hatte eine gelbe Leihjacke an. Vier Männer tranken an der Theke Whisky. Einer von ihnen fütterte eine Promenadenmischung von Hund mit Kartoffelchips. «Ich komme nie weiter als bis nach Southwark», sagte der eine. «Southwark ist der einzige Ort, wo ich heutzutage noch hinkomme.» Die Unterhaltung schien in ihrem Tempo metrischen Regulierungen unterworfen. Sie war gefühlsbetont, vertraulich, beschwörend und ebenso spontan wie Dichtung. Die Männer kamen aus anderen Orten und waren auf dem Weg zu anderen Orten, aber wenn man sie hier um vier Uhr nachmittags sitzen sah, schienen sie eine Dauereinrichtung zu sein – wie die Bierpumpen. «Ich spendiere jedem ein Glas, der mir sagen kann, was für eine Rasse mein Hund ist», rief der Mann mit den Kartoffelchips. Als niemand reagierte, beantwortete er die Frage selbst. «Mein Hund ist halb Spürhund», verkündete er, «und halb irischer Setter.»

Nailles bestellte einen Martini, was ihn als Reisenden und Fremden abstempelte.

«Ich hatte mal eine, die sagte dauernd hallo», erzählte einer der Männer. «Kennt ihr die Sorte Mädchen?» Es kam keine Antwort, und er fuhr fort: «Ja, sie sagte die ganze Zeit hallo. Ich ging immer donnerstags abends nach dem Essen zu ihr. Am Donnerstag hatte ihr Mann seinen Kegelabend. Gewöhnlich trug sie nur einen Bademantel oder so was. Sie gab mir einen langen Kuß und fing an, hallo zu sagen. Wenn ich mich dann auszog, küßte sie meine Ohren und so weiter und sagte dabei hallo, hallo, hallo. Solange wir beim Vorspiel waren, sagte sie in einem fort hallo, und wenn es dann richtig losging, sagte sie lauter und immer lauter hallo, und schließlich schrie sie aus Leibeskräften hallo, hallo. Hinterher zündete sie mir eine Zigarette an und brachte mir einen Whisky – jedesmal tat sie das –, und sie hörte nicht auf, mich zu küssen und hallo zu sagen. Wenn ich dann wieder angezogen war und ihr einen Gutenachtkuß gab, sagte sie immer noch hallo. Wahrscheinlich hat sie auch mal was anderes gesagt, aber ich kann mich wirklich an nichts erinnern als an dieses Hallo.»

«Ich möchte nicht wiederholen, was meine Frau zu sagen pflegte», warf der vierte Mann ein. «An sich hatte sie ja eine gewählte Ausdrucksweise und alles, bloß im Bett nahm sie kein Blatt vor den Mund. Schlimmer als eine Hure. Ich fragte mich oft, wo sie das alles her hatte. Von mir jedenfalls nicht. Es machte mich eifersüchtig, und ich bin *sehr* eifersüchtig veranlagt. Sie war eine hübsche Frau, und sie trieb es gern, und Gelegenheit, mich zu betrügen, hatte sie noch und noch gehabt. Ich meine, ich war von sieben Uhr morgens bis abends um halb sieben fort, und wenn sie es mit mir nicht machen wollte, bildete ich mir ein, sie hätte sich von 'nem anderen bedienen lassen. Die Eifersucht quälte mich ganz furchtbar. Ich wollte keinen Detektiv anstellen oder ihr nachspionieren oder so was, aber ich wollte Gewißheit haben, wenn Sie verstehen, was ich meine. Und da kam mir dann diese Idee. Das Ding. Hat sie das Ding angelegt? Wenn sie's drin hat, dann heißt das, sie will es mit einem machen. Sie hob das Ding immer in unserem Medizinschrank auf, und so konnte ich sehr leicht herausfinden, ob es da war. Eines Abends kam ich nach Hause, wusch mir das Gesicht und warf auch gleich einen Blick in den Medizinschrank. Was soll ich euch sagen: Das Ding war nicht da. Ich denke, jetzt habe ich sie erwischt, gehe also sehr zornig hinunter und frage, was sie denn so den Tag über getrieben hat. Sie sagt, sie sei in der Stadt gewesen, hat aber nichts gekauft, nur Kleider angeschaut. Na, sage ich, wetten, daß du dir ganz was anderes angeschaut hast? Sie ließ sich nicht beim Kochen stören, und ich fragte sie, wo denn das Ding wäre. Weshalb mußt du das Ding für einen Schaufensterbummel anlegen? wollte ich wissen. Dann schrie ich sie an und beschimpfte sie wer weiß wie sehr, und sie weinte und weinte und sagte, das Ding wäre noch drin, weil wir's am Morgen gemacht hätten, und wißt ihr, da war ich aufgeschmissen, denn ich konnte mich nicht mehr erinnern, ob wir's am Morgen gemacht hatten oder nicht. Also bat ich sie um Verzeihung, und sie hörte auf zu weinen, und wir aßen zu Abend, aber nachher ließ sie mich nicht ran, und ich war immer noch mißtrauisch. Eifersüchtig, meine ich. Ungefähr eine Woche später wollte sie ihre Schwester in Detroit besuchen. Ihre Schwester ist sehr unmoralisch. Ich fuhr meine Frau zum Flughafen und gab ihr einen Abschiedskuß, und als ich abends nach Hause kam, schaute ich in den Medizinschrank, und das Ding war da. Als sie zurückkam, holte ich sie vom Flugplatz ab, und alles war in Butter, bis ich abends beim Zähneputzen den Medizinschrank öffnete. Stellt euch vor, da lagen zwei Dinger. Ich nahm natürlich an, sie hätte das eine Ding zu Hause gelassen, um mich zu täuschen, und sich in Detroit ein zweites gekauft. Also fragte ich sie, wozu sie in Detroit ein Ding gebraucht hätte, und sie heulte gleich los und sagte, in dem alten wäre ein Loch gewesen und deshalb hätte sie vorhin ein neues gekauft. Wo denn, frage ich, im Drugstore? Sie sagt ja. Das wird sich gleich herausstellen, sage ich und rufe den Drugstore an und erkundigt mich, ob sie an diesem Nachmittag so ein Ding gekauft hat. Man sagte mir, das ließe sich jetzt nicht mehr feststellen, um so mehr, als der Verkäufer vom Nachmittag schon nach Hause gegangen sei, aber als ich danach fragte, gaben sie mir die Telefonnummer – die Nummer des Verkäufers, meine ich –, und ich rief an, und er sagte, er hätte keine Ahnung, denn am Nachmittag wäre sehr viel zu tun gewesen, und er könnte sich nicht an jeden Kunden erinnern. Sie weinte noch immer, und natürlich fühlte ich mich ein wenig schäbig, aber so ganz traute ich dem Frieden noch immer nicht. Na, etwa eine Woche später schlief sie lange, und ich zog mich an, um zur Arbeit zu gehen, und weil an meiner Jacke ein Knopf abgerissen war, holte ich die Schachtel, in der sie ihr Nähzeug aufbewahrte, und da lag noch so ein Ding drin. Ich nahm es mit ins Schlafzimmer, zeigte es ihr und fragte, wie viele von der Sorte sie in drei Teufels Namen hätte, aber sie zog sich die Decke über den Kopf und antwortete nicht, und ich ging ohne den Knopf an meiner Jacke zur Arbeit. Ungefähr eine Woche danach kam die Pille auf den Markt, und sie warf alle ihre Dinger weg und fing an, die Pille zu nehmen, so daß ich überhaupt keine Kontrollmöglichkeit mehr hatte. Sechs, sieben Monate später wurden wir geschieden.»

Nailles trank noch ein zweites Glas und ging dann zu seinem Wagen zurück. Das Gespräch in der Wirtschaft hatte ihn mehr verwirrt als belustigt. Wie war das mit diesem Mann aus dem Kegelklub? Wußte er, was seine Frau donnerstags abends trieb? Interessierte er sich überhaupt dafür? Nailles war monogam – unheilbar monogam –, und wahllose Geschlechtsbeziehungen waren für ihn etwas Unfaßbares. Er hatte sich auf den ersten Blick in Nellie verliebt, und der Erfolg seiner Ehe war keine Herzensangelegenheit – es war eine Sache auf Leben und Tod. Er erinnerte sich, daß Nellie kürzlich an einem Samstagnachmittag in seinen Armen eingeschlafen war. Als er sie hielt, hatte er ein berauschendes Gefühl innigster Verbundenheit empfunden – ein Gefühl ihrer Unzertrennlichkeit in guten wie in schlechten Tagen, ein erhebendes Gefühl ihrer Einheit. Nellie atmete ziemlich geräuschvoll, und ein Hochgefühl des Friedens durchströmte Nailles. Sie war sein Kind, seine Göttin, die Mutter seines einzigen Sohnes. Als sie aufwachte, fragte sie sofort: «Habe ich geschnarcht?» – «Ja, schrecklich laut», antwortete er. «Wie eine Motorsäge.» – «Ich habe wunderbar geschlafen», sagte sie. «Und ich fand es wunderbar, dich in meinen Armen zu halten», beteuerte er, «wirklich ganz wunderbar...» Als er an diesem Nachmittag nach Hause kam, mixte er einen Drink für sie beide, wusch sich dann im Badezimmer das Gesicht und öffnete bei dieser Gelegenheit den Medizinschrank aus dem gleichen häßlichen und verabscheuungswürdigen Grund wie der Fremde im Wirtshaus. Dann ging er hinunter und fragte Nellie, was sie denn so den Tag über getrieben habe. «Ich war in der Stadt», sagte sie, «habe aber nichts gekauft, nur Kleider angesehen. Entweder stimmte die Größe nicht, oder die Farbe war unmöglich.»

«Würdest du einen Augenblick ins Wohnzimmer kommen? Ich möchte dich etwas fragen.» Sie folgte ihm ins Wohnzimmer, und er schloß die zur Diele führende Doppeltür sorgfältig, damit Tony ihre Stimmen nicht hörte.

Im natürlichen Verlauf der Ereignisse und in einer Gesellschaft, deren sexuelle Moralbegriffe auf Erfahrung beruhten, hatten sich an Nellie, die ja eine attraktive Frau war, eine Anzahl von Männern herangemacht. Genaugenommen waren es drei. Eines Samstagabends im Klub hatten ihr die Fallows einen jungen Hausgast namens Ballard vorgestellt. Er forderte sie zum Tanzen auf, und als er sie in die Arme nahm, fühlte sie ein galvanisches Aufflammen sexueller Begierde, viel stärker als alles, was sie jemals für Nailles empfunden hatte. Sie merkte, daß er ebenso erregt war. Geistesabwesend bewegten sie sich über die Tanzfläche. Hätte er vorgeschlagen, daß sie sich draußen in seinen Wagen setzten, sie wäre ohne weiteres darauf eingegangen. Warum auch nicht? Sie befand sich in einem nie gekannten Zustand sexuellen Verlangens. Er schlug ihr nicht vor, mit ihm hinauszugehen, denn Worte erübrigten sich. Sie waren beide blaß. Er reichte ihr einfach den Arm, und sie verließen die Tanzfläche. Gerade als sie an der Bar vorbeikamen, schrie jemand: «Feuer, Feuer, Feuer!» Die Bar füllte sich mit Qualm, und die Zecher drängten hinaus auf den Gang, wobei sie die Liebenden beiseite stießen. Im nächsten Augenblick kam Nailles mit einem Feuerlöscher angelaufen und stürmte in den verqualmten Raum. Die Kapelle spielte weiter, aber alle Paare hatten sich in die Vorhalle geflüchtet. Einige Minuten später war die Feuerwehr zur Stelle, und die Barkellner machten sich hustend und mit tränenden Augen daran, jeweils zwei Flaschen zu ergreifen und hinauszutragen, bis die Regale leer waren. Ein Feuerwehrschlauch aus weißem Segeltuch wurde über den karmesinroten Teppich gezogen, aber zum Glück erwies es sich nicht als nötig, alles unter Wasser zu setzen. Als Nailles rußverschmiert aus dem ausgebrannten Raum trat, eilte Nellie auf ihn zu und rief: «Ach, Liebling, ich habe ja solche Angst um dich gehabt.» Dann gingen sie nach Hause. Nellie sah Ballard nie wieder und vergaß sogar, daß er existierte.

Unter den Schürzenjägern des Ortes gab es einen gewissen Peter Spratt, der aber allgemein Jack genannt wurde. Seine Frau war eine Trinkerin, und man diskutierte endlos darüber, ob er mit der Schürzenjägerei angefangen hatte, weil sie trank, oder ob es sich umgekehrt verhielt. Bei Parties nahm er Nellie oft beiseite und schwärmte ihr vor, was er tun würde, wenn sie beide einmal allein miteinander wären. Sie empfand das nicht als Beleidigung und fühlte sich manchmal sogar erregt. Eines Samstags lieh er sich Nailles' Heckenschere. Montag mittag läutete er an der Tür. Nellie öffnete. Er trat ein, legte die Heckenschere auf einen Stuhl in der Diele, sah Nellie mit einem so verliebten Blick an, daß ihr der Kopf schwindelte, und sagte: «Endlich habe ich Sie einmal allein erwischt.» Ob Nellie ihm hätte widerstehen können oder nicht, wird man nie erfahren, denn Nailles, der mit einer schweren Erkältung im Bett lag, rief von oben: «Wer ist denn da, Liebling?» Gleich darauf erschien er in Bademantel und Schlafanzug auf dem oberen Treppenabsatz. «Nanu, Jack, arbeiten Sie heute nicht?» fragte er.

«Ich dachte, ich würde mir mal einen freien Tag gönnen», erwiderte Jack.

«Wie wär's denn mit einem Schluck? Kommen Sie rein, Jack, kommen Sie doch.»

Nellie holte Eis, und die beiden Männer tranken. Spratt versuchte es nie wieder.

Ein anderer Schwerenöter in der Nachbarschaft – Bob Harmon – hatte Nellie mehrmals aufgefordert, mit ihm zu essen, und zu einer Zeit, als sie Nailles und seine Sorgen mit dem Mundwasser satt hatte, nahm sie die Einladung an. Sie war achtunddreißig Jahre alt, und was war schon dabei, wenn sie über einen Restauranttisch hinweg mit einem gutaussehenden Mann flirtete? Harmon und Nellie trafen sich in einer Bar nahe der Grand Central Station, aber statt in ein Restaurant ging er mit ihr in eine Wohnung. Dort war alles auf Verführung abgestellt, auch Champagner und Kaviar fehlten nicht. Sie aß ein Kaviarsandwich und trank ein Glas Wein, während er ihr erzählte, wie leer sein Leben gewesen sei, bevor er sie kennenlernte. Er war noch nicht einmal näher an sie herangerückt, als entweder das Kaviarsandwich oder etwas, was sie zum Frühstück gegessen hatte, eine vulkanische Störung in ihrem Magen bewirkte. Sie fragte, wo das Badezimmer sei, und dort blieb sie die nächsten fünfzehn Minuten, von Krämpfen gemartert. Als sie wieder zum Vorschein kam, war sie leichenblaß und sagte, sie fühle sich so elend, daß sie nach Hause gehen müsse. Falls er überhaupt etwas empfand, dann war es Freude, sie entschwinden zu sehen. So blieb ihre Keuschheit durch ein ausgebrochenes Feuer, einen Schnupfen und verdorbenen Kaviar intakt, obwohl Nellie so auftrat, als sei ihre Tugend ein Juwel, das sie ihrem Charakter, ihrer Selbstzucht und Intelligenz verdankte.

Nach der äußerst würdelosen Szene im Wohnzimmer ging Nellie ins Bad und wusch sich die Tränen ab. Dann trug sie das Abendessen auf, denn Tony sollte nicht auf die Idee kommen, daß etwas nicht stimmte. Als sie fertig waren, fragte Nailles: «Hast du deine Schularbeiten gemacht?»

«Ist alles erledigt», sagte Tony. «Ich konnte in der Schule an zwei Arbeitszirkeln teilnehmen.»

«Wollen wir Golf spielen?»

«Ja, gern.»

Nailles holte Schläger und Bälle aus dem Wandschrank in der Diele, und sie fuhren zu einem Minigolfplatz an der Überlandstraße 64, der, wie Nailles vermutete, in den dreißiger Jahren angelegt worden war. Es gab tiefe Wassergräben, Brücken und eine Windmühle. Der Platz war schon seit langem verwildert und wurde offiziell nicht mehr benutzt. Die Wassergräben waren ausgetrocknet, die Windmühle hatte ihre Flügel verloren, und das «Grün» war keine Wiese, sondern nackter Beton. Aber die meisten Hindernisse waren unversehrt, und an Sommerabenden spielten Männer und Jungen auf dem Platz, obwohl überall Verbotsschilder aufgestellt waren. Es gab natürlich keine Beleuchtung, aber schließlich war Sommer und der Himmel auch abends noch hell. Ein leichter Wind wehte von Westen, und jenseits des Flusses donnerte es. Wenn Nailles sich selbst die Szene schilderte, wie er es in der Folgezeit mindestens hundertmal tat, klang sein Bericht etwa so:

«Ich schämte mich, daß ich mit Nellie gestritten hatte, und

schob die Schuld an der ganzen Sache auf psychologische Motive und auf das blöde Mundwasser. Hätte ich nicht diese Tests in Westfield gemacht, dann wäre nichts von alldem passiert. Tony eröffnete das Spiel, und ich erinnere mich, daß ich sehr glücklich war, mit ihm zusammenzusein. Ich habe ihm beigebracht, wie man den Ball mit vorsichtigem Schlag in ein Loch treibt, und er hat eine gute Fußstellung. Zwar hatte ich das Golfspielen vor vier Jahren aufgegeben, doch ich fand, jetzt könnte ich ruhig wieder damit anfangen. Ich freute mich darauf, von nun an öfter mit Tony zu spielen. Der Junge ist nicht gerade hübsch – seine Nase ist zu groß, und er hat eine unreine Haut –, aber er ist mein Sohn, und ich liebe ihn. Es war windig, und auf der anderen Seite des Flusses donnerte es. Ich weiß ganz genau, daß es donnerte, weil ich noch gedacht habe, wie gern ich das Grollen des Donners mag. Mir scheint, es ist ein sehr menschlicher Laut, viel menschlicher als das Geräusch von Düsenflugzeugen, und Donner erinnert mich immer daran, was für ein Gefühl es war, jung zu sein. Meine Eltern gehörten damals dem Country Club an, und ich ging zu allen Tanzveranstaltungen – den sogenannten Zusammenkünften –, und wenn ich die Musik höre, zu der wir tanzten – *Rain* und *The Red, Red Robin* und so weiter –, dann erinnere ich mich, wie es war, als Siebzehn- oder Achtzehnjähriger zu Tanzveranstaltungen zu gehen, aber der Donner frischt mein Gedächtnis viel besser auf. Nicht, daß ich mich wieder jung fühle, wenn ich es donnern höre, mir fällt nur plötzlich ein, wie es war, jung zu sein. Wir brachten den Ball beide ins zweite Loch ein, und beim dritten soll der Ball ein Looping durch einen alten Autoreifen machen. Ich hatte damit einige Schwierigkeiten. Tony schaffte es mit der vorgeschriebenen Schlagzahl, aber ich hatte sie schon um zwei überschritten und versuchte es noch immer, als Tony auf einmal sagte: ‹Weißt du was, Dad?›, und ich sagte: ‹Na?›, und er sagte: ‹Ich gehe von der Schule ab.›

Das traf mich wie ein Blitz aus heiterem Himmel. Ich fiel

aus allen Wolken. Nie hätte ich so etwas für möglich gehalten. Als erstes ermahnte ich mich, auf keinen Fall in Wut zu geraten. Ich mußte ruhig bleiben, geduldig sein und so weiter. Er war ja erst siebzehn. Ich nahm mir vor, daß ich mich so vernünftig und geduldig benehmen wollte, wie es ein Schauspieler in einem Theaterstück tun würde. Dann versuchte ich diese Rolle zu spielen. Leider hatte ich dauernd das Gefühl, die Geduld sei eine große Wolldecke, in die ich mich einzuhüllen suchte, die aber immer wieder herunterrutschte. Ich fragte also sehr geduldig: ‹Warum, Tony?›, und er antwortete, er lerne ja ohnehin nichts. Der Französischunterricht, sagte er, sei eine einzige Katastrophe, und in englischer Literatur wisse er sogar besser Bescheid als der Lehrer. Den Kursus in Astronomie bezeichnete er als Blödsinn, und den Lehrer nannte er senil. Er sagte, sooft der Lehrer im verdunkelten Raum einen Film vorführe, machten die Jungen ein Nickerchen und würfen mit Papierkugeln, und einmal habe der Lehrer geweint, als sie mitten in seinem Vortrag aus der Klasse stürmten. Tony sagte, er habe sich an der Tür umgedreht und den Lehrer weinen sehen. Da sei er zu ihm hingegangen und habe ihn gebeten, es nicht als Ungezogenheit aufzufassen, sie wollten nur nicht zu spät zum nächsten Kursus kommen, und darauf habe der Lehrer geantwortet, daß ihn niemand verstehe, daß er aber seine Schüler sehr gern habe, sie alle sehr gern habe. Tony fügte hinzu, er halte nicht viel von einem Lehrer, der weint. Wir spielten dann das fünfte Loch, wo man seinen Ball durch ein Tor schlagen muß. Diesmal ging bei mir alles glatt, aber er war drei im Vorsprung. Wir setzten unser Gespräch fort. Ich sagte, er müsse die Abschlußprüfung machen, und fragte, was er denn ohne Diplom anfangen wolle. Er sagte, er habe an Fürsorgearbeit in den Slums gedacht. Es gebe da so eine Anstalt für milieugeschädigte Kinder, und vielleicht könne er dort arbeiten. Nun, ich hatte Schwierigkeiten, geduldig zu bleiben. Schwierigkeiten mit meiner Wolldecke. Sie kam immer wieder ins Rutschen.

Ich sagte, wenn er Sozialarbeit leisten wolle, so sei mir das recht, und auch seine Mutter habe gewiß nichts dagegen, aber zuerst müsse er die Abschlußprüfung machen. Ich sagte, die fürsorgerische Tätigkeit setze doch wohl wie jeder andere Beruf eine gründliche Ausbildung voraus, und wenn er sein Diplom habe, würden wir ihn gern auf ein College schicken, in dem er die nötigen Kenntnisse erwerben könne. Er widersprach und fragte, wozu ein Diplom gut sein solle, wenn er nichts lernte. So ein Fetzen Papier sei doch eine bewußte Irreführung, genau wie ein gefälschter Vertrag. Darauf sagte ich, daß man sich – ganz gleich, wie man darüber denke – an einige Spielregeln halten müsse. So seien beispielsweise Hosen nicht gerade die bequemste Kleidung, aber eine der Spielregeln sehe vor, daß man eine Hose trage. Ich fragte ihn, was geschehen würde, wenn ich nacktarschig zum Bahnhof ginge, und er sagte, ihm sei es einerlei, wenn ich das täte. Er sagte, von ihm aus könne ich gern mit nacktem Arsch zum Bahnhof gehen. Inzwischen hatten wir aufgehört zu spielen, weil nämlich andere Männer oder Jungen an uns vorbei wollten und wir ihnen auf ihre Bitte hin Platz machten.

Wie gesagt, es war windig, es donnerte, es sah nach Regen aus, und das Licht auf dem Platz war jetzt so schlecht, daß man die Gesichter der Spieler, die uns überholten, kaum erkennen konnte. Jungen von der Mittelschule, nehme ich an, Jungen aus den Slums, Rowdies in enganliegenden Hosen und grellbunten Hemden und mit Pomade im Haar. Ihre Stimmen klangen schaurig schrill, hatten geradezu etwas Gespenstisches, und wenn einer von ihnen den Ball anspielte, piekte ihn ein anderer tüchtig in den Hintern, so daß er mit einem Aufschrei zurücksprang. Wirklich, ich habe gar nichts gegen solche Jungen, aber sie verwirren mich, sie machen mir angst, denn ich weiß nicht, woher sie kommen und wohin sie gehen, und wenn man sich mit Menschen nicht auskennt, dann ist das wie eine schreckliche Art von Dunkelheit. Ich fürchte mich nicht vor dem Dunkel, aber es gibt Formen menschlicher Dummheit, die mir unheimlich sind. In solchen Fällen hilft es mir, wie ich bemerkt habe, wenn ich in das Gesicht des Fremden schauen und dadurch einige Hinweise auf seinen Charakter bekommen kann – aber, wie gesagt, es wurde schon dunkel, und keiner dieser Jungen war deutlich zu erkennen. Sie gingen also an uns vorbei, und wir fuhren fort, über Tonys Diplom und die Spielregeln zu sprechen. Ich sagte, ganz gleich, welchen Beruf er ergreifen wolle, er brauche dazu eine Ausbildung, müsse sich darauf vorbereiten. Ich sagte, sogar wenn er ein Dichter werden wolle, müsse er sich darauf vorbereiten. Dann sagte ich etwas, was ich ihm nie zuvor gesagt hatte. Ich sagte: ‹Ich liebe dich, Tony.›

Da sagte er: ‹Der einzige Grund, aus dem du mich lieb hast, der einzige Grund, aus dem du mich zu lieben glaubst, ist der, daß du mir Geschenke machen kannst.› Ich antwortete ihm, das sei nicht wahr, es gebe nur einen einzigen Grund, aus dem ich ein großzügiger Vater sei, nämlich den, daß mein eigener Vater mir nie sehr viel geschenkt habe. Und weil mein Vater so knauserig gewesen sei, wolle ich mich meinem Sohn gegenüber freigebig zeigen. ‹Freigebig, freigebig, freigebig›, wiederholte er und fügte hinzu, er wisse, daß ich sehr freigebig sei. Er sagte, er habe gehört, wie freigebig ich praktisch an jedem Tag des Jahres sei. Und dann sagte er: ‹Vielleicht will ich gar nicht heiraten. Ich wäre nicht der erste Mann in der Welt, der keine Lust zum Heiraten hat, nicht wahr? Vielleicht bin ich schwul. Vielleicht möchte ich mit einem netten, sauberen Homo zusammenleben. Vielleicht möchte ich ein Wüstling sein und Hunderte und aber Hunderte von Frauen vögeln. Man kann's ja auch tun, ohne daß man im heiligen Ehestand lebt und die Wiege füllt. Wenn Kinder haben so wunderbar ist, warum habt ihr dann nur eins? Warum nur eins?› Ich erklärte ihm, er habe seine Mutter beinahe das Leben gekostet. ‹Verzeihung›, sagte er, ‹das wußte ich nicht.› Dann sagte er, ich müsse mich an den Gedanken gewöhnen, daß er vielleicht nicht den Wunsch habe, in der Abenddämmerung zu einer hübschen Frau nach Hause zu kommen und Softball mit einer Anzahl gut gewachsener Söhne zu spielen. Er sagte, vielleicht wolle er lieber ein Dieb oder ein Heiliger oder ein Säufer oder ein Müllfahrer oder ein Gasmann oder ein Verkehrspolizist oder ein Eremit sein. Da verlor ich die Geduld, meine Wolldecke, und schrie ihn an, er müsse sich zusammenreißen und etwas Nützliches tun, und er fragte: ‹Was denn? Etwa Mundwasser vertreiben?› Da hob ich meinen Golfschläger und hätte ihm den Schädel gespalten, aber er sprang zur Seite, warf seinen Schläger hin und rannte ins Dunkel hinein.

Da stand ich nun auf diesem verwilderten Minigolfplatz und hatte meinen Sohn praktisch ermordet, aber am liebsten wäre ich ihm nachgelaufen und hätte ihm tüchtig eins mit dem Schläger übergezogen. Ich war sehr wütend. Ich konnte einfach nicht begreifen, wie mein einziger Sohn, den ich mehr als alles auf der Welt liebe, mich so weit bringen konnte, daß ich ihn töten wollte. Schließlich nahm ich unsere Sachen und ging zurück zum Wagen. Zu Hause erzählte ich Nellie, daß ich Streit mit Tony gehabt hatte, aber sie ergriff natürlich seine Partei, weil ich vorher schon Streit mit ihr gehabt hatte. Dann schenkte ich mir einen Drink ein und sah fern – es gab nichts anderes zu tun. Ich saß vor dem Apparat, bis Tony gegen zwölf Uhr nach Hause kam. Er sprach nicht mit mir und ich nicht mit ihm. Er ging zu Bett, und etwas später legte ich mich auch hin.

Seither hat er das Bett nicht mehr verlassen.»

IX

Tony lag seit zweiundzwanzig Tagen im Bett, als Nellie einen Brief von einer gewissen Mary Ashton bekam, einer Putzfrau, die einmal für sie gearbeitet hatte. Mary war intelligent und fleißig gewesen, aber sie hatte gestohlen. Das erste, was Nellie vermißte, waren zwei kleine Diamantringe, die ihrer Mutter gehört hatten. Nellie trug die Ringe nie, und sie bezichtigte Mary Ashton nicht des Diebstahls. Gute Putzfrauen hatten Seltenheitswert, Mary war arm und hatte bisher gut gearbeitet, so daß Nellie beschloß, ihr die Ringe als stillschweigende Gratifikation zu überlassen. Etwa einen Monat später verschwand ein Paar goldene Manschettenknöpfe, und diesmal entließ Nellie die Putzfrau, allerdings ohne die Manschettenknöpfe zu erwähnen. Der Brief, den sie jetzt bekam, war sauber getippt (hatte sie die Schreibmaschine gestohlen?), und zwar auf gutes Briefpapier (gestohlen?). Nellie las: «Sehr geehrte Mrs. Nailles, ich habe gehört, daß Ihr Sohn krank ist, und es tut mir wirklich sehr leid. Er ist einer der nettesten Jungen, die ich kenne. Im Ort gibt es einen Guru oder Gesundbeter, der sich Swami Rutuola nennt. Er hat letztes Jahr meine Schwester von Arthritis geheilt. Vormittags arbeitet er für Percham, den Zimmermann, aber nachmittags ist er gewöhnlich zu Hause. Telefon hat er nicht. Er wohnt über Peytons Beerdigungsinstitut in der Hill Street.»

Diese Verbindung von Diebstahl und Magie verwirrte Nellie. Sie und Nailles gaben an diesem Nachmittag eine Cocktailparty, und daher hatte sie vorerst keine Möglichkeit, ihm den Brief zu zeigen. Die Party war ein voller Erfolg. Es fällt einem schwer, derartige Veranstaltungen zu loben, aber als Gastgeberin verdiente Nellie höchstes Lob. Dem Stolz auf ihr Haus haftete nichts Albernes an. Ihr Charme schien die behaglichen Räume noch heller und freundlicher zu machen. Die sechzehn oder siebzehn Gäste waren Leute, über deren Anwesenheit sie sich uneingeschränkt freute. Das Essen und die Getränke waren vorzüglich, und niemand sagte etwas Banales, Langweiliges oder Dummes. Charlie Wentworth, der dicht neben Martha Tuckerman auf dem Sofa saß, teilte mit Martha einen Augenblick unendlichen Sehnens. Als ihre Blicke sich trafen, hatten sie plötzlich beide das Gefühl, es müsse der Himmel auf Erden sein, wenn sie zusammen leben könnten. Sie würden einer über des anderen Witze lachen, einer des anderen Körper wärmen, gemeinsam nach Japan reisen. Dann erhob sich Martha vom Sofa und ging zu ihrem Mann hinüber, der an der Bar stand. Näher an eine ehebrecherische Leidenschaft kam keiner der Gäste heran. Die einzige Schwierigkeit war, daß Nailles eine kreisförmige Ausfahrt hatte, und ohne Verkehrsregelung durch Tony – der natürlich im Bett war – entstand beim Parken ein fürchterliches Durcheinander. Nailles verbrachte die letzte halbe Stunde der Party damit, daß er entweder Wagen zur Seite fuhr oder die Besitzer bat, sie zur Seite zu fahren. Um acht waren alle Gäste gegangen. Die Eheleute aßen Rührei und Würstchen in der Küche, und nun konnte Nellie ihrem Mann endlich den Brief zeigen.

«Ach, du meine Güte», sagte er, «war das nicht die Diebin? Vielleicht handelt es sich um eine Bande von Dieben. Vielleicht ist dieser Swami ein Komplice. Magie ist das einzige, was wir noch nicht versucht haben, aber ich kenne mich nicht damit aus.»

Nailles' Widerwille, mit dem Zug in die Stadt zu fahren, war so heftig geworden, daß er Dr. Mullin konsultiert hatte, der ihm ein starkes Beruhigungsmittel verschrieb. Er schluckte es jeden Morgen mit seinem Kaffee und redete Nellie vor, er nehme eine Vitaminpille. Das Beruhigungsmittel gab ihm die Illusion, wie Zeus auf einer Wolke zu schweben. Wenn er morgens auf den Zug um sieben Uhr sechsundvierzig wartete, schien ihm, er sei von dieser Wolke umgeben. Wenn der Zug einfuhr, hob Nailles seine Wolke auf und suchte sich, in sie eingehüllt, einen Fensterplatz. War der Tag trübe, die Landschaft winterlich, boten die kleinen Städte, an denen sie vorbeikamen, einen häßlichen, bedrückenden Anblick, so vermochte nichts davon seine rosige Stimmung zu trüben. Er schwebte die Gleise entlang und hinein in die Grand Central Station, während er breit und ein wenig geistesabwesend lächelte: über Armut, Krankheit, Reichtum, die Schönheit fremder Frauen, den Regen und den Schnee.

Am Morgen nach der Party wurde Nellie durch Schüsse geweckt.

Es hatte Krawalle in den Slums gegeben, und im ersten Augenblick glaubte sie, die Aufrührer hätten beschlossen, aus dem Ghetto herauszumarschieren und die weißen Häuser der Chestnut Lane zu stürmen. Nailles war nicht im Bett, und sie eilte zum Fenster. Was sie auf dem großen Rasenplatz sah, war Nailles, nur mit einer Unterhose bekleidet, der seine Schrotflinte auf eine riesige Beißschildkröte abfeuerte. Die Sonne war noch nicht aufgegangen, doch der Himmel war hell, und in diesem reinen, gedämpften Licht schienen der halbnackte Mann und die prähistorische Schildkröte in einen uranfänglichen und zugleich komischen Kampf verwickelt. Nailles hob sein Gewehr, zielte und schoß. Die Schildkröte wich zurück, brach zusammen, richtete sich dann langsam auf und kroch schwerfällig auf Nailles zu. Nellie hatte noch nie, außer im Zoo, ein so großes Reptil gesehen, aber es war nicht das Reptil, sondern ihr Mann, der in dem frühen Licht fehl am Platze zu sein schien. Es war der Rasen der Schildkröte, der Himmel der Schildkröte, die Welt der Schildkröte – und Nailles war nur versehentlich hier aufgekreuzt. Er feuerte nochmals, traf aber nicht. Erst beim nächsten Schuß sah Nellie, wie der Kopf der Schildkröte von der Schrotladung zur Seite gerissen wurde. Nailles schoß noch einmal, legte dann sein Gewehr ins Gras und hob die Schildkröte an ihrem gezackten Schwanz hoch.

«Liebling, bist du auch sicher, daß sie tot ist?» rief Nellie ihm zu.

«Ja», sagte er, überrascht, sie am Fenster zu sehen. «Sie ist tot. Ihr Genick ist gebrochen.»

«Was glaubst du, woher sie kam?»

«Aus dem Sumpf, nehme ich an. Sie muß an die hundert Jahre alt sein. Ich stand auf, um ins Badezimmer zu gehen, und da seh ich sie über den Rasen kriechen. Zuerst dachte ich, es wäre ein Traum. Der Rückenschild ist bestimmt neunzig Zentimeter lang. So ein Tier könnte ein Kind verletzen oder einen Hund töten. Ich werde sie später vergraben.»

Nailles, in dessen rechtem Ohr es von den Schüssen summte und dessen rechte Hand ein wenig zitterte, wollte im Schlafzimmer eine Beruhigungspille, seine letzte, aus dem Röhrchen schütten, aber seine Hand war so zittrig, daß die Pille auf den Boden fiel und unter ein Möbelstück rollte. Nailles wartete, bis Nellie das Zimmer verlassen hatte, bog dann einen Metallkleiderbügel hakenförmig zurecht und versuchte, auf dem Boden liegend, die Pille zurückzuholen. Das Möbelstück – ein Toilettentisch – reichte fast bis zum Boden, und von der Pille war nichts zu sehen. Dafür angelte er zwei Centstücke und einen Knopf heraus. Nun räumte er den Toilettentisch ab und rückte ihn von der Wand weg. Der Tisch war schwer, hatte volle Schubladen und ließ sich nur schlecht bewegen. Als Nailles es endlich geschafft hatte, fand er keine Pille, wohl aber eine Ritze im Fußboden, in die sie gefallen sein mußte. Er zog den Kleiderbügel die Ritze entlang, aber das einzige, was er zutage förderte, war Schmutz.

Der Gedanke, ohne Pille in den Zug zu steigen, rief bei ihm alle Symptome der Panik hervor. Sein Atem ging rascher, die Lippen schienen anzuschwellen. Seltsam, wieviel Platz schmerzliche Dinge in seiner Erinnerung einnahmen. Er hatte geglaubt, keine Erinnerung an schmerzliche Dinge zu haben, aber nun kehrte das Gefühl der Qual, Verwirrung und Erniedrigung, das ihn gepeinigt hatte, als er in Greenacres, in Lascalles, in Clear Haven und schließlich in Turandot ausgestiegen war, fast mit der Intensität einer Tatsache in sein Gedächtnis zurück. Er konnte einfach nicht mit dem Zug fahren, und das war keine Frage des Mutes. Auch wenn er sich zwang, zum Bahnhof zu gehen, würde er es, wie er genau wußte, nicht fertigbringen, in den Siebenuhrsechsundvierzig zu steigen. Kalte Bäder, Selbstdisziplin, Gebet – das war das moralische Rüstzeug seines ersten Jahres bei den Pfadfindern gewesen. Er *mußte* nach New York, um für Nellie und seinen Sohn zu sorgen. Gelang es ihm nicht, nach New York zu kommen, dann waren sie schutzlos dem Verderben preisgegeben, von Feinden – Kälte, Hunger und Angst – belagert, Flüchtlinge aus einer eingeäscherten Stadt. Er duschte eiskalt, in der Hoffnung, das werde ihm helfen, aber Wasser hatte keine beruhigende Wirkung auf seine Vorstellung vom Siebenuhrsechsundvierzig als einer transportablen Hölle. Er wußte nicht, wann die Sprechstunde des Arztes war, er wußte nur, daß er sich ein neues Rezept beschaffen mußte, bevor er irgend etwas anderes unternahm.

Die Praxis des Arztes war in einer Neubausiedlung, deren Wohnungen als Gartenappartements bezeichnet wurden, obwohl nirgends Gärten zu sehen waren. Nailles läutete, und ein Mann im Pyjama öffnete die Tür.

«Ich fürchte, ich habe mich in der Adresse geirrt», sagte Nailles.

«Suchen Sie den Doktor?»

«Ja, es ist schrecklich wichtig. Ein dringender Fall. Es geht um Leben oder Tod.»

«Die Adresse stimmt schon, aber er praktiziert nicht mehr», erklärte der Mann. «Die Medizinische Gesellschaft des Bezirks hat ihm vor drei Wochen die Lizenz entzogen. Er arbeitet jetzt in einem Laboratorium in der Stadt.»

«Was ist denn passiert?»

«Pillen. Er gab den Patienten alle möglichen verbotenen Pillen. Aber ich bin gerade beim Frühstück...»

«Entschuldigen Sie bitte», sagte Nailles. Er konnte mit dem Wagen in die Stadt fahren, nicht wahr? Oder mit dem Bus. Oder mit einem Taxi. Ein Mann, der neben ihm geparkt hatte, sprach ihn an. «Suchen Sie den Doktor?»

«Ja, o ja», sagte Nailles.

«Was für ein Medikament hat er Ihnen gegeben?»

«Ich weiß nicht, wie es heißt. Es war für den Zug.»

«Erinnern Sie sich wenigstens an die Farbe?»

«Grau und Gelb. Eine Kapsel, halb grau und halb gelb.»

«Ach, dann weiß ich, was es war. Wollen Sie welche?»

«Ja, o ja.»

«Gut, wir treffen uns auf dem katholischen Friedhof, draußen an der Laurel Avenue. Den kennen Sie doch, nicht wahr? Es gibt dort ein Denkmal, die Statue eines Soldaten.»

Nailles traf vor dem Fremden auf dem Friedhof ein. Es war eine altmodische Anlage mit vielen Grabfiguren, aber das Denkmal des Soldaten überragte die ungezählten steinernen Engel um Haupteslänge und war leicht zu finden. In einiger Entfernung arbeiteten Totengräber. Nailles hatte geglaubt, daß Gräber maschinell ausgehoben würden, aber diese Männer benutzten Schaufel und Spitzhacke. Er kam an einer Reihe verschieden gestalteter Engel vorbei – einige waren lebensgroß, andere zwergenhaft. Manche standen auf den Gräbern, die Flügel halb ausgebreitet, andere hielten mit hängenden Flügeln das Grabkreuz umfaßt. Der Soldat trug die Uniform von 1918 – einen Suppentellerhelm, Wickelgamaschen, eine ausgebeulte Hose – und hielt in der rechten Hand, mit dem Kolben nach unten, ein Springfieldgewehr mit Bolzenschloß, Modell 1912. Der weiße Stein, aus dem er gemeißelt war, hatte sich überhaupt nicht verfärbt, wies aber deutliche Spuren von Erosion auf, so daß die Gesichtszüge und die Rangabzeichen des Soldaten kaum zu erkennen waren und er wie ein Gespenst aussah. Der Fremde gesellte sich zu Nailles, mit ein paar – vermutlich irgendwo gestohlenen – Tulpen in der Hand. Er steckte die Blumen in einen Behälter vor dem gespenstischen Infanteristen und sagte: «Fünfundzwanzig Dollar.» – «Der Doktor hat nur zehn genommen und mir dafür eine große Packung verschrieben», wandte Nailles ein. «Ja», meinte der Fremde, «aber ich riskiere zehn Jahre Gefängnis und zehntausend Dollar Geldstrafe.» Nailles gab ihm die fünfundzwanzig Dollar im Austausch gegen fünf Pillen. «Sie werden am Montag wieder was brauchen», sagte der Mann. «Erwarten Sie mich um halb acht in der Bahnhofstoilette.» Nailles steckte eine Pille in den Mund, konnte sie aber ohne Wasser nicht hinunterwürgen. In einer Gedenkurne hatte sich Regenwasser angesammelt, und er schöpfte so viel mit der Hand heraus, wie er brauchte, um die Pille zu schlucken. Während er zum Zug fuhr, wartete er darauf, daß die Pille wirkte, daß seine rosige Wolke sich bilden sollte, und als er auf dem Parkplatz hielt, hatte ihre wundervolle Wirkung bereits eingesetzt. Er fühlte sich ruhig und gelassen, ein wenig gelangweilt und geistesabwesend. In seiner Zerstreutheit vergaß er, einen Vierteldollar in die Parkuhr zu stecken, aber als er seine schmerzlose Reise in die Stadt hinter sich gebracht hatte, rief er Nellie an und bat sie, es mit dem Guru zu versuchen.

X

Nach dem Lunch schenkte sich Nellie einen Whisky ein. Ich sollte zu einem Psychiater gehen, dachte sie, aber dann fiel ihr der Arzt ein, der seinen unsichtbaren Zahnarztstuhl umkreist hatte. Sie verabscheute ihn, nicht wegen seiner Immobiliengeschäfte, sondern weil sie von ihm so sehr enttäuscht worden war. Sie hatte immer das vage Gefühl gehabt, man könnte sich in einer Krise darauf verlassen, daß die Psychiatrie eine Heilung bewirkte, und dieses Trostes hatte er sie beraubt. Sie erinnerte sich, daß die Putzfrau – die Diebin – falsche Zähne hatte. Ihr bevorzugtes Desinfektionsmittel war ein chemisches Präparat gewesen, das laut Reklame nach Gebirgskiefernwäldern roch, aber diese Nachahmung der würzigen Bergluft war so plump, so widerwärtig, daß sie einer Ironie gleichkam. Schneebedeckte Toilettensitze. Eliot hatte sie gebeten, den Guru aufzusuchen, und so ging sie hin.

Die Slums, der älteste Teil des Ortes, befanden sich unten am Fluß. Nellie hatte nie Anlaß gehabt, diese Gegend aufzusuchen. Aus der Zeitung wußte sie, daß dort Frauen am hellichten Tag überfallen und ausgeraubt wurden. Oft gab es auch Messerstechereien in Spelunken. An diesem Nachmittag regnete es heftig; das Licht war trübe. Jeder Regen schmeckt gleich, und doch kam für Nellie der Regen aus einer Vielheit von Himmeln. Manche Regenfälle schienen sich wie ein Netz aus dem offenen Himmel ihrer Kindheit herabzusenken, andere waren stürmisch und bitter, wieder andere hatten die Kraft einer Reminiszenz. Der Regen an diesem Tag schmeckte salzig wie Blut. Nellie ging also in die Slums, zu Peytons Beerdigungsinstitut. Das war ein schäbiger Fachwerkbau mit einer Haustür, deren Spitzbogen wohl Heiligkeit andeuten sollte. Die Toten (bei Messerstechereien ermordet) traten durch diese Pforte ein und gingen durch sie hinaus zu dem finsteren Friedhof am Rande von allem. Eine Tür zur Linken führte anscheinend zu den oberen Räumen; Nellie öffnete sie und stand in einem kahlen Flur mit einer Treppe.

Die Seltsamkeit dieser Umgebung verwirrte sie so sehr, als atme sie in ihrem eigenen Haus nicht nur die fundierte bürgerliche Ordnung ein, sondern auch ein Element, das die Vorbedingung für ihre Chromosomen und ihre geistigen Fähigkeiten war. Der fremdartige muffige Geruch des Hausflurs – der uralte Geruch solcher Räume – schien sie jeder moralischen Stütze zu berauben. Sie schaute sich nach irgend etwas Vertrautem um – ein Feuerlöscher hätte genügt –, aber in diesem Flur gab es nichts, was ihr vertraut war. Hätte einer der legendären Frauenschänder, von denen die Abendzeitung so oft berichtete, sich ihr genähert, sie wäre hilflos gewesen. Sie wußte sich keinen Rat. Sie hatte Angst. Ihr Instinkt warnte sie weiterzugehen; das Pflichtgefühl befahl ihr, die

Treppe hinaufzusteigen; und der Zwiespalt zwischen diesen beiden Kräften war wie ein breiter Fluß ohne Brücken – er schien ihr zu offenbaren, was für eine gewaltige Rolle die Einsamkeit in ihrem Leben spielte. Es war, als rufe sie sich selbst auf einem Bahnhof einen letzten Gruß zu oder stehe inmitten der Trauernden an ihrem offenen Grab. Leb wohl, Nellie!

Sie hatte in diesem Haus keine Funktion auszuüben und spürte das deutlich. Eine Beauftragte der Volkszählung? Eine Fürsorgehelferin? Eine Verfechterin der Geburtenkontrolle, die kostenlos Pillen ausgab? Eine Beraterin lediger Mütter? Eine Menschenfreundin, die den Erlös des kirchlichen Wohltätigkeitsbasars verteilte? Nein, sie war nichts als eine Frau mit einem kranken Sohn, die (auf den Rat einer Diebin) einen Wundertäter aufsuchte. Ich bin eine *rechtschaffene* Frau, dachte sie. Diese Narretei war unbeabsichtigt, ihr aufgezwungen, und Nellie hatte den Eindruck, daß sie sich wider Willen lächerlich machte. Nie habe ich ein Eichhörnchen auf der Landstraße überfahren. Ich habe immer Körner ins Vogelfutterhäuschen getan. Sie stieg die Treppe hinauf. Oben war ein Flurfenster, auf dessen schmutzige Scheibe jemand geschrieben hatte: «Sid Greenberg kaut und raucht.» Nellie sah zwei Türen vor sich. An der einen war ein Schild mit der Aufschrift «Der Tempel des Lichts» befestigt. Hinter der Tür erklang Musik – Gesang –, die Stimmen quollen komprimiert aus einem Radioapparat. Nellie klopfte, und als sich nichts rührte, rief sie: «Swami Rutuola, Swami Rutuola...»

Hinter der zweiten Tür wurde laut gekichert – wollüstig oder alkoholisch –, und eine Frau imitierte Nellies Akzent. «O Swermi Rutaholah, o Swermi Rutaholah...» Nun war auch das Kichern eines Mannes zu hören. Ob die beiden zusammen im Bett lagen? «O Swermi...» flötete die Frau und lachte aus vollem Halse. Nellie klopfte noch einmal, und eine Männerstimme forderte sie auf hereinzukommen. In dem Zimmer war ein hellhäutiger Neger damit beschäftigt, ein Stuhlgestell mit Polstergurten zu bespannen. Es roch nach

Hobelspänen. Was kam zuerst: Jesus der Zimmermann oder der heilige Geruch frischen Holzes? In der Ecke stand ein Altar mit einem Arrangement von Wachsblumen und einer brennenden Votivkerze. Wachsblumen bedeuteten Tod – Tod und chinesische Restaurants. «Willkommen im Tempel des Lichts», sagte der Mann. Er hatte eine helle Stimme und sprach mit fremdländischem Akzent. Jamaika, dachte Nellie. Sein Gesicht war schmal, und er schielte auf dem einen Auge, vermutlich infolge einer Verletzung. Im Krieg verwundet oder durch einen Pfeil, einen Stein? Dieses Auge war unbeweglich mit einem dauernden Ausdruck religiöser Hysterie zum Himmel gerichtet. Das andere Auge hatte einen lebhaften, heiteren und offenen Blick. «Ich bin Mrs. Eliot Nailles», sagte sie. «Mary Ashton riet mir, Sie aufzusuchen. Mein Sohn ist krank.»

«Möchten Sie, daß ich gleich mitkomme?» fragte er in singendem Tonfall.

«Ach ja», erwiderte Nellie, «wenn Sie ihm ... ich meine, wenn Sie glauben, daß Sie ihm helfen können.»

«Ich werde es versuchen», sagte er. «Darf ich mir nur eben die Hände waschen? Ich habe keinen Wagen, und bei Regen ist es sehr schwierig, ein Taxi zu finden.»

Auf der Fahrt zu ihrem Haus schilderte sie Tonys Leiden und einige Begleitumstände. Der Akzent dieses Swami Rutuola, entschied sie, war doch nicht jamaikanisch. Es war eine Sprechweise, die keine Wurzeln hatte und die den Eindruck von Verwöhntheit oder gepflegter Eleganz hervorrufen sollte. Nellie führte ihn hinauf in Tonys Zimmer und fragte, ob sie ihm einen Drink bringen dürfe. «Ach nein, danke», sagte er, «ich habe etwas in mir, was viel anregender ist als Alkohol.»

«Kann ich sonst etwas für Sie tun?»

«Ich wäre gern sicher, daß niemand uns stört.»

«Dafür werde ich sorgen», versprach Nellie. Sie ging hinunter und goß sich noch einen Whisky ein.

«Ich heiße Swami Rutuola», sagte er zu Tony, «und ich bin hergekommen, um Ihnen zu helfen – jedenfalls hoffe ich, daß es mir gelingt. Zuerst möchte ich Ihnen erzählen, was mit meinem Auge passiert ist. Als ich fünfzehn Jahre alt war, verspürte ich den höchst unglückseligen Drang, ein Fahrrad zu stehlen. Ein leuchtendrotes englisches Schwinnrad mit Dreigangschaltung – einfach unwiderstehlich. Ich versteckte es im Keller. Als mein Vater es fand, verprügelte er mich, und dann mußte ich, von ihm begleitet, das Fahrrad zurückbringen. Der Vater des Jungen, dem das Rad gehörte, wollte mich nicht anzeigen, aber meine Eltern bestanden darauf. Sie befürchteten, ich könnte ein Dieb werden, wenn ich nicht bestraft würde. Sie waren ehrenhafte Leute, außerdem sehr ängstliche Naturen, und mit der Zeit ist mir klargeworden, daß sie nicht anders handeln konnten. Ich wurde für sechs Monate nach Livertown geschickt, in die Besserungsanstalt. Unter den Insassen waren, wie das häufig der Fall ist, einige Gangster, die eine Tyrannei innerhalb der Gefängnistyrannei ausübten. Sie waren außerordentlich brutal, und um mich zu schützen, tat ich, als hätte ich ein lahmes Bein. Ich dachte, wenn ich hinkte, würden sie mich in Ruhe lassen, aber eines Tages im Eßsaal vergaß ich zu hinken, und als sie sahen, daß ich sie getäuscht hatte, schlugen sie mich zusammen. Ich lag zwei Wochen im Krankenrevier, und infolge ihrer Roheit wurde ich auf dem linken Auge blind. Ich erwähne das alles, weil ich bemerkt habe, daß Männer und Frauen gewohnt sind, bei ihren Gesprächen fast ebensoviel mit den Augen wie mit Worten zu sagen, und da eines meiner Augen keine Kommunikationsmöglichkeit hat, wirkt das auf manche Leute sehr verwirrend. Ich werde mit dem Kopf im Schatten bleiben, während wir uns unterhalten, damit Sie nicht durch mein Auge in Verwirrung gebracht werden, aber bevor wir uns weiter unterhalten, möchte ich Ihr Zimmer aufräumen. Frömmigkeit kommt gleich nach Sauberkeit – so heißt es doch wohl. Oder ist es umgekehrt?»

«Ich glaube, umgekehrt», sagte Tony.

Der Swami machte sich daran, die Kleidungsstücke einzusammeln, die über Stühlen und an Türknöpfen hingen. Im Wandschrank fand er einen Wäschesack, in den er die schmutzigen Sachen stopfte. Er hängte eine Jacke über einen Bügel, spannte Tonys Schuhe auf Leisten, schloß die Schranktür und schüttelte die Sitzkissen auf. «So, jetzt sieht es schon ein wenig besser aus», meinte er. «Übrigens würde ich gern ein Räucherstäbchen anzünden, wenn Sie nichts dagegen haben.»

«Mir ist alles recht, was Sie tun wollen», erwiderte Tony. «Allerdings muß ich gestehen, daß ich Räucherstäbchen gräßlich finde. Überhaupt jede Art von Parfum. Ich benutze auch nie Rasierwasser. Mir gefällt es, wenn Mädchen nach Parfum riechen, aber so ein Duft, der das ganze Zimmer erfüllt, ist mir zuwider. In Warenhäusern riecht es so, und das mag ich nicht.»

«Ich glaube, ich weiß, was Sie meinen», sagte der Swami. «Dies hier riecht aber nicht süßlich oder aufdringlich. Es ist Sandelholz, und das hat einen sauberen Geruch.» Er zog ein Räucherstäbchen aus der Tasche und zündete es an.

«Ja, das ist gar nicht so übel», sagte Tony.

«Ich wurde in Baltimore geboren», begann Rutuola, «als Sohn armer Leute. Da jedoch die Leiden meiner Rasse wohlbekannt sind, will ich Sie nicht damit langweilen. Ich besuchte die Schule bis zur achten Klasse und kann sehr gut lesen. Vom Rechnen verstehe ich dagegen nicht viel. Mein Vater war Zimmermann, und als ich mit Bewährungsfrist aus der Besserungsanstalt entlassen wurde, arbeitete ich für ihn. Erst viel später übersiedelte ich nach New York, wo ich eine Stellung fand. Nichts Besonderes natürlich. Meine Aufgabe war es, an fünf Nächten der Woche jeweils acht Stunden lang in der Grand Central Station die Aborte sauberzuhalten. Ich wischte die Böden auf und so weiter, aber am meisten hatte ich damit zu tun, von den Wänden die Schmierereien der

Leute zu entfernen. Die Wände sind weiß, und man kann leicht auf sie schreiben. Nach einer Samstagnacht waren sie immer von oben bis unten bekritzelt. Zuerst begriff ich das nicht, aber dann wurde mir klar, daß diese Leute aus Zwang an die Wände schrieben. Es war ihnen verhaßt, wenn das Geschreibsel weggewischt wurde – für sie schien es ein Teil ihrer selbst zu sein. Sie schnitten ihre Botschaft mit einem Messer in die Holztüren ein. Man konnte sie nicht als Spinner abtun, denn es gab Tausende von der Sorte, und ich bekam einen sehr tiefen Einblick, wie einsam und geil die Menschen sind. Ja, und eines Nachts oder eigentlich eines Morgens – es war so zwischen drei und vier – wischte ich den Boden auf, als ein Mann zu mir kam und sagte: ‹Helfen Sie mir, helfen Sie mir, ich glaube, ich muß sterben!› Er war gut gekleidet, aber ganz grau im Gesicht. Ich sagte, um diese Zeit käme immer ein Streifenpolizist durch die Bahnhofshalle und ich könnte hinaufgehen und veranlassen, daß er nach einem Krankenwagen telefonierte. Aber der Mann bat: ‹Verlassen Sie mich nicht, ich will nicht allein sterben›, und da sagte ich: ‹Gut, dann gehen wir also zusammen nach oben, ich werde Ihnen helfen.› Ich faßte ihn unter und führte ihn sehr langsam die Treppe hinauf – er stöhnte –, als wir jedoch oben waren, sahen wir keinen Polizisten, es war niemand da, und er sagte, er müsse einen Moment ausruhen, und wir setzten uns auf eine Treppenstufe. Es war sehr düster und kalt und kahl und leer in der Halle, aber das große farbige Plakat, diese Reklame für Fotoapparate, war beleuchtet. Auf dem Bild sah man einen Mann und eine Frau und zwei Kinder an einem Strand – einem Seeufer, nehme ich an –, und hinter ihnen, weit weg, waren all diese schneebedeckten Berge. Es war ein schönes, glückliches Bild, aber mir erschien es besonders schön, weil die Bahnhofshalle so kalt und nüchtern war und nichts Glückliches an sich hatte. Also riet ich ihm, er solle die Berge anschauen, weil er sich dadurch vielleicht von seinen Beschwerden ablenken könne. Dann schlug ich ihm vor, mit mir gemeinsam zu beten, und er sagte, er hätte alle Gebete vergessen, und ich merkte, daß es auch bei mir damit haperte. Wir werden uns eben selbst ein Gebet machen, meinte ich und sagte wieder und immer wieder: ‹Mut, Mut, Mut.› Schon nach kurzer Zeit sprach er mit. Er schloß sich mir auch an, als ich einige andere Worte sagte, und es dauerte nicht lange, da erklärte er, daß er sich besser fühle, und bald darauf meinte er, jetzt wolle er im Taxi zu einem Hotel fahren, um ein wenig zu schlafen. Er sagte: ‹Leben Sie wohl›, und ich sah ihn nie wieder. Ein paar Wochen später kam ich nach hier, und jetzt arbeite ich bei Mr. Percham, dem Zimmermann, der mein Vetter ist.»

Der Regen hört auf. Nailles kommt nach Hause. Schwalben und Amseln sind in der frühen Dunkelheit auf Futtersuche. Der Wind weht aus Nordosten, und als Nailles die Verandatreppe hinaufgeht, kann er genau unterscheiden, welche Geräusche die verschiedenen Bäume – Ahorn, Birke, Tulpenbaum und Eiche – machen, wenn der Wind in sie fährt. Was nützt dieses Wissen ihm oder seinem Sohn? Jemand muß die Welt beobachten. Die Abenddämmerung wirkt wie eine getragene Melodie, vollendet abgestimmt. Nellie teilt ihm mit, daß der Guru bei Tony ist und keinesfalls gestört werden darf. Nailles trinkt ziemlich viel, und nach dem Essen sagt Nellie, sie wolle gleich zu Bett gehen. Sie nimmt Nailles das Versprechen ab, den Guru nicht zu stören. Er gibt ihr einen Kuß und holt sich einen Roman, der seine Selbstbeherrschung stärken soll. «In der kleinen Stadt Ostervogen im nördlichen Dänemark», liest er, «konnte man an einem Januarmorgen des Jahres 1869 einen jungen Mann die Hauptstraße entlanggehen sehen. Seine eleganten, blank geputzten Schuhe und der Schnitt des Anzugs deuteten darauf hin, daß die Sachen aus Kopenhagen oder Paris stammten. Er war barhäuptig und trug an der linken Hand einen großen Siegelring mit dem Wappen derer von Hendrichs. In der Nacht hatte es geschneit, und die Dächer des Städtchens waren weiß. Dienstmädchen fegten den körnigen Schnee mit Reisigbesen von den Wegen. Der junge Mann – es war Graf Erik von Hendrichs – blieb vor dem großen Wohnhaus stehen und blickte auf seine schwere goldene Taschenuhr. Wenig später schlug es von der St.-Michaels-Kirche elf. Kaum war das letzte Vibrieren der Bronzeglocken verklungen, da lief der junge Mann behende die Stufen zur Haustür hinauf und läutete. Ein Mädchen in der Dienstbotentracht jener Zeit ließ ihn ein, lächelte zaghaft und machte einen tiefen Knicks. Sie war eine hübsche, junge Person, aber nicht einmal der weite, gefältelte Rock konnte verbergen, daß sie in anderen Umständen war. Er folgte ihr durch eine dunkle Halle in einen großen Salon, wo eine alte Dame neben einem Samowar saß. Der junge Graf begrüßte sie liebevoll auf französisch und nahm eine Tasse Tee an. ‹Leider kann ich nur einen Augenblick bleiben›, sagte er. ‹Ich fahre mit der Postkutsche nach Kopenhagen und von dort mit dem Abendschiff nach Ostende.› – ‹*Quel dommage*›, sagte die alte Dame. Auf ihrem Schoß lag ein Stickrahmen, und zu ihren Füßen stand ein vergoldeter Korb, bis zum Rand mit farbigen Garnsträhnen gefüllt. Sie griff in den Korb, zog eine kleine Pistole mit Elfenbeingriff heraus und schoß dem jungen Grafen ins Herz...»

Nailles knallt das Buch auf den Tisch und greift zu einem anderen mit dem Titel *Rainy Summer*. Er liest den ersten Satz: «Es war ein sehr regnerischer Sommer, und die Aschenbecher auf den Tischen rings um das Schwimmbecken waren voller Regenwasser und Zigarettenstummel...» Er schleudert dieses Buch in eine Ecke. An der Haustür wird geläutet. Nailles öffnet. Draußen steht Mrs. Harvey, eine Nachbarin. Warum ist ihr Gesicht naß? fragt er sich. Hinter ihr kann er Sterne am Himmel sehen. Weint sie etwa, und wenn ja, warum? Er ist es doch, der weinen müßte. «Bitte kommen Sie herein», sagt Nailles. «Kommen Sie bitte herein.»

«Ich glaube, ich war nicht mehr hier, seit ich zuletzt für den Hilfsfonds gesammelt habe», sagt Mrs. Harvey. Sie weint.

«Heute komme ich wieder sammeln.» Rotes Kreuz? denkt Nailles. Muskelschwund? Herzleiden? «Um was geht es denn diesmal?» erkundigt er sich.

«Um die Familie Harvey», sagt sie. «Ich sammle für unseren Daddy.» Sie lacht, sie schluchzt.

«Bitte kommen Sie herein und setzen Sie sich», sagt Nailles. «Ich mache Ihnen gleich einen Drink zurecht.»

«Es ist eine lange Geschichte», beginnt sie, «aber ich glaube, ich muß Ihnen alles erzählen, wenn ich Ihre Hilfe erwarte. Wahrscheinlich wissen Sie, daß Charlie in Amherst studiert. Im dritten Jahr – nächstes Jahr wäre er fertig geworden. Nun hat er in Boston an einer Demonstration teilgenommen. Die Polizei verhaftete ihn, und er verbrachte zwei Nächte im Gefängnis, aber dann wurde er mit einer Geldstrafe belegt und auf Bewährung freigelassen. Vor zwei Wochen hat nun die Musterungskommission seine Zurückstellung als Student für ungültig erklärt. Er bekam einen Gestellungsbefehl und sollte sich vorgestern in der Kaserne melden. Zufällig erwähnte ich im Schönheitssalon, daß man ihn einberufen hatte, und die Frau neben mir – ich kenne sie überhaupt nicht – erzählte von einem Psychiater hier im Ort, der sich darauf spezialisiert hat, jungen Leuten beizubringen, wie sie sich dienstuntauglich machen können. Er verlangt dafür fünfhundert Dollar. Eigentlich wollte ich mit Dad darüber reden, aber die Sache kam mir so unehrenhaft vor. Charlie will kein Soldat sein, aber auch kein Lügner. Ich meine, das ist doch, als brächte man sich um, damit man nicht umgebracht wird. Jedenfalls erwähnte ich es nicht. Er sollte am Donnerstag einrücken, und am Mittwoch ging Dad auf die Sparkasse und hob dreitausend ab. Das war alles, was wir hatten. Er gab Charlie fünfhundert in bar und den Rest in einem bestätigten Bankscheck. Wir sprachen kein einziges Wort über Charlies Pläne. Nach dem Abendessen ging er hinauf, um seinen Koffer zu packen, und dann fuhr Dad ihn zum Bahnhof. Sie sagten nichts, nicht einmal auf Wiedersehen. Dad erzählte mir nachher, er habe kein Wort herausgebracht, aus Angst, weinen zu müssen. Ich nehme an, Charlie ist in Kanada oder Schweden, aber gehört haben wir nichts von ihm. Nun, einen Tag später kam ein Mann in Dads Büro – ein Regierungsbeamter – und sagte, ihm sei bekannt, daß Dad dreitausend von der Bank abgehoben habe, um seinem Sohn die Auswanderung zu ermöglichen. Dad und ich hatten gedacht, Bankkonten seien Privatsache, aber offenbar ist das nicht der Fall. Er sagte, er wolle Dad bei uns zu Hause sprechen. Dad fuhr also heute mit einem früheren Zug zurück, und der Mann – der Regierungsbeamte – kam von der Bezirksstadt herüber. Zuerst beschuldigte er Dad, einen Drückeberger zu unterstützen, und dann sagte er: Also machen wir's kurz. Er nahm eine Zigarette aus der Tasche, legte sie auf den Tisch und erklärte, er müsse Dad wegen des Besitzes von gefährlichem Rauschgift festnehmen. Es war eine Marihuanazigarette, die erste, die Dad jemals gesehen hatte. Der Mann fügte hinzu, er sei hinter Drückebergern her, weil er eineinhalb Jahre in einem Kriegsgefangenenlager in Deutschland verbracht und dort von Ratten und Mäusen gelebt habe. Die jüngere Generation muß lernen, um was es geht, sagte er wörtlich. Daraufhin rief Dad den hiesigen Rechtsanwalt – Harry Marchand – an, und sie fuhren alle hinüber in die Bezirksstadt, wo Dad wegen des Besitzes von Rauschgift verhaftet und ins Gefängnis gesteckt wurde. Sie wollen ihn gegen eine Kaution von zweitausend Dollar freilassen, aber jetzt, am Monatsende, haben wir nicht soviel, und deshalb gehe ich von Haus zu Haus und versuche das Geld zusammenzubringen.»

«Ich glaube, ich habe zweihundert oben», sagte Nailles. «Wenn Ihnen damit geholfen wäre ...»

«O ja, sehr sogar.»

In dem dunklen Schlafzimmer fragt Nellie, wer an der Tür geläutet hat. «Grace Harvey», antwortete Nailles. «Ich erzähle dir das später.» Als er den Wandsafe öffnet und das

Geld herausnimmt, erkundigt sie sich: «Ist der Swami fertig? Bezahlst du ihn?»

«Nein», sagt Nailles. «Ich erzähle es dir später.»

«Soll ich Ihnen eine Quittung ausstellen?» fragt Grace.

«Nein. Natürlich nicht.»

«Fünf Jahre lang habe ich für den Hilfsfonds gesammelt», sagt sie, «aber ich hätte nie gedacht, daß ich einmal von Haus zu Haus gehen würde, um eine Kaution für unseren Daddy zusammenzubringen.»

Tonys Zimmer riecht nun stark nach Sandelholz. «Seit meinem Erlebnis in der Bahnhofshalle», sagt der Swami, «glaube ich fest an die Kraft des Gebets. Da ich keiner organisierten Religionsgemeinschaft angehöre, könnten Sie mich mit Fug und Recht fragen, zu wem ich bete, und ich wäre nicht in der Lage, Ihnen darauf zu antworten. Für mich ist das Gebet eine Kraft, nicht ein Gespräch mit Gott, und wenn meine Gebete erhört werden, wie es manchmal geschieht, weiß ich offen gestanden nicht, an wen ich meine Worte des Dankes richten soll. Ich habe mehrere Fälle von Arthritis geheilt, aber meine Methoden wirken nicht immer. Ich bete, daß sie bei Ihnen wirken.

Ihre Mutter hat mir gesagt, daß Sie Sportler sind und gern Football spielen. Bei Footballmatches dirigiert ein Cheerleader die ermunternden Zurufe der Zuschauer. Ich möchte, daß Sie in mir einen geistigen Cheerleader sehen. Ermunternde Zurufe bringen keine Tore ein, aber sie helfen zuweilen. Ich habe alle Arten von Ermutigungen: zur Liebe, zum Mitgefühl, zur Hoffnung. Und dann die sogenannten örtlichen Ermutigungen. Bei denen denke ich einfach an einen Ort, an dem ich gern wäre, und dann wiederhole ich mir immer von neuem eine Schilderung dieses Ortes. So sage ich mir zum Beispiel bei einer Ortsermutigung, daß ich mich in einem Haus am Meer befinde. Dann suche ich mir die Tageszeit und das Wetter aus, wie ich sie gern haben möchte. Es kann also sein, daß ich mir wünsche, an einem Regentag um vier Uhr nachmittags in einem Haus am Meer zu sein. Des weiteren werde ich mir sagen, daß ich auf einem bestimmten Stuhl sitze, einem Stuhl mit leiterförmiger Rückenlehne, und daß auf meinen Knien ein Buch liegt. Dann werde ich mir sagen, daß ich ein Mädchen habe, das ich liebe, das fortgegangen ist, um Besorgungen zu machen, das aber bald zurückkommen wird. Diese Sätze sage ich mir immer wieder vor: Ich bin an einem Regentag um vier Uhr nachmittags in einem Haus am Meer, ich sitze auf einem Stuhl mit leiterförmiger Rückenlehne, auf meinen Knien liegt ein Buch, und ich warte auf ein Mädchen, das ich liebe, das fortgegangen ist, um Besorgungen zu machen, das aber bald zurückkommen wird. Es gibt unendlich viele Ortsermutigungen. Wenn Sie eine Stadt besonders gern haben – ich mag Baltimore sehr –, dann wählen Sie die Tageszeit und das Wetter und die Umstände und wiederholen das alles. So, wollen Sie jetzt tun, was ich sage?»

«Ja», antwortet Tony, «ich will alles tun.»

«Ich möchte, daß Sie jeden Satz wiederholen, den ich sage.»

«Gewiß», sagt Tony.

«Ich bin in einem Haus am Meer.»

«Ich bin in einem Haus am Meer.»

«Es ist vier Uhr, und es regnet.»

«Es ist vier Uhr, und es regnet.»

«Ich sitze auf einem Stuhl mit leiterförmiger Rückenlehne, und auf meinen Knien liegt ein Buch.»

«Ich sitze auf einem Stuhl mit leiterförmiger Rückenlehne, und auf meinen Knien liegt ein Buch.»

«Ich habe ein Mädchen, das ich liebe, das fortgegangen ist, um Besorgungen zu machen, das aber bald zurückkommen wird.»

«Ich habe ein Mädchen, das ich liebe, das fortgegangen ist, um Besorgungen zu machen, das aber bald zurückkommen wird.»

«Ich sitze in sauberer Kleidung unter einem Apfelbaum. Ich bin zufrieden.»

«Ich sitze in sauberer Kleidung unter einem Apfelbaum. Ich bin zufrieden.»

«Das war sehr gut», sagt der Swami. «Nun wollen wir die Liebesermutigung versuchen. Wiederholen Sie hundertmal das Wort Liebe. Sie brauchen nicht zu zählen. Sagen Sie einfach so lange Liebe, Liebe, Liebe, bis Sie aufhören möchten. Wir wollen es gemeinsam tun.»

«Liebe, Liebe, Liebe, Liebe, Liebe...»

«Das war ausgezeichnet», lobt der Swami. «Wirklich sehr gut. Ich habe gespürt, daß Sie es ernst meinten. Nun wollen wir sehen, ob Sie sich aufsetzen können.»

«Es ist verrückt», sagt Tony, «ich weiß, es ist verrückt, aber ich fühle mich tatsächlich viel besser. Ich würde gern noch ein anderes Gebet versuchen.»

Als Nailles sie «*Hoffnung, Hoffnung, Hoffnung, Hoffnung*» leiern hört, trinkt er rasch einen Whisky. Ist dieser Mann ein Wodupriester? Wird er Tony mit einem Zauber belegen? Da Nailles versichert, nicht an Magie zu glauben, warum sollte er sich dann vor Magie fürchten? Vom Fenster aus kann er seine Rasenflächen im Sternenlicht sehen. «*Hoffnung, Hoffnung, Hoffnung, Hoffnung.*» Die Stimmen klingen wie Trommelwirbel. Seine Rasenflächen und die Beschwörungen entstammen verschiedenen Bereichen. Nichts gibt mehr einen Sinn.

«Nun versuchen Sie sich aufzusetzen», sagt der Swami zu Tony. «Setzen Sie sich auf, und sehen Sie zu, ob Sie die Füße auf den Boden stellen können.»

Es gelingt – Tony steht. Er ist nur noch Haut und Knochen. Man kann mühelos seine Rippen zählen. Die Hinterbacken sind schlaff, und der Rücken weist wunde Stellen auf.

«Gehen Sie ein paar Schritte», befiehlt der Swami. «Nicht viele. Nur zwei oder drei.»

Tony gehorcht. Dann fängt er an zu lachen. «Ja, ich bin wieder ich selbst», sagt er. «Ich bin wieder ganz der alte. Natürlich fühle ich mich noch schwach, aber ich bin nicht mehr traurig. Dieses schreckliche Gefühl ist fort.»

«Nun, dann ziehen Sie sich doch an, und lassen Sie uns zu Ihren Eltern gehen», schlägt der Swami vor.

Tony zieht sich an, und sie gehen nach unten. «Mir ist schon viel besser, Daddy», sagt Tony. «Ich bin zwar noch schwach, aber diese schreckliche Traurigkeit ist fort. Ich fühle mich nicht mehr traurig, und das Haus kommt mir nicht mehr wie ein Kartenhaus vor. Es ist, als wäre ich tot gewesen und wieder lebendig geworden.»

Nellie kommt im Morgenrock die Treppe herunter und bleibt in der Diele stehen. Sie weint.

«Wie können wir Ihnen danken?» fragt Nailles. «Darf ich Ihnen einen Drink bringen?»

«Ach nein, danke», sagt der Swami mit seiner hellen Singsangstimme. «Ich habe etwas in mir, was viel anregender ist als Alkohol.»

«Aber Sie gestatten doch, daß ich Sie bezahle?»

«Nein, nein, danke», sagt der Swami. «Sehen Sie, was für eine Kraft mir auch innewohnt, es ist eine Gabe, und ich muß sie anderen zugute kommen lassen. Sie könnten mich allerdings nach Hause fahren. Manchmal ist es sehr schwierig, ein Taxi zu finden.»

Ja, so war es. Zehn Tage später ging Tony wieder zur Schule, und alles war so herrlich, wie es gewesen war, obwohl Nailles weiterhin jeden Montagmorgen seinen Schwarzhändler auf dem Parkplatz des Supermarktes, in der öffentlichen Bedürfnisanstalt, im Waschsalon und auf verschiedenen Friedhöfen traf.

Zweiter Teil

XI

Von Nailles (schrieb Hammer) erfuhr ich zum erstenmal etwas im Wartezimmer eines Zahnarztes in Ashburnham. Dort fand ich in einer Zeitschrift ein Foto von ihm und einen kurzen Artikel über seine Beförderung zum Leiter der Mundwasserabteilung bei Saffron. In dem Artikel wurde auch seine Tätigkeit in Rom erwähnt und daß er Mitglied der Freiwilligen Feuerwehr von Bullet Park und des Gorey Brook Country Club war. Ich wußte damals nicht und weiß es heute noch nicht, weshalb ich diesem Mann besondere Aufmerksamkeit schenkte. Vielleicht war es die zufällige Beziehung zwischen unseren Namen; außerdem gefiel mir sein Gesicht. Erst einige Monate später traf ich meine Entscheidung. Ich saß an einem Strand. Ich war geschwommen, und nun las ich ein Buch.

Ich war allein, und zu jener Zeit schätzte man das Familienleben so hoch, daß der natürliche Zustand der Ehelosigkeit ein verdächtiger wunder Punkt geworden war. Man hatte am Strand mit Frau und Kindern, vielleicht auch mit den Eltern oder zwei, drei Hausgästen zu erscheinen. Männer ohne Familie waren eine Seltenheit. Der Strand war sehr schön, und ich habe ihn deutlich in Erinnerung. Wir verbinden traditionsgemäß den Begriff Nacktheit mit ewiger Verdammnis, und so hat an diesen Stränden, wo wir meistens nackt sind, der Schauplatz etwas Apokalyptisches. Wir stehen an der Brandungslinie, und es ist, als seien wir ohne unsere Schuld in einen zeitlosen, sittlichen Wirbel geraten. Das göttliche Gericht jenes Nachmittags schien sich im Einklang mit den

Evangelien zu befinden, und der einzige traurige Laut war das Weinen eines Kindes, das sich vor den Wellen fürchtete. Bald darauf kam ein Homo den Strand entlang. Wenige Schritte von mir entfernt machte er halt. Das war eine unmittelbare Folge meines Alleinseins. Der Gang dieses Menschen war nicht herausfordernd, aber unübersehbar selbstgefällig. Er war gut gewachsen und sonnengebräunt, seine Badehose saß außerordentlich knapp. Nachdem er mir einen verliebten, leicht schielenden Blick zugeworfen hatte, hakte er die Daumen in seine Badehose und zog sie nach unten, so daß ein paar Fingerbreit seines Hinterteils sichtbar wurden. In diesem Moment erschien ein zweiter Mann auf dem Schauplatz. Er war erheblich älter als der Homo – ich schätzte ihn auf vierzig – und hatte die helle Sonnenbräune eines Menschen, dessen Tage oder Stunden am Strand gezählt waren. Er war durchaus nicht muskulös oder gut gewachsen – ein gewissenhafter Schreibtischarbeiter mit einem von Natur leicht krummen Rücken und einem durch Jahre ehrlicher Plackerei in die Breite gegangenen Gesäß. Begleitet von seiner Frau und zwei Kindern, versuchte er einen Drachen steigen zu lassen. Er stand in den Dünen, wo kein Wind wehte, der Drachen wollte nicht aufsteigen, und die Schnur hatte sich verheddert. Der Homo warf mir wieder einen Seitenblick zu, schaute aufs Meer hinaus und zupfte wie geistesabwesend an seiner Badehose. Ich stand auf, ging zu dem Mann mit dem Drachen, erklärte ihm, er werde wahrscheinlich Erfolg haben, wenn er sich auf den höchsten Punkt des Strandes stellte, und half ihm, die Schnur zu entwirren. Daraufhin seufzte der Homo, zog seine Badehose hoch und tat genau das, was er nach meinem Wunsch und Willen tun sollte: Er ging weiter. Aber die dünne und trotzdem feste Drachenschnur in meinen Fingern, die dem Homo kurz und bündig meine Absichten offenbart hatte, schien für einen Augenblick eine außergewöhnliche moralische Kraft zu besitzen, als ob die Welt, zu der ich mich bekannt hatte, von der gleichen billigen, dauerhaften und farblosen Schnur zusammengehalten würde. Nachdem ich die Schnur entwirrt hatte, ging ich mit dem Drachen zum höchsten Punkt des Strandes, warf ihn hoch und sah zu, wie der Wind ihn in den blauen Himmel trug. Die Kinder waren begeistert. Der Fremde und seine Frau dankten mir für meine Hilfe. Ich kehrte zu meinem Buch zurück. Der Homo war verschwunden, aber ich sehnte mich jetzt nach einer sittlichen Welt, deren Belange größer waren als das Entzücken von Kindern, das vertrauensvolle Lächeln von Fremden und eine Drachenschnur.

Ich wurde unehelich geboren und bin der Sohn von Franklin Pierce Taylor und Gretchen Shurz Oxencroft, seiner ehemaligen Sekretärin. Mit meiner Mutter bin ich seit Jahren nicht mehr zusammengekommen, aber ich sehe sie deutlich vor mir mit ihrem wehenden grauen Haar und den blitzenden blauen Augen, die klar wie die Wasserlöcher einer Prärie in ihrem Gesicht standen. Sie war in einer Stadt im Steinbruchbezirk von Indiana als die vierte und weitaus unansehnlichste von vier Töchtern auf die Welt gekommen. Weder ihr Vater noch ihre Mutter hatten mehr als Mittelschulbildung. Die Mühsal und Langeweile des provinzlerischen Mittelwestens bewirkte, daß sie eine kompromißlose und fast liturgische Ehrfurcht vor den Möglichkeiten der Bildung hegten. In ihrer guten Stube lag auf dem Tisch als eine Art Renommierstück ein Band von Shakespeares gesammelten Werken. Gretchens Vater war aus Yorkshire, ein schlanker, drahtiger Mann mit dichtem hellbraunem Haar und breiten Backenknochen, der in seinen vierziger Jahren an Tuberkulose erkrankte. Er hatte als Steinbrucharbeiter angefangen, war dann zum Vorarbeiter aufgestiegen und wurde während einer Krise auf dem Kalksteinmarkt arbeitslos. In dem Haus, in dem Gretchen aufwuchs, gab es einen goldgerahmten Spiegel, ein Roßhaarsofa und einiges Porzellan und Silber, das ihre Mutter aus Philadelphia mitgebracht hatte. Nichts davon erhob Anspruch, von vergangener Pracht oder auch nur von ehemaligem Komfort zu zeugen, aber Philadelphia! Philadelphia! In den Kalksteinwohnungen mußte das die Illusion einer Stadt des Lichtes hervorgerufen haben. Gretchen, die ihren Namen nicht ausstehen konnte, verlangte hin und wieder, Grace, Gladys, Gwendolyn, Gertrude, Gabriella, Giselle oder Gloria gerufen zu werden. In ihrer Jungmädchenzeit wurde in dem Städtchen, in dem sie wohnte, eine öffentliche Bibliothek eingerichtet, und durch Zufall oder eine irrtümliche Empfehlung geriet sie an John Galsworthy, dessen Werke sie förmlich verschlang. Das hinterließ eine Neigung zu englischer Ausdrucksweise und einen unüberbrückbaren Widerspruch zwischen ihrer Traumwelt und dem Kalksteinland. Als sie an einem Winternachmittag in der Straßenbahn saß und von der Bibliothek nach Hause fuhr, sah sie ihren Vater mit seinem Eßgeschirr unter einer Laterne stehen. Der Fahrer hielt seinetwegen nicht an, und Gretchen wandte sich empört an eine Frau neben ihr. «Haben Sie den armen Teufel *gesehen?*» rief sie. «*Et hat* das Haltezeichen gegeben, aber der Fahrer hat ihn *überhaupt* nicht beachtet.» Ihre Ausdrucksweise stammte von Galsworthy, in den sie sich am Nachmittag wieder einmal vertieft hatte, und wie konnte sie ihren Vater in diese Landschaft einpassen? Als Diener oder Gärtner wäre er nicht geeignet gewesen. Er hätte für einen Reitknecht gelten können, obwohl die einzigen Pferde, mit denen er zu tun hatte, die Arbeitspferde im Steinbruch waren. Sie kannte ihn als einen anständigen, mutigen und lauteren Menschen, und es war das unerträgliche Wissen um sein Alleinsein, das sie in so verächtlicher Weise gezwungen hatte, ihn zu verleugnen. Gretchen – oder Gwendolyn, wie sie sich damals nannte – bestand die Abschlußprüfung an der Mittelschule mit Auszeichnung und bekam ein Stipendium an der Universität in Bloomington. Ungefähr eine Woche, nachdem sie einen akademischen Grad erworben hatte, verließ sie das Kalksteinland, um in New York ihr Glück zu machen. Die Eltern brachten sie zum Bahnhof. Der Vater sah verfallen aus. Die Mutter trug einen fadenscheinigen Mantel. Als sie zum Abschied winkten, fragte ein Mitreisender, ob das ihre Eltern seien. Sie war versucht, in der Ausdrucksweise von Galsworthy zu erklären, es seien nur arme Leute, die sie besucht habe, aber statt dessen rief sie: «Ja, o ja, das sind meine Mutter und mein Vater.»

Es gibt ein geheimnisvolles genetisches Fürstentum, in dem die Kinder der Anarchie und der Veränderung aufwachsen, und dort war auch Gretchen (jetzt Gloria) beheimatet. In ihrem letzten Jahr an der Universität war sie Sozialistin geworden, und die Mißstände, Ungerechtigkeiten, Unvollkommenheiten, Ungleichheiten und Unanständigkeiten der Welt machten sie rasend. Sie stürzte sich sozusagen auf New York und wurde schon bald die Sekretärin von Franklin Pierce Taylor. Er war ein wohlhabender, schwärmerischer junger Mann und gehörte der Sozialistischen Partei an. Gretchen war nicht nur seine Sekretärin, sondern auch seine Geliebte. Sie waren in jeder Hinsicht sehr glücklich miteinander. Was zwischen sie trat – jedenfalls behauptete das mein Vater –, war die Tatsache, daß Gretchens revolutionärer Eifer um diese Zeit die Form von Diebstahl oder Kleptomanie annahm. Sie reisten viel, und sooft sie ein Hotel verließen, packte Gretchen die Handtücher, das Hotelsilber, die Tischdecken und die Kissenbezüge ein. Angeblich wollte sie das alles an die Armen verteilen, obwohl Taylor es nie geschehen sah. «Irgend jemand hat diese Sachen nötig», rief sie aus und stopfte ihre Handkoffer mit Dingen voll, die ihr nicht gehörten. Als er eines Nachmittags in das «Hay-Adams» in Washington kam, stand sie auf einem Stuhl und war gerade dabei, die Kristalle von dem Lüster abzunehmen. «Irgendwer kann sie bestimmt *brauchen*», meinte sie. Im «Commodore Perry» in Toledo packte sie die Badezimmerwaage ein, aber er weigerte sich, den Koffer zu schließen, bevor sie die Waage zurückgestellt hatte. In Cleveland entwendete sie ein Rundfunkgerät und aus dem

«Palace Hotel» in San Francisco ein Gemälde. Diese unheilbare Gewohnheit zu stehlen – so nannte er es jedenfalls – führte zu heftigen Streitigkeiten zwischen ihnen, und sie gingen in New York auseinander. Bei der Verwendung technischer Gebrauchsgegenstände – Toaster, Bügeleisen und Automobile – war Gretchen seit eh und je vom Pech verfolgt worden, und obgleich sie wohlversorgt mit Verhütungsmitteln war, widerfuhr ihr auch auf diesem Gebiet ein Mißgeschick. Bald nach der Trennung entdeckte sie, daß sie schwanger war.

Taylor beabsichtigte nicht, sie zu heiraten. Er kam für die Entbindungskosten auf und zahlte ihr eine monatliche Unterstützung, so daß sie eine kleine Wohnung an der West Side mieten konnte. Sie stellte sich überall als Miss Oxencroft vor. Es machte ihr Spaß, die Leute zu schockieren. Ich glaube, sie sah eine gewisse Originalität darin, daß wir beide illegitim waren – sie eine uneheliche Mutter, ich ein uneheliches Kind. Als ich drei Jahre alt war, besuchte uns die Mutter meines Vaters. Sie war entzückt von meinen blonden Locken und erbot sich, mich zu adoptieren. Nach einmonatiger Bedenkzeit gab meine Mutter – die nie sehr konsequent war – ihre Zustimmung. Sie hatte das Gefühl, es sei ihr Privileg, ja eigentlich ihre Berufung, in der Welt umherzureisen und sich geistig zu bilden. Ein Kindermädchen wurde für mich engagiert, und von nun an lebte ich mit Großmutter auf dem Lande. Mein Haar begann braun zu werden, und an meinem achten Geburtstag war es schon ganz dunkel. Großmutter machte mir das nie zum Vorwurf, denn sie war weder ungerecht noch verschroben, aber sie sagte häufig, es sei für sie überraschend gekommen. Auf meinem Geburtsschein hieß ich Paul Oxencroft, aber das wurde als unbefriedigend angesehen, und eines Nachmittags erschien ein Anwalt, um die Sache zu regeln. Während sie überlegten, wie ich heißen sollte, ging ein Gärtner am Fenster vorbei, der einen Hammer trug, und so wurde ich Hammer genannt. Was Gretchen betrifft, so überschrieb man ihr ein angemessenes Kapital, und sie verlegte ihren Wohnsitz nach Europa. Das machte es ihr unmöglich, sich weiterhin mit dem Namen Gloria zu schmücken. Ihre Schecks, Indossamente und Reisepapiere sagten beharrlich, sie heiße Gretchen – und dabei blieb es.

Als junger Mann war mein Vater einen Sommer lang in München gewesen. Durch eifriges Training mit Kugel- und Stangenhanteln hatte er seinen Körper so vervollkommnet, wie es bei keiner anderen Form von Leibesübung der Fall ist. Sogar im Alter war er noch ein sehr stattlicher Mann und sah aus wie einer dieser betagten Sportler, die Gymnastikkurse geben. In München stand er Modell, vielleicht aus Eitelkeit, vielleicht zum Vergnügen. Der Steinbildhauer Fledspar, der die Fassade des Hotels «Prinzregent» verzierte, schuf nach dem Bild meines Vaters einen jener steinernen Riesen, die auf ihren Schultern das Gebälk so vieler Opernhäuser, Bahnhöfe, Wohnhäuser und Justizpaläste tragen. Das «Prinzregent» wurde in den vierziger Jahren durch Bomben zerstört, aber lange vorher sah ich meines Vaters erkennbare Gesichtszüge und seine überentwickelten Arme und Schultern, auf denen die Fassade dessen ruhte, was damals als eines der elegantesten Hotels in Europa galt. Fledspar war um die Jahrhundertwende sehr in Mode, und ich begegnete meinem Vater des öfteren, einmal in ganzer Gestalt als Stütze der drei oberen Stockwerke des Hotels «Mercedes» in Frankfurt am Main, dann in Jalta, in Berlin und am oberen Broadway, und ich erlebte, wie er gesellschaftliches Ansehen, Gesicht und Stellung verlor, als diese Art von Schmuckfassade unmodern wurde. In Westberlin sah ich ihn im Unkraut eines Trümmerfeldes liegen. Aber das alles kam viel später, und die Abneigung gegen meinen Erzeuger, der mich verleugnete und stets als mein Onkel auftrat, wurde immer wieder durch das Gefühl überwunden, daß er auf seinen Schultern das «Prinzregent», die besseren Appartements des «Mercedes» und das (später ebenfalls zerbombte) Opernhaus in Malsburg trug. Er schien sehr zuverlässig, und ich liebte ihn.

Ich hatte einmal ein Mädchen, das dauernd sagte, sie wüßte genau, wie meine Mutter sei. Ich habe keine Ahnung, wieso ein Verhältnis, bei dem sich alles um erotische Spielereien drehte, Erinnerungen an meine alte Mutter wachgerufen haben sollte, aber es war so. Das Mädchen stellte ganz falsche Behauptungen auf – allerdings machte ich mir auch nie die Mühe, sie zu korrigieren. «Ach, ich sehe deine Mutter direkt vor mir», seufzte das Mädchen. «Ich sehe, wie sie in ihrem Garten umhergeht und Rosen schneidet. Ich weiß, sie trägt Chiffonkleider und große Hüte.» Wenn meine Mutter jemals im Garten war, dann lag sie höchstwahrscheinlich auf Händen und Knien und warf das Unkraut hinter sich wie ein Hund, der im Schmutz wühlt. Sie war nicht das zarte und anmutige Geschöpf, das meine Freundin sich vorstellte. Da ich keinen legitimen Vater habe, ist es möglich, daß ich von ihr mehr erwartete, als sie mir geben konnte, und so fand ich sie immer enttäuschend und manchmal beunruhigend. Sie lebt jetzt in Kitzbühel, fährt aber jeden Winter beim ersten Schnee nach Süden und mietet sich in einer Pension im Estoril ein. Sobald der Schnee schmilzt, kehrt sie nach Kitzbühel zurück. Diese Ortsveränderungen werden mehr von wirtschaftlichen Gründen als von einer Vorliebe für die Sonne bestimmt. Sie schreibt mir noch immer mindestens zweimal im Monat. Am liebsten würde ich die Briefe ungeöffnet wegwerfen, aber sie könnten ja wichtige Nachrichten enthalten. Ich zitiere den zuletzt eingetroffenen Brief, damit man sich eine Vorstellung von ihrer Art zu schreiben machen kann.

«Ich träumte vergangene Nacht einen vollständigen Film», heißt es da, «nicht etwa ein Drehbuch, sondern einen richtigen Farbfilm über einen japanischen Maler namens Chardin. Und dann träumte ich, daß ich in dem Garten des alten

Hauses in Indiana war und alles so vorfand, wie ich es verlassen hatte. Sogar die Blumen, die ich vor vielen Jahren geschnitten hatte, standen noch ganz frisch auf der Hinterveranda. Alles war wieder da, nicht wie es in meiner Erinnerung lebt, denn mein Gedächtnis läßt mich neuerdings im Stich, und ich könnte mich an nichts mit solcher Genauigkeit erinnern, sondern als eine Gabe für mich von einem Teil meines Geistes, der tiefer ist als mein Erinnerungsvermögen. Danach träumte ich, daß ich in einem Zug fuhr. Durch das Fenster konnte ich blaues Wasser und blauen Himmel sehen. Ich war nicht ganz sicher, wohin die Reise ging, als ich aber meine Handtasche öffnete, fand ich eine Einladung, das Wochenende mit Robert Frost zu verbringen. Natürlich ist er tot und begraben, und wir wären sowieso nicht länger als fünf Minuten miteinander ausgekommen, aber offenbar ist es eine göttliche Fügung oder ein Geschenk meiner Phantasie, daß ich im Schlaf einen solchen Besuch erfunden habe.

Auf manchen Gebieten versagt mein Gedächtnis, auf anderen aber ist es recht beharrlich und sogar lästig. So scheint es dauernd zu musizieren. Jedenfalls höre ich immerzu Musik. Sobald ich aufwache, erklingt Musik in mir, und sie spielt den ganzen Tag. Was mich verblüfft, ist die unterschiedliche Qualität. Manchmal erwache ich zu dem Adagio des ersten Rasumowsky-Quartettes. Du weißt, wie sehr ich es liebe. Beim Frühstück folgt dann vielleicht ein Concerto von Vivaldi und ein wenig später irgend etwas von Mozart. Aber manchmal höre ich morgens als erstes einen scheußlichen Sousa-Marsch, anschließend eine Kaugummiwerbung und ein Thema von Chopin. Ich kann Chopin nicht ausstehen. Warum nur quält mich mein Gedächtnis, indem es Musik ertönen läßt, die ich hasse? Manchmal scheint mein Gedächtnis mich zu belohnen; manchmal scheint es rachsüchtig zu sein, und da ich gerade von Gedächtnis spreche, muß ich die kleine Jamsie erwähnen.» (Jamsie ist ihre Terrierhündin.)

«Vorige Woche wurde ich eines Nachts gegen drei durch merkwürdige Laute geweckt. Wie Du weißt, schläft Jamsie neben meinem Bett, und sie war es, die den Lärm machte. Sie zählte. Ich hörte ganz deutlich, wie sie von eins bis zwölf zählte. Danach sagte sie das Alphabet auf. Sie hatte natürlich Schwierigkeiten mit der Aussprache des S, aber ich hörte ganz genau, daß es das Alphabet war. Ich weiß, Du wirst mich jetzt für verrückt halten, aber wenn Schildkröten sprechen können, warum nicht auch Hunde? Als Jamsie mit dem Alphabet fertig war, weckte ich sie. Anscheinend war sie ein wenig verlegen, weil sie bei ihren Lektionen ertappt worden war, aber dann lächelte sie mich an, und wir schliefen wieder ein.

Vermutlich hältst du das alles für närrisch, aber wenigstens gebe ich mich nicht mit Kartenlegen oder Astrologie ab und bilde mir nicht wie meine Freundin Elizabeth Howland ein, daß mir mein Scheibenwischer in kluger, zusammenhängender Rede sagt, welche Wertpapiere ich kaufen soll. Erst letzten Monat behauptete sie, ihr Scheibenwischer habe sie gedrängt, in Mercks Chemikalien zu investieren, was sie auch getan habe, und zwar mit einem Gewinn von mehreren tausend. Ich vermute, daß sie hinsichtlich ihrer Verluste lügt, wie Spielernaturen das immer tun. Ja, also Scheibenwischer reden nicht zu mir, aber dafür klingt mir an den unwahrscheinlichsten Orten Musik entgegen – besonders aus Flugzeugmotoren. Da ich an das leise Summen transozeanischer Düsenflugzeuge gewöhnt bin, werde ich mir um so deutlicher der komplizierten Musik bewußt, die von den alten DC-7-Maschinen und den Constellations ausgeht. Das sind die Flugzeuge, die mich nach Portugal und Genf bringen. Sobald sie aufgestiegen sind, klingen die Harmonien ihrer Motoren für mich wie eine universale Musik, die ebenso ungebunden, ebenso zeit- und beziehungslos ist wie ein Traumgewebe. Sie ist keineswegs jubilierend, aber es wäre falsch, sie als traurig zu bezeichnen. Die Melodie einer Constellation erscheint mir kontrapunktischer – und in gewisser Weise weniger universell – als die einer DC-7. Ich kann so deutlich wie bei jedem Musikstück, das ich in einem Konzertsaal höre, den Wechsel von einem Dominantseptimenakkord zu einem verminderten Septimenakkord feststellen, das Aufsteigen zu einer Oktave, die Dämpfung in einen Mollton. Die Klänge haben die treibende Kraft und das Prozessionsartige der Barockmusik, aber sie erreichen, wie ich aus Erfahrung weiß, nie einen Höhepunkt und eine Auflösung. Die Kirche, die ich als Mädchen in Indiana besuchte, beschäftigte einen Organisten, der wegen finanzieller Schwierigkeiten oder launenhaften Wankelmutes seine musikalische Ausbildung nie abgeschlossen hatte. Er spielte die Orgel mit einer gewissen angeborenen Brillanz und Fertigkeit, aber da er beim Musikstudium auf der Strecke geblieben war, artete das, was als ehrliche und kraftvolle Fuge begonnen hatte, unweigerlich in Formlosigkeit und Gewöhnlichkeit aus. Die Constellations scheinen an der gleichen musikalischen Unentschlossenheit, dem gleichen Mangel an Ausdauer zu leiden. Die ersten, zweiten und dritten Stimmen der Fuge erklingen klar, dann aber zerflattert wie bei dem Organisten die Erfindungsgabe in eine Reihe von harmonischen Windungen. Die Motoren einer DC-7 sind für mein Gefühl umfassender und zugleich begrenzter. Eines Nachts hörte ich deutlich auf einem Flug nach Frankfurt, wie die Propeller den ersten Teil von Gounods vulgären Variationen über ein Präludium von Bach erklingen ließen. Ich habe auch Händels ‹Wassermusik›, das Todesmotiv aus ‹Tosca›, den Anfang des ‹Messias› und so weiter gehört. Aber als ich eines Abends in Innsbruck eine DC-7 bestieg, vernahm ich deutlich, wie die Motoren – es mag an der starken Kälte gelegen haben – eine erhebende Synthese aller Lebensgeräusche hervorbrachten. Schiffs- und Eisenbahnsirenen, das Knarren von Eisentoren und Stahlmatratzen, Getrommel, Regenstürme und Donner, Schritte und Gesang – alles schien verwoben in ein Seil, besser gesagt, einen Strang von Luft, der aber jäh zerriß, als die Stewardess uns bat, das Schild ‹Nicht rauchen› zu beachten – eine Ankündigung, die für mich die Bedeutung angenommen hat, daß ich zwar nicht zu Hause, aber wenigstens an meinem Bestimmungsort angelangt bin.

Natürlich weiß ich, daß Du das alles für unwichtig hältst. Es ist für mich kein Geheimnis, daß Du lieber eine konventionellere Mutter gehabt hättest – eine, die Dir Selbstgebackenes schicken und sich an Deinen Geburtstag erinnern würde. Aber mir scheint, daß wir übermäßige Vorsicht und Ängstlichkeit an den Tag legen, wenn es darum geht, einander zu erkennen und zu erforschen. Bei unserem Bemühen, einen Blick in die Seele eines Menschen zu erhaschen – und haben wir jemals mehr ersehnt? –, behaupten wir, mit der Ehrlichkeit der Verzweiflung vorzugehen, während wir in Wahrheit ganze Kunstbauten annehmbarer Realitäten errichten und uns hartnäckig weigern, die Bedingungen preiszugeben, nach denen wir leben. Ich will Dich, bevor ich meinen Brief beende, mit einer weiteren von mir beobachteten Tatsache langweilen. Was ich zu sagen habe, muß den meisten Reisenden wohlbekannt sein, und doch hätte ich nie den Mut, mein Wissen einem vertrauten Freund mitzuteilen, weil er mich unweigerlich für verrückt halten würde. Da Du mich ohnehin für verrückt hältst, brauche ich mir wohl keinen Zwang aufzuerlegen.

Ich habe bei meinen Reisen bemerkt, daß die fremden Betten in Hotels und Pensionen einen beträchtlichen Unterschied in der Atmosphäre bewirken und meine Träume stark beeinflussen. Es ist einfach so, daß wir etwas von uns selbst – von unserem Denken und unseren Sehnsüchten – den Matratzen eindrücken, auf denen wir liegen, und ich kann diese Behauptung mit überreichlichem Beweismaterial untermauern. Im letzten Winter träumte ich eines Nachts in Neapel, daß ich bügelfreie Kleidungsstücke wüsche, was ich, wie Du wohl weißt, niemals tun würde. Der Traum war ganz deutlich – ich sah die Sachen im Duschraum hängen und konnte sogar den nassen Stoff riechen. Als ich aufwachte, kam es mir vor, als sei ich von einer anderen Atmosphäre als meiner eigenen umgeben, von einer zurückhaltenden, ernsten und keuschen Atmosphäre. Ich spürte eine fremde Gegenwart. Am Morgen fragte ich den Portier, wer vor mir in meinem Zimmer gewohnt habe. Er sah im Gästebuch nach und sagte, es sei eine amerikanische Touristin gewesen – eine Miss Harriet Lowell –, die jetzt ein kleineres Zimmer innehabe und übrigens in diesem Moment aus dem Speisesaal komme. Ich drehte mich um und betrachtete Miss Lowell, deren weißes bügelfreies Kleid ich bereits in meinen Träumen gesehen hatte und deren zurückhaltender, keuscher und ernster Geist noch in dem Zimmer weilte, das sie verlassen hatte. Du wirst das zweifellos als Zufall bezeichnen, aber höre nur weiter.

Bald darauf, in Genf, schlief ich in einem Bett, dem eine so widerwärtige sexuelle Atmosphäre entströmte, daß ich abscheuliche Träume hatte. So sah ich beispielsweise zwei nackte Männer, in der Stellung von Pferd und Reiter. Am Morgen erkundigte ich mich beim Portier, wer die vorherigen Bewohner gewesen seien, und er sagte: ‹*Oui, oui, deux tapettes.*› Homosexuelle also, und sie hätten so viel Lärm gemacht, daß man sie zum Verlassen des Hotels aufgefordert habe. Von da an wurde es mir zur Gewohnheit, herauszufinden, wer vor mir in meinem Bett geschlafen hatte, und es dann morgens beim Portier nachzuprüfen. In jedem Fall hatte ich recht – das heißt in jedem Fall, wo der Portier bereit war, Auskunft zu geben. Wenn es sich nämlich um Dirnen handelte, waren sie manchmal abgeneigt, mir zu helfen. Fand ich keine Gegenwart in meinem Bett, so nahm ich an, daß es eine Woche oder zehn Tage leer gestanden habe. Ich täuschte mich nie. Auf meinen Reisen in jenem Jahr teilte ich die Träume von Geschäftsleuten, Touristen und Ehepaaren, von anständigen und soliden Leuten ebenso wie von Huren. Mein bemerkenswertestes Erlebnis hatte ich im Frühling in München.

Ich wohnte, wie immer, im ‹Bristol›, und ich träumte von einem Zobelmantel. Du weißt, daß ich Pelze nicht mag, aber diesen Mantel sah ich bis in die letzte Einzelheit: der Schnitt des Kragens, der honigfarbene Pelz, die gelbe Seide, mit der er gefüttert war, und in einer der seidenen Taschen steckten zwei abgerissene Eintrittskarten für die Oper. Am Morgen fragte ich das Mädchen, das mir den Kaffee brachte, ob die vorherige Bewohnerin des Zimmers einen Pelzmantel besessen habe. Das Mädchen schlug die Hände zusammen und rollte mit den Augen. Ja, antwortete sie, die Dame habe einen russischen Zobelpelz gehabt – den schönsten Mantel, den man sich denken könne. Die Dame habe ihren Mantel geliebt. Er sei für sie wie ein Geliebter gewesen. ‹Und ist die Frau, der dieser Pelz gehörte, jemals in die Oper gegangen?› fragte ich, rührte meinen Kaffee um und versuchte, nicht ungewöhnlich zu erscheinen. Das Mädchen nickte. ‹O ja, gewiß, sie war zu den Mozart-Festspielen hier, und sie ging zwei Wochen lang jeden Abend in ihrem Zobelmantel in die Oper.›

Ich war nicht allzu verblüfft – ich habe schon immer gewußt, daß das Leben überwältigend geheimnisvoll ist –, aber würdest Du dies nicht für einen unbestreitbaren Beweis halten, daß wir Bruchstücke unseres Ich, unserer Träume und unseres Geistes in den Zimmern hinterlassen, in denen wir schlafen? Was konnte ich jedoch mit dieser Erkenntnis anfangen? Mich einem Freund anvertrauen? Er hätte mich wahrscheinlich für verrückt erklärt. Und was nützte mir denn letztlich meine Fähigkeit, zu erraten, ob vor mir eine alte Jungfer oder eine Dirne oder niemand in meinem Bett geschlafen hatte? War ich besonders begabt, oder waren diese Tatsachen allen Reisenden bekannt? Und wäre Begabung nicht das falsche Wort für eine Fähigkeit gewesen, die sich nicht nutzbar machen ließ? Mittlerweile bin ich zu der Schlußfolgerung gelangt, daß die Universalität unserer

Träume alles umfaßt – Kleidungsstücke und entwertete Theaterkarten –, und wenn wir einander wirklich so intim kennen, sind wir dann einer friedlichen Welt nicht vielleicht näher, als wir glauben?»

XII

Ich wuchs in Großmutters Haus in Ashburnham auf- und besuchte eine Tagesschule. Meine Mahlzeiten nahm ich im Anrichteraum ein, bis ich mit zehn oder elf Jahren für alt genug befunden wurde, am großen Eßzimmertisch zu sitzen. Meistens waren Gäste da. Ich war in einem Alter, in dem man die Gespräche der Erwachsenen qualvoll langweilig findet. Meine Miene verriet das wahrscheinlich. Jedenfalls las Großmutter mir die Leviten. «Da du nun alt genug bist, an meinem Tisch zu essen», sagte sie, «erwarte ich, daß du dich auch an der Unterhaltung beteiligst. Wenn Leute am Abend zusammenkommen, so tun sie das, um miteinander zu essen, aber sie kommen auch zusammen, um Meinungen, Erfahrungen und wissenswerte Tatsachen auszutauschen. Jeden Tag lernen wir etwas, nicht wahr? Jeden Tag sehen wir etwas Interessantes. Bestimmt lernst oder beobachtest auch du tagsüber so manches, was für mich und meine Gäste interessant sein könnte, und ich will, daß du aktiv an den Gesprächen teilnimmst.» Ich bat, in den Anrichteraum zurückversetzt zu werden, aber Großmutter schien mich nicht zu hören, und an diesem Abend war ich ziemlich nervös, als wir zu Tisch gingen. Das Gespräch ratterte drauflos, und schließlich gab mir Großmutter mit einem Lächeln zu verstehen, daß nun die Reihe an mir sei. Ich konnte mich nur noch erinnern, daß ich auf dem Heimweg von der Schule im Park eine Dame beim Stehlen von Ringelblumen ertappt hatte. Als sie meine Schritte hörte, versteckte sie die Blumen unter ihrem Mantel. Sobald ich weg war, pflückte sie weiter.

«Ich habe gesehen, wie eine Dame im Park Ringelblumen stahl», sagte ich.

«Ist das alles, was du gesehen hast?» fragte Großmutter.

«Ich habe das Basketballspiel gesehen.»

Die Erwachsenen setzten ihre Unterhaltung fort, aber mir war klar, daß ich versagt hatte und daß ich mich würde vorbereiten müssen. Ich besuchte damals gerade einen Kursus für Geschichte des Altertums und beschloß jeden Abend den Inhalt von zwei Seiten meines Lehrbuches zu resümieren. «Von allen griechischen Staaten», begann ich, «die sich vom Schwarzen Meer bis zur Westküste des Mittelmeeres erstreckten, kam keiner Athen gleich, und der Mann, dem das zu verdanken war, hieß Perikles...» Am nächsten Abend sprach ich über Solon in Sardes und am Abend danach über die Verfassung von Athen. So ging es weiter, bis Großmutter am Ende der Woche freundlich sagte: «Vielleicht wäre es besser, wenn du dich aufs Zuhören beschränktest.»

Großmutter war reich, und ich möchte nicht näher darauf eingehen. Sie war eine dicke Frau mit einem Dutzendgesicht, aber die Tatsache, daß sie nie Geldsorgen gehabt hatte, verlieh ihr sogar noch im Alter eine ungewöhnliche Frische. Glück und Geld hatten verhindert, daß sie eine der Hauptquellen der Angst kennenlernte. Wir waren gute Freunde, obwohl ich sie manchmal zum besten hielt. Als ich zwölf war – sie hatte mich nicht ins Internat geschickt –, erwartete sie eines Abends einen Gast, einen englischen Earl namens Penwright. Titel regten sie auf, und aus irgendeinem Grund ärgerte ich mich über ihre Aufregung. Ich sollte an dem Essen teilnehmen. Als ich erfuhr, daß es Austern geben würde, ging ich in den Ort und kaufte bei Woolworth eine große künstliche Perle. Ich überredete Olga, unser Mädchen, die Perle in eine der Austern auf Lord Penwrights Teller zu stecken. Wir waren etwa zwölf Personen bei Tisch, und alle plauderten vergnügt, als plötzlich Lord Penwright ausrief: «Ach, kaum zu glauben» oder «Sehen Sie doch» und seine Perle hochhielt.

Es war die größte Perle, die es bei Woolworth gab, und sie sah in dem Kerzenlicht unglaublich kostbar aus. «Was für ein reizendes Gastgeschenk», sagte Seine Lordschaft.

«Hmmm», machte Großmutter. Ihr sonst so heiteres Gesicht umwölkte sich.

«Ich werde sie fassen lassen und meiner Frau schenken», erklärte der Lord.

«Aber es ist meine Perle», protestierte Großmutter. «Dies ist mein Haus. Und es sind meine Austern. Die Perle gehört mir.»

«Oh... Das hatte ich nicht bedacht», sagte der Lord. Er seufzte und gab ihr die Perle.

Sobald Großmutter sie in der Hand hatte, erkannte sie, daß es sich um eine billige Imitation handelte. Zu mir gewandt, der ich am Ende der Tafel saß, befahl sie: «Geh in dein Zimmer!» Ich ging in die Küche, aß dort und begab mich dann in mein Zimmer. Sie erwähnte die Perle nie wieder, aber unser gutes Verhältnis war für immer gestört. Im September kam ich ins Internat.

XIII Großmutter starb in meinem letzten Schuljahr, und es gab keinen Menschen, bei dem ich Weihnachten hätte verbringen können. Zwar war ich, wie ich mich erinnere, mit vielen Jungen befreundet, aber entweder bekam ich keine Weihnachtseinladung, oder ich nahm keine an. Als die Schule über die Feiertage schloß, blieb ich allein im Schlafsaal zurück. Ich fühlte mich schrecklich einsam in dem leeren Gebäude und empfand meine uneheliche Geburt als eine grausame Ungerechtigkeit. Jeder meiner Mitschüler hatte irgendwelche Angehörigen, während ich niemanden hatte. Mir schien, mein Vater könnte mir zu Weihnachten wenigstens ein Bier spendieren. Das war alles, was ich von ihm wollte. Ich wußte, daß er verheiratet war und in Boston lebte, und so flog ich am Nachmittag nach Boston. Ich fand seinen Namen im Telefonbuch und fuhr hinaus nach Dedham, dem Vorort, in dem er wohnte. Ich wollte ihn nur bitten, mit mir ein Bier zu trinken. Das war wirklich alles, was ich im Sinn hatte. Ich läutete an der Haustür, und als Mrs. Taylor öffnete, war ich überrascht, eine unauffällige, weißhaarige Frau zu sehen. Sie hatte ein fahles Gesicht und lange Zähne, aber wenn es ihr auch an körperlichen Reizen fehlte, schien sie doch über einen gewissen Charme zu verfügen. Sie sah gütig und klug aus, und ihr großer, schmallippiger Mund konnte bezaubernd lächeln. Ich sagte, ich sei Paul Hammer und wolle zu Mr. Taylor. Wahrscheinlich wußte sie, wer ich war. Sie sagte, ihr Mann sei in der Stadt.

«Er ist am Mittwoch zu einer Party gegangen», erklärte sie, «und wenn er zu einer Party geht, bleibt er gewöhnlich mehrere Tage fort. Er wohnt im ‹Ritz›.»

Ihr Tonfall hatte nichts Leidergebenes. Vielleicht war sie froh, ihn aus dem Haus zu haben. Ich dankte ihr und fuhr zum «Ritz». Er war ins Gästebuch eingetragen, meldete sich aber nicht am Haustelefon, und ich fuhr mit dem Lift zu seinem Stockwerk hinauf. Er meldete sich auch nicht, als ich auf den Klingelknopf drückte. Das Zimmer war jedoch nicht abgeschlossen, und ich trat ein.

Es hatte in der Tat eine Party stattgefunden. Das Wohnzimmer war voll von den üblichen Flaschen und schmutzigen Gläsern, die nun einmal zu einer Party gehören. Mein Vater war im Schlafzimmer. In den beiden ungemachten Betten waren offensichtlich einige Meilen Geschlechtsverkehr zurückgelegt worden. Er lag wie eine gefällte Eiche auf dem einen Bett, nackt, in trunkenem Schlaf. Um den Hals trug er eine Kette von Champagnerkorken – siebzehn Stück –, die ihm vermutlich von einem Saufkumpan umgehängt worden war, nachdem er die Besinnung verloren hatte. Er war damals über fünfzig, doch das Gewichtheben hatte sich bezahlt gemacht, und wenn man nicht genau hinsah, konnte man ihn für viel jünger halten. Er war geschmeidig, wirklich geschmeidig, aber diese unzeitgemäße Geschmeidigkeit hatte etwas Obszönes. Vom Alkohol niedergeworfen, glich er der verblaßten Gestalt eines Ikarus oder Ganymed, wie sie in altmodischen, zweitrangigen italienischen Restaurants an die Wand gemalt sind, von Fliegen verdreckt und schlecht gezeichnet. Ich glaube nicht, daß er aufgewacht wäre, wenn ich ihm in die Ohren geschrien hätte, außerdem brauchte er den Schlaf. Ja, so barmherzig war ich. Er war mein Vater, er hatte mir (mit einiger Mitarbeit) mein Herz gegeben, meine lebenswichtigen Organe, meine Fähigkeiten und mein Denken – und wie weit durfte ein Mensch mit seinem Erzeuger gehen? Ich konnte ihn umbringen, ich konnte ihn beschimpfen, ich konnte ihm vergeben, aber irgend etwas mußte ich tun, also entschied ich mich für eine Art vager Verzeihung und ging fort. Meine nächste Station war Kitzbühel. Wenn mir mein Vater kein Bier spendieren wollte, konnte ich vielleicht meiner Mutter eine Tasse Tee entlocken.

Wir sprechen von Reisen – Weltreisen –, als wäre das der natürlichste menschliche Zustand. «Mr. X», so lesen wir, «reiste dann von Boston nach Kitzbühel.» Wie anders sieht die Wahrheit aus! Ich buchte auf dem Logan-Flughafen für ein Abendflugzeug nach London. Die Maschine hatte Verspätung, und da ich während der Wartezeit fünf Martinis an der Flughafenbar trank, überquerte ich den Atlantik in alkoholisierter Betäubung. Bei Tagesanbruch erreichten wir London, wo ich entdeckte, daß meine Reisetasche verlorengegangen war. Ich wanderte auf dem Flugplatz umher, bis die Tasche gegen drei Uhr nachmittags gefunden wurde, und nahm dann ein Taxi zum «Dorchester». Nachdem ich erfolglos versucht hatte, etwas Schlaf zu finden, ging ich in ein Kino und ließ mich dann in einer Kneipe vollaufen. Ich hatte ein Ticket für einen Flug am frühen Morgen nach Frankfurt am

Main, aber in der Nacht senkte sich ein dichter Nebel auf London, und als ich zum Flughafen kam, hatten sämtliche Maschinen Startverbot. Alle halbe Stunde wurde bekanntgegeben, man erwarte, daß der Nebel sich heben werde. Ich verzehrte mein Gratisfrühstück. Dann mein Gratismittagessen. Um drei Uhr hieß es, der Flughafen werde jetzt für den Tag geschlossen. Ich fuhr zum «Dorchester» zurück, aber dort war kein Zimmer frei, und nachdem ich es in vier anderen Hotels versucht hatte, landete ich schließlich in einer Pension am Parkman Square, wo ich den größten Teil der Nacht durch Geräusche wachgehalten wurde, die ich lieber nicht beschreiben möchte. Am Morgen war es zwar noch immer neblig, doch schien es aufzuklaren, und ich kehrte zum Flughafen zurück. Man verabreichte mir abscheulichen Kaffee und ein Glas orangerotes Wasser. Die Wirkung war durchschlagend, und ich lief im Eiltempo zur Herrentoilette. Ich hatte dort ungefähr fünfzehn Minuten verbracht, als über den Lautsprecher mein Flug angekündigt wurde. Ich zog meine Hose hoch, hetzte über das Flugfeld und erwischte mit knapper Not die Maschine. Meine Verdauungsbeschwerden waren noch nicht behoben, und ich hielt mich während des Fluges von London nach Frankfurt in der Toilette auf. Leuchtschriften in drei Sprachen befahlen mir, auf meinen Platz zurückzukehren, aber wie konnte ich? In Frankfurt, wo ich in eine Maschine nach Innsbruck umstieg, war es sehr kalt. Von Innsbruck fuhr ich mit dem «Transalpini» nach Kitzbühel. Ich kam um vier Uhr nachmittags an meinem Bestimmungsort an, obgleich mir schien, ich sei nirgendwo angekommen, sondern hätte lediglich meine Innereien und meine edlen Teile über ein Drittel des Weges um die Welt verstreut.

Mutter wohnte in der Pension «Bellevue». Die Fassade des Holzhauses war mit Geweihen geschmückt, und ich überlegte, ob den Tirolern der Zusammenhang mit Hörneraufsetzen entgangen sei – oder war es etwa eine derartige Pension? Als ich nach meiner Mutter fragte, sah man mich erstaunt an.

Sie sei doch ein Fräulein. Ein Hausmädchen ging nach oben und holte sie herunter. Mutter weinte vor Freude, und ich umarmte sie. Ihr Haar wurde schon grau, aber sie war kein bißchen schwerfällig. Die Farbe ihrer Augen war noch immer ein leuchtendes Blau.

«Bist du zu Weihnachten gekommen, Paul?» fragte sie. «Willst du Weihnachten bei deiner Mutter verleben? Gewöhnlich bin ich um diese Zeit schon längst im Estoril, aber da es noch nicht geschneit hat, harre ich hier aus, bis die ersten Flocken fallen.»

Man gab mir ein Zimmer neben dem ihren, und wir gingen zusammen hinauf. Sie machte Tee auf einem Spirituskocher. Gerade als sie mir einschenken wollte, flog die Tür auf. Eine knochige Frau stürzte herein und rief: «Sie haben unsere Zuckerdose genommen! Gestern zur Teezeit kamen Sie, um sich unsere Zuckerdose zu borgen, und Sie haben versäumt, sie zurückzugeben.» – «O doch, ich habe Ihre Zuckerdose zurückgegeben», erwiderte meine Mutter höflich. «Ich stellte sie auf Ihr Bücherbrett. Sie werden sie dort finden.»

Als die Fremde gegangen war, wandte sich Mutter mir zu und fragte: «Was macht dein gräßliches Land?»

«Es ist nicht gräßlich, Mutter», sagte ich, «und es ist auch dein Land.»

«Ja, ich reise mit einem amerikanischen Paß», bestätigte sie. «Aber das ist lediglich die Art von Kompromiß, die man eingehen muß, wenn man es mit der Bürokratie zu tun hat. Amerika ist und bleibt ein gräßliches Land. Als ich mit deinem Vater in der Sozialistischen Partei war, sagte ich immer wieder, wenn der amerikanische Kapitalismus fortführe, käufliche und unehrenhafte Männer in den Himmel zu heben, würde die Wirtschaft zur Produktion von Rauschgiften entarten, und zwar in einer Weise, daß so etwas wie Gedankenreichtum oder Gefühlstiefe unmöglich wäre. Ich hatte recht.» Sie hob den Zeigefinger. «Ich sehe mir manchmal im Café amerikanische Zeitschriften an. Der Text besteht zum größten Teil aus Reklame für Tabak, Alkohol und unsinnige Kraftfahrzeuge, die dem Leser versprechen – ganz wörtlich versprechen –, er brauche nur diese Produkte zu kaufen und schon werde er das Elend, die Geistesarmut und Monotonie der Selbstsucht vergessen. Nie zuvor hat man in der Geschichte der Zivilisation eine große Nation so zielstrebig auf Rauschgiftgenuß erpicht gesehen. Als ich letztes Jahr in Kalifornien war...»

«Ach, davon wußte ich ja gar nichts», warf ich ein.

«Ja, ich war drüben. Aber ich habe dich nicht angerufen.»

«Macht nichts.»

«Ich wußte, daß es dir nichts ausmachen würde», sagte sie schroff. «Kurz und gut, ich war drüben, um Freunde in Los Angeles zu besuchen, und sie unternahmen mit mir eine Fahrt auf der Autobahn. Was ich dort sah, war ein weiteres Beispiel für Vernachlässigung, Selbstmord, Verwaltungskorruption und die Vergeudung natürlicher Hilfsquellen. Ich will nie wieder nach Amerika, denn weißt du, was ich tun würde, wenn ich hinführe?»

«Nein, Mutter.»

«Ich würde mich an einem Ort wie Bullet Park niederlassen. Würde ein Haus kaufen. Sehr unauffällig leben. Bridge spielen. In Wohltätigkeit machen. Gäste einladen. Und das alles nur, um mein Vorhaben zu verbergen.»

«Was wäre das?»

«Ich würde als Beispiel einen jungen Mann aussuchen, vorzugsweise einen Werbefachmann, verheiratet, mit zwei oder drei Kindern – als gutes Beispiel eines Lebens ohne jedes echte Gefühl oder jeden echten Wert.»

«Was würdest du mit ihm tun?»

«Ihn an die Tür der Christuskirche nageln», sagte sie leidenschaftlich. «Nichts Geringeres als eine Kreuzigung kann die Welt wachrütteln.»

«Wie würdest du ihn kreuzigen?» fragte ich.

«Ach, über die Einzelheiten habe ich noch nicht nachgedacht», antwortete sie. Plötzlich war sie wieder eine freundliche, grauhaarige alte Dame. «Wahrscheinlich würde ich ihm bei einer Cocktailparty ein Narkotikum oder Gift verabreichen, damit er nicht unnötig leidet.»

Ich ging nach nebenan und packte meine Sachen aus. Die Wand war dünn, und ich konnte meine Mutter sprechen hören. Zuerst dachte ich, jemand sei zu ihr gekommen, nachdem ich sie allein gelassen hatte, aber dann verriet mir die Monotonie ihrer Stimme, daß sie mit sich selbst sprach. Ich verstand jedes Wort. «Mein Vater, ein gewöhnlicher Steinbrucharbeiter, war häufig arbeitslos. Ich hatte irgendwo gelesen, die Laufbahn eines Menschen werde durch seine Anfänge bestimmt, und angesichts dieser so ärmlichen Anfänge dachte ich, wenn ich sie akzeptierte, würde ich als eine Kellnerin oder bestenfalls als Bibliothekarin in einer Kleinstadt enden. Ich versuchte meine Herkunft zu kaschieren, um mehr Spielraum für eine Karriere zu haben. Da ich in einer Kleinstadt aufgewachsen war, hatte ich Angst, in einer leben zu müssen...»

Ich ging auf den Flur hinaus und öffnete Mutters Tür. Sie hatte die Schuhe ausgezogen, lag angekleidet auf dem Bett und sprach zur Decke hinauf oder in die Luft.

«Um Himmels willen, was tust du denn da, Mutter?»

«Ach, ich analysiere mich selbst», erwiderte sie fröhlich. «Ich dachte, eine psychoanalytische Behandlung würde mir guttun, und suchte einen Arzt im Ort auf. Er verlangte hundert Schilling für die Stunde. Das konnte ich mir einfach nicht leisten, und als ich ihm das sagte, meinte er, dann sollte ich doch meinen Wagen abschaffen und meine Mahlzeiten einschränken. Stell dir das vor! Da beschloß ich, mich selbst zu analysieren. Nun lege ich mich dreimal in der Woche auf mein Bett und spreche eine Stunde lang vor mich hin. Ich bin sehr offen und ehrlich. Ich erspare mir nichts Unerfreuliches oder Peinliches. Die Therapie scheint recht wirkungsvoll zu sein und kostet mich natürlich keinen Cent. Ich muß noch eine dreiviertel Stunde sprechen, und wenn du mich bitte allein lassen würdest...»

Ich ging hinaus und schloß die Tür hinter mir, blieb aber lange genug auf dem Flur stehen, um sie sagen zu hören: «Wenn ich beim Schlafen flach auf dem Rücken liege, sind meine Träume sehr geradlinig, ruhig und schicklich. Zum Beispiel träume ich dann oft von einer palladianistischen Villa. Ich meine ein englisches Haus, das im Stil von Palladio gebaut ist. Wenn ich in einer vorgeburtlichen Stellung schlafe, sind meine Träume bombastisch, abstoßend und manchmal erotisch. Wenn ich auf dem Bauch schlafe...»

Ich kehrte in mein Zimmer zurück und packte alles wieder ein – ich, der einzige Sohn eines Atlas, der die drei obersten Stockwerke des Hotels «Mercedes» trug, und einer verrückten alten Frau. Ich hinterließ ihr einen Zettel mit der Nachricht, mich habe eine plötzliche Ruhelosigkeit befallen. Unvermittelt aufzutauchen und ebenso unvermittelt zu verschwinden erschien mir nicht als böser Streich, zumal ich den Eindruck hatte, sie sei derart von ihren Verschrobenheiten in Anspruch genommen, daß sie mein Fortgehen kaum bemerken würde. Ich fuhr im Taxi zum Bahnhof und begab mich wieder auf Reisen. Am Abend traf ich rechtzeitig zum Essen in London ein. Das war am dreiundzwanzigsten Dezember. Nach dem Abendessen machte ich einen Spaziergang. Es schneite. Ich kam an einem Theater oder Lichtspielhaus vorbei, in dem ein Wanderprediger, dessen Namen ich vergessen habe, eine Versammlung abhielt. Aus Neugier ging ich hinein. Der Saal war halb leer.

Der Wanderprediger war ein schlichter Mann, in schlichtes Grau gekleidet – nicht häßlich, aber mit einem dieser beunruhigenden Gesichter ohne jede Harmonie. Er hatte eine knollige, rote Nase und blasse, schmale Lippen. Die Haare und die Ohren schienen nachträglich an den Kopf geklatscht worden zu sein. Der Saal war erleuchtet, und ich musterte die Anwesenden. Viele Logierhaustypen – einsame alte Männer und einsame alte Frauen, deren Frömmigkeit in Dummheit und Langeweile wurzelte –, aber auch frische, junge Gesichter, die Gesichter von Männern und Frauen, die ehrlich um ihren Seelenfrieden kämpften. Die Inbrunst, mit der sie den Kopf zum Gebet neigten, rührte mich ebensosehr wie das Gefühl gemeinsamer Menschlichkeit. Mir kam es damals vor, als sei die furchtbare Bürde der Isolierung, des Mißtrauens, der Einsamkeit, Angst und Sorge von uns allen abgenommen. Das Leben war natürlich, und wir, die wir hier saßen, waren natürliche Männer und Frauen. Ein Mann neben mir stürzte sich förmlich in die Haltung des Gebetes. Am Ende der Ermahnungspredigt wurden wir aufgefordert, vorzutreten, unsere Sünden zu bekennen und Vergebung zu empfangen. Daraufhin gingen die Anwesenden in kleinen Gruppen nach vorn und wurden gesegnet.

Nach der Segnung sah ich viele strahlende Gesichter – und warum hätte ich fragen sollen, wie lange die Begeisterung dauern würde? Die meisten dieser Menschen mußten zurückkehren in kahle Zimmer, zur Pflege von Invaliden, zu gescheiterten Ehen, zu Schmach, Lächerlichkeit und Betrübnis, aber eine Verheißung war ihnen zuteil geworden. Ich selbst ging mit einer der letzten Gruppen nach vorn. O Vater, ich habe gesündigt. Ich aß beim Picknick mehr Sandwiches, als mir von Rechts wegen zustanden. Ich habe allen bekannten fleischlichen Lüsten gefrönt. Ich ließ mein neues Fahrrad draußen im Regen stehen. Ich liebe meine Eltern nicht. Ich habe mich in einem Spiegel bewundert. Sprich mich los und vergib mir, allerbarmherzigster Vater!

Ich stand mit gesenktem Kopf da, und auf einmal fühlte ich mich vollkommen entsühnt. Mir war vergeben. Das Leben war einfach, natürlich, ein Vorrecht. Mein Leben hatte einen Zweck, wenn er mir auch erst später offenbart wurde. Glücklich ging ich zurück zum Hotel.

XIV In meinem zweiten Studienjahr in Yale beantragte ich bei Gericht von New Haven, daß mein Name von Paul Hammer in Robert Levy geändert würde. Ich bin nicht ganz sicher, warum ich das tat. Hammer war natürlich überhaupt kein Name. Levy dagegen klang für mich rein und schlicht, und da ich keiner Religionsgemeinschaft angehörte, hoffte ich vermutlich, mich in die jüdische Gemeinde einschmuggeln zu können. Mein Anwalt sprach beredt von meiner unehelichen Geburt und davon, daß man mich nur deshalb nach einem geringen und elementaren Werkzeug benannt hatte, weil es zufällig am Fenster vorbeigetragen wurde. Der Richter, der Weinstock hieß, lehnte mein Gesuch ab. Die Lokalzeitung brachte die Geschichte und erwähnte auch den Ursprung meines Namens, mit dem Ergebnis, daß ich von der Liste der Prominenten gestrichen wurde und mindestens ein Dutzend Freunde verlor. Ich habe es nie fassen können, daß die organisierte Gesellschaft in Bastarden eine Bedrohung sieht.

Ich will Schule und College überspringen. Als ich vierundzwanzig war – damals wohnte ich in Cleveland –, investierte ich fünfzigtausend Dollar von dem Geld, das Großmutter mir hinterlassen hatte, in einem Verlag, dessen Leiter ein ehemaliger Studienkollege von mir war. Da wir beide keine Erfahrung hatten, ging das Geschäft schlecht. Nach einem Jahr mußten wir unsere Firma an einen größeren Verlag verpfänden, der ein halbes Jahr später das Pfand für verfallen erklärte und sich mein investiertes Geld unter den Nagel riß. Ich glaube nicht, daß ein Zusammenhang bestand – ich hatte noch immer ein angemessenes Einkommen –, aber um diese Zeit begann ich unter Melancholie zu leiden – einem *cafard*, einer Form der Verzweiflung, die mich manchmal greifbar zu überkommen schien. Mitunter war mir, als erspähe ich einige der physischen Attribute dieses *cafard*. Er war mit Haaren bedeckt – die klassische *bête noire* –, aber im allgemeinen war er nicht sichtbarer als eine sich bewegende Säule dünner Luft.

Ich beschloß, nach New York zu übersiedeln und die Gedichte von Eugenio Montale zu übertragen. In New York mietete ich eine möblierte Wohnung. Da ich jedoch so gut wie niemanden in der Stadt kannte, war ich sehr oft allein und meinem *cafard* ausgeliefert.

Er befiel mich in Zügen und Flugzeugen. Ich wachte auf, fühlte mich gesund und voller Pläne, und dann, während ich mich rasierte oder meine erste Tasse Kaffee trank, schlug der *cafard* seine Krallen in mich. Er hatte große Kraft, und ich war besonders verletzlich, wenn mich der Verkehrslärm am frühen Morgen weckte. Meine beste, ja meine einzige Verteidigung war, den Kopf mit einem Kissen zu bedecken und jene Bilder heraufzubeschwören, die für mich das darstellten, was mir abhanden gekommen war: Vollendung und Schönheit. Als erstes erstand vor meinem inneren Auge ein Berg – offenbar der Kilimandscharo. Der Gipfel war ein vollkommen geformter, schneebedeckter Kegel, erleuchtet von einem starken Glühen. Ich sah den Berg mindestens tausendmal – ich flehte darum, ihn zu sehen –, und als er mir vertrauter wurde, erblickte ich an seinem Fuß die Lichter eines primitiven Dorfes. Diese Vision stammte vermutlich aus der Bronze- oder Eisenzeit. Das nächsthäufige Phantasiebild war eine befestigte mittelalterliche Stadt. Es hätte Mont-Saint-Michel oder Orvieto oder das große Lamakloster in Tibet sein können, aber wie der schneebedeckte Berg schien das Bild der von Mauern umgebenen Stadt vor allem Schönheit, Begeisterung und Liebe zu verkörpern. Ich sah auch, allerdings weniger oft und weniger deutlich, einen Fluß, in dessen grasbewachsenen Ufern ich die Elysäischen Felder zu erkennen glaubte, obwohl ich es schwer fand, sie zu erreichen, und an einer Stelle den Eindruck hatte, ein Schienenstrang oder eine Durchgangsstraße habe die Schönheit des Ortes zerstört.

Ich hatte mir das Trinken angewöhnt, um den *cafard* zu vertreiben, und eines Morgens – ich lebte seit ungefähr einem

Monat in New York – nahm ich ein großes Glas Gin zu mir, während ich mich rasierte. Danach kroch ich wieder ins Bett, bedeckte meinen Kopf mit einem Kissen und versuchte, den Berg, die befestigte Stadt oder die grünen Felder heraufzubeschwören, sah aber statt dessen eine bleiche Frau, die mit einem hellblaugestreiften Hemd bekleidet war. Während der wenigen Augenblicke, die ich sie sah, waren meine Gefühle für sie tief und deutlich, doch dann verschwand sie.

An diesem Tag blieb ich bis elf Uhr oder noch länger im Bett. Als ich endlich aufgestanden war, ging ich zu dem Drugstore an der Ecke und bestellte ein Frühstück. Der Laden war schon voller Lunchgäste, und der Lärm und die Gerüche verursachten mir Übelkeit. Ich trank etwas Kaffee und Orangensaft und ging zurück in meine Wohnung, wo ich mir noch einen Drink genehmigte, wieder puren Gin. Danach fühlte ich mich besser. Ich kippte ein drittes Glas und ging noch einmal aus, weil ich dachte, vielleicht könnte ich doch etwas essen. Diesmal suchte ich ein französisches Restaurant auf, in dem meine alkoholbedingte Empfindsamkeit nicht verletzt werden würde. Ich bestellte einen Martini, Leberpastete und eine Portion Rührei und schaffte es tatsächlich, das hinunterzuwürgen. Dann kehrte ich in meine Wohnung zurück, kleidete mich aus, ging ins Bett und zog mir die Decken über das Gesicht. Ich verabscheute das Tageslicht, es schien die Essenz meines *cafard* zu sein, als könnte die Dunkelheit meine Verkrampfungen lindern, als wäre die Nacht ein Mantel des Vergessens. Ich blieb im Bett, weder schlafend noch wachend. Als ich mich wieder anzog und meine Wohnung verließ, wurde es schon dunkel. Ich suchte nochmals das französische Restaurant auf, wo ich Schnecken und ein Filetbeefsteak aß. Danach ging ich in ein Kino. Es gab einen Spionagefilm, der so altmodisch war, daß er mein ohnehin schwaches Zeit- und Wirklichkeitsgefühl untergrub. Ich verließ das Kino, als der Film zur Hälfte gelaufen war, und legte mich wieder ins Bett. Es muß gegen zehn Uhr gewesen sein. Ich nahm zwei Schlaftabletten und blieb bis zum nächsten Nachmittag im Bett. Um zwei Uhr stand ich auf, ging zu dem Restaurant und aß auch diesmal eine Portion Rührei. Dann kehrte ich ins Bett zurück und blieb dort bis zehn Uhr morgens. Was ich dann wollte, war ein langer, langer, langer Schlaf, und ich hatte genügend Tabletten dafür. Ich warf die Tabletten in die Toilette, spülte sie hinunter, rief einen meiner wenigen Freunde an und fragte ihn nach dem Namen seines Arztes. Dann rief ich den Arzt an und bat ihn um die Adresse eines Psychiaters. Er empfahl mir einen Mann namens Doheny.

Doheny empfing mich an demselben Nachmittag. In seinem Wartezimmer lagen zahlreiche Zeitschriften, aber die Aschenbecher waren leer, die Kissen nicht zerknittert, und ich hatte den Eindruck, vielleicht sei ich seit langer Zeit sein erster Patient. War er, so fragte ich mich, ein erfolgloser, unbeliebter Psychiater, vertrieb er sich die Zeit in einem leeren Büro wie ein unbeschäftigter Rechtsanwalt, Friseur oder Antiquitätenhändler? Er erschien bald darauf und führte mich in ein Ordinationszimmer, das mit antiken Möbeln eingerichtet war. Ich hätte gern gewußt ob das Möblieren des Ordinationszimmers zu der Ausbildung eines Psychiaters gehörte. Besorgten sie das selbst? Oder besorgten es ihre Frauen? Oder wurde es von einem Fachmann besorgt? Doheny hatte große braune Augen in einem langen Gesicht. Als ich auf dem Patientenstuhl saß, richtete er den Strahl seines braunen Auges auf mich – genauso wie ein Zahnarzt das Licht über seinem Bohrer anschaltet –, und in den nächsten fünfzig Minuten schmorte ich unter seinem Blick und starrte ihn ernst an, um zu beweisen, daß ich glaubwürdig und männlich war. Ich fühlte mich wie ein Trinker, den ein Trugbild narrt, denn Doheny schien zwei Gesichter zu haben. Es war faszinierend, zu sehen, wie eines das andere verschluckte. Sein Honorar betrug einen Dollar pro Minute.

Nach der vierten oder fünften Konsultation sagte er, ich

solle zu Hause onanieren und ihm dann meine Reaktionen berichten. Ich tat, was er verlangte, und teilte ihm mit, ich hätte mich vor mir selbst geschämt. Darüber war er hocherfreut. Er meinte, es sei ein Beweis, daß mein *cafard* einem sexuellen Schuldgefühl entspringe, und er bezeichnete mich als gehemmten, homosexuellen Transvestiten. Ich hatte ihm erzählt, daß mein Vater das Modell des Bildhauers Fledspar gewesen war, und er erklärte mir, dieses Bild eines nackten Mannes, der Hotels, Justizpaläste und Opernhäuser auf seinen Schultern trägt, habe mich eingeschüchtert und in eine unnatürliche Lebensweise hineingezwungen. Ich forderte ihn auf, zum Teufel zu gehen, und sagte, mit ihm sei ich fertig. Er sei ein Scharlatan, fügte ich hinzu, und ich würde ihn bei der Amerikanischen Psychiatrischen Gesellschaft anzeigen. Wenn er kein Scharlatan sei, warum habe er dann nicht ein Diplom an der Wand hängen wie andere Ärzte? Das ärgerte ihn maßlos. Er riß seine Schreibtischschublade auf und zog einen Stoß Diplome heraus, Diplome der Universitäten Yale und Columbia und des Neurologischen Krankenhauses. Mir fiel auf, daß alle diese Dokumente auf den Namen Howard Shiss ausgestellt waren, und ich erkundigte mich, ob er in einem Antiquariat auf sie gestoßen sei. Er antwortete, daß er vor der Praxiseröffnung seinen Namen aus Gründen geändert habe, die jeder Dummkopf verstehen würde. Ich ging fort.

Ich fühlte mich nach den Besuchen bei Doheny nicht besser, sondern eher schlechter und begann mich ernstlich zu fragen, ob die Allgegenwart meines aus Kalkstein gemeißelten Vaters vielleicht doch lähmend auf mich gewirkt habe. Aber selbst wenn es so war, was konnte ich tun? Die Oper in Malsburg und das «Prinzregent» waren zerstört, aber ich konnte ihn nicht von seinem Standort am oberen Broadway entfernen, und er trug auch noch immer das «Mercedes» in Frankfurt auf den Schultern. Ich trank hemmungslos – mehr als einen Liter am Tag –, und meine Hände zitterten schrecklich. Wenn ich in eine Bar ging, wartete ich, bis der Barkellner den Rücken wandte, bevor ich versuchte, das Glas zum Mund zu führen. Manchmal floß der Gin über die Theke, sehr zur Belustigung der anderen Gäste. An einem Wochenende fuhr ich in Gesellschaft einiger trinkfreudiger Freunde nach Pennsylvania und kam mit einem Sonderzug zurück, der am Sonntagabend gegen elf Uhr auf der Pennsylvania Railroad Station eintraf. Der Bahnhof, der damals gerade abgerissen und umgebaut wurde, war ein solcher Trümmerhaufen, daß er mir wie ein erschreckendes Spiegelbild meiner eigenen Wirrnis erschien. Ich trat hinaus auf die Straße und sah mich nach einer Bar um. Die Lokale am Bahnhof waren zu hell erleuchtet für einen Mann, dessen Hände zitterten, und ich ging auf die Suche nach einer dunklen Kneipe, in der meine Schwäche nicht so ins Auge fallen würde. Als ich in eine Seitenstraße einbog, sah ich hinter zwei erleuchteten Fenstern ein Zimmer mit gelben Wänden. Die Fenster hatten keine Vorhänge. Alles, was ich sehen konnte, waren die gelben Wände. Ich stellte meinen Handkoffer ab und starrte wie gebannt auf die Fenster. Wer dort auch wohnen mochte, ich war sicher, daß er ein nützliches und beglückendes Leben führte. Ein alleinstehender Mensch wie ich, ein Mensch, der sich durch Enthaltsamkeit, einen scharfen Verstand und ein umsichtiges Wesen auszeichnete. Die beiden Fenster erfüllten mich mit Scham. Ich wollte, daß mein Leben nicht nur anständig, sondern mustergültig wäre. Ich wollte nützlich, enthaltsam, in Frieden leben. Wenn ich schon meine Gewohnheiten nicht ändern konnte, dann doch wenigstens meine Umgebung, und ich dachte, ein solches Zimmer mit gelben Wänden werde mich von meinem *cafard* und meiner Trunksucht befreien.

Am nächsten Nachmittag packte ich eine Reisetasche, nahm ein Taxi und fuhr quer durch die Stadt zum Hotel «Milton», wo ich das Zimmer zu finden hoffte, in dem ich mein rühmliches Leben beginnen konnte. Man gab mir ein Zimmer im ersten Stock, das auf einen Luftschacht hinausging.

Das Zimmer war noch nicht aufgeräumt. Auf der Kommode standen eine leere Whiskyflasche und zwei Gläser, und nur eines der beiden Betten war benutzt worden. Ich rief den Portier an, um mich zu beschweren, und er sagte, das einzige, was er mir noch anbieten könne, sei ein Apartment im neunten Stock. Also zog ich dorthin. Ich fand einen Salon vor, ein Doppelschlafzimmer und eine große Sammlung von Blumenbildern. Ich bestellte Gin, Wermut und einen Kübel Eis und trank, bis ich von nichts mehr wußte. Gerade das hatte ich nicht tun wollen, und am Morgen übersiedelte ich ins Hotel «Madison».

Mein Zimmer im «Madison» war mit den gleichen antiken Möbeln eingerichtet, wie Doheny sie in seinem Sprechzimmer gehabt hatte. Es fehlten nur die Farbfotos seiner drei Kinder. Der Schreibtisch – oder ein Teil davon – war einmal ein Spinett gewesen. Die Platte des Couchtisches war mit Leder bezogen, das gepunzt, vergoldet und von vielen Zigaretten versengt war. An allen Wänden hingen Spiegel, so daß ich mir selbst nicht entrinnen konnte. Ich sah, wie ich rauchte und trank, mich an- und auskleidete, und als ich morgens erwachte, war ich das erste, was ich erblickte. Am nächsten Tag zog ich ins «Waldorf», wo ich ein freundliches Zimmer mit hoher Decke bekam. Der Blick konnte weithin schweifen. Ich sah die Kuppel von St. Bartholomew, das Seagram Building und eines jener zwiespältigen Gebäude, die vorn mit Balkons und Fenstern versehen sind, während die glatte Rückfront aus gelben Backsteinen als einziges Zeichen des Lebens eine Regenrinne aufweist. Das Haus wirkte wie mit einem Messer ausgeschnitten. Fast überall in New York sind vom vierzehnten Stock an diverse Karyatiden, Najaden, nüchterne Wassertanks und florentinische Bögen in die Aussicht eingeschlossen, und ich bewunderte das alles, bis mir der Gedanke kam, wie leicht es wäre, dem *cafard* durch einen Sprung in die Tiefe zu entrinnen. Daraufhin verließ ich das «Waldorf» und nahm ein Flugzeug nach Chicago.

In Chicago stieg ich im «Palmer House» ab. Mein Zimmer war im fünfzehnten Stock. Die Einrichtung schien aus einer feststellbaren Epoche zu stammen, aber je länger ich sie betrachtete, desto mehr schien sie eine harmlose Improvisation zu sein, und auf einmal kam mir zum Bewußtsein, daß es die gleichen Möbel waren wie in meinem Zimmer im «Waldorf». Ich klappte die Fensterläden auf. Hier bot sich mir als Aussicht das Innere eines Häuserblocks, wo es oben, unten und an den Seiten viele Hunderte von Fenstern gab, jedes einzelne genau wie meines. Die Tatsache, daß meinem Zimmer die Einmaligkeit fehlte, schien meine eigene Einmaligkeit ernstlich zu bedrohen. Mich überkam ein heftiges emotionelles Schwindelgefühl, das heißt, ich fürchtete nicht, daß ich fallen, sondern daß ich verschwinden könnte. Wenn sich mein Zimmer in nichts von vielen hundert anderen unterschied, dann war vielleicht auch an mir nichts, was mich aus der gestaltlosen Menge heraushob. Ich schloß die Läden und verließ das Zimmer. Während ich auf den Lift wartete, warf mir ein junger Mann den schmeichelnden, hoffnungsvollen Blick eines Kundschaft suchenden Strichjungen zu, und ich dachte, vielleicht sei er durch die Gleichheit der Hotelfenster dazu getrieben worden, seine Identität durch unnatürliche sexuelle Praktiken zu authentisieren. Ich schlug keusch die Augen nieder. Unten in der Bar trank ich drei Martinis, und dann ging ich in ein Kino. Nachdem ich zwei Tage in Chicago verbracht hatte, fuhr ich mit dem «Zephyr» nach San Francisco. Ich dachte, ein Zugabteil wäre vielleicht die geeignete Umgebung, ein neues Leben zu beginnen, aber das erwies sich als Irrtum. In San Francisco schlief ich zwei Nächte im «Palace» und zwei im «St. Francis», dann flog ich südwärts und stieg in Los Angeles im «Biltmore» ab. Das war nun ganz und gar nicht das, was ich wollte, und ich zog schleunigst ins «Château Marmont». Von dort übersiedelte ich ins «Beverly Hills», und einen Tag später flog ich auf der nördlichen Route nach London. Ich versuchte ein Zimmer im «Connaught» zu bekommen, aber sie hatten nichts mehr frei, und so zog ich statt dessen ins «Dorchester», wo ich es zwei Tage aushielt. Dann flog ich nach Rom und nahm mir ein Zimmer im «Eden». Mein *cafard* war mir um die Welt gefolgt, und ich trank nach wie vor unmäßig. Eines Morgens, als ich im Bett lag, mit einem Kissen über dem Gesicht, beschwor ich den Kilimandscharo und das alte Dorf herauf, die Elysäischen Felder und die befestigte Stadt. Dann fiel mir ein, daß ich gedacht hatte, die Stadt könnte Orvieto sein. Ich lieh mir beim Portier einen Fiat und fuhr nordwärts.

Die Mittagszeit war schon vorbei, als ich Umbrien erreichte. Ich machte in einer Stadt halt und stärkte mich mit Pasta asciutta und Wein. Es war eine Weizengegend, dichter bewaldet als der größte Teil Italiens und sehr grün. Wie die meisten Reisenden registrierte ich töricht die Gleichheit der Dinge und fand, daß ich, nach dem zu urteilen, was ich sah, ebensogut in New Hampshire oder in der Umgebung von Heidelberg sein könnte. Wozu? Es war fast sieben Uhr, als ich die Serpentinenstraße hinunter in das breite Tal kam, das Orvieto umgibt.

Hinsichtlich der Türme hatte ich mich geirrt, alles andere aber schien zu stimmen. Die Stadt lag hoch, ihre Häuser waren sozusagen eine Variante der Bergkuppe, und sie ähnelte sehr dem Ort, den ich gesehen hatte, als ich den *cafard* abwehrte. Ich war erregt. Es ging um mein Leben, um meine geistige Gesundheit. Der katholische Dom mit seiner beherrschenden Lage rief, wie es beabsichtigt war, Ehrfurcht, Bewunderung und etwas wie Angst hervor. Mir war zumute wie einem Ketzer, der unterwegs zu den Bischöfen ist, um verhört zu werden. Ich fuhr hinauf zur Bergkuppe und stieg im Hotel «Nazionale» ab, wo man mir ein großes, auf europäische Art luxuriöses Zimmer mit einem massigen Schrank und einem Kristallüster gab. Es war nicht das Zimmer, das ich suchte. Ich wanderte durch die Straßen, und unmittelbar vor dem Dunkelwerden sah ich in einem Haus nahe dem Dom die erleuchteten Fenster und die gelben Wände.

Ich schaute vom Bürgersteig zu ihnen hinauf und mir war, als stünde ich an der Schwelle eines neuen Lebens. Dies hier war keine geheiligte Stätte, sondern der Wirbel der Dinge, aber es war ein Ort, an den der *cafard* nicht gelangen konnte. Die Tür des Hauses war offen, und ich ging die Treppe hinauf. Die beiden gelben Zimmer waren im ersten Stock. Ich wußte schon vorher, wie sie sein würden: frisch gestrichen und noch nicht möbliert. Alles war bereit für meinen Einzug. Ein Mann stellte Regale für meine Bücher auf. Ich fragte ihn, wem die Zimmer gehörten. Er sagte, sie gehörten ihm. Ich fragte, ob er sie verkaufen oder vermieten wolle, und er antwortete lächelnd nein. Da erklärte ich, daß ich sie gern nehmen und jeden geforderten Preis dafür zahlen würde, aber er fuhr fort zu lächeln und sagte nein. Dann kamen einige Männer ins Haus, die offenbar etwas Schweres trugen. Ich hörte ihre angestrengten Stimmen, ihr Keuchen, das Poltern, wenn der Gegenstand, was immer es war, gegen die Wand stieß. Wie sich herausstellte, war es ein großes Bett, und sie schafften es in das zweite der gelben Zimmer. Der Eigentümer erzählte mir, daß es sein Ehebett sei. Er wolle am nächsten Tag in der Kapelle des Doms heiraten und hier sein Eheleben beginnen. Ich war noch immer fest überzeugt, daß die Zimmer zumindest geistig mein Eigentum waren, und so fragte ich ihn, ob er nicht lieber in einem der neuen Appartements in der unteren Stadt wohnen wolle. Ich würde den Unterschied im Mietpreis bezahlen und sei bereit, ihm ein schönes Hochzeitsgeschenk zu machen. Er zeigte sich natürlich unzugänglich. Wie jeder Bräutigam hatte er sich so viele hundertmal die Stunde vorgestellt, da er seine Braut in die gelben Zimmer bringen würde, daß kein Geldbetrag diese Gedanken auslöschen konnte. Ich wünschte ihm trotzdem alles Gute und ging die Treppe hinunter. So hatte ich meine gelben Zimmer gefunden und sie wieder verloren. Am Morgen verließ ich Orvieto und fuhr zurück nach Rom; von dort reiste ich am nächsten Tag nach New York.

Während der einen Nacht, die ich in meiner Wohnung verbrachte, trank ich Unmengen von Whisky. Am folgenden Nachmittag fuhr ich nach Pennsylvania, um einen Schulfreund – Charlie Masterson – und seine Frau zu besuchen. Sie waren starke Trinker, und schon vor dem Essen ging uns der Gin aus. Ich fuhr in das kleine Dorf Blenville, um in einem Spirituosengeschäft neuen Vorrat zu kaufen. Auf dem Rückweg kam ich irgendwie von der Straße ab und befand mich unversehens in einer schmalen Gasse, die nirgendwohin zu führen schien. Und da sah ich zu meiner Linken, ein Stück von der Straße entfernt und etwas höher gelegen, zum drittenmal die gelben Wände.

Ich stellte den Motor und die Scheinwerfer ab und stieg aus dem Wagen. Zwischen der Straße und dem Haus floß ein Bach, den ich auf einer Holzbrücke überquerte. Ein Rasen oder eine Wiese – das Gras hätte schon längst gemäht werden müssen – führte zu einer Terrasse hinauf. Das Haus war aus Stein – rechteckig, ein altes pennsylvanisches Bauernhaus –, und das gelbe Zimmer war das einzige, in dem Licht brannte. Die Wände hatten dieselbe Farbe wie die in Orvieto. Ich schlich mich auf die Terrasse, alle Sinne gespannt wie ein Dieb. In dem gelben Zimmer saß eine Frau und las in einem Buch. Sie trug ein schwarzes Kleid und Schuhe mit hohen Absätzen; auf einem Tisch neben ihr stand ein Glas Whisky. Ihr Gesicht war blaß und hübsch. Ich schätzte sie auf Mitte Zwanzig. Das schwarze Kleid und die hochhackigen Schuhe wirkten in dieser ländlichen Gegend fehl am Platz, und ich fragte mich, ob sie vielleicht eben erst aus der Stadt gekommen sei oder gerade dorthin zurückfahren wolle, obgleich die Größe des Whiskyglases gegen die letzte Vermutung sprach. Aber was ich begehrte, war nicht die Frau, sondern das Zimmer – viereckig, die zitronengelben Wände von einer einfachen Lampe beleuchtet –, und ich hatte das Gefühl, wenn ich es nur besitzen könnte, würde ich wieder ich selbst werden, ein fleißiger und anständiger Mensch. Plötzlich blickte die

Frau auf, als hätte sie meine Gegenwart gespürt, und ich trat rasch zur Seite. Ich war sehr glücklich. Auf dem Rückweg zum Wagen sah ich am Torpfosten der Einfahrt einen Briefkasten mit dem aufgemalten Namen Emmison. Als ich wieder bei den Mastersons eintraf, fragte ich Mrs. Masterson, ob sie jemanden kenne, der Emmison heiße. «Gewiß», antwortete sie. «Dora Emmison. Ich glaube, sie ist zur Zeit in Reno.»

«In ihrem Haus brannte Licht», sagte ich.

«Du lieber Himmel, wie sind Sie denn dorthin geraten?»

«Ich hatte mich verfahren.»

«Nun, sie war in Reno. Vermutlich ist sie gerade zurückgekommen. Kennen Sie Dora?»

«Nein», antwortete ich, «aber ich würde sie gern kennenlernen.»

«Wenn sie schon zurück ist, werde ich sie morgen zu einem Drink bitten.»

Dora Emmison kam am folgenden Nachmittag, wieder in dem schwarzen Kleid und den hochhackigen Schuhen. Obwohl sie kühle Zurückhaltung wahrte, fand ich sie bezaubernd, nicht wegen ihrer körperlichen und geistigen Vorzüge, sondern weil ihr die gelben Zimmer gehörten. Sie blieb zum Abendessen, und ich erkundigte mich nach ihrem Haus. Schließlich fragte ich, ob sie es nicht verkaufen wolle. Sie war daran überhaupt nicht interessiert. Als ich sie bat, das Haus besichtigen zu dürfen, willigte sie gleichgültig ein. Sie brach früh auf und meinte, wenn ich das Haus sehen wollte, könnte ich ja gleich mit ihr kommen. Das tat ich.

Kaum stand ich in dem gelben Zimmer, als ich jenen Seelenfrieden empfand, nach dem ich mich gesehnt hatte, seit ich dieser Wände zum erstenmal in einem Haus unweit der Pennsylvania Railroad Station ansichtig geworden war. Manchmal betritt man eine Sattelkammer, eine Tischlerwerkstatt oder ein ländliches Postamt und findet sich unerwartet im Einklang mit der Welt. Gewöhnlich ist es später

Nachmittag. Der Raum ist von einem guten Geruch erfüllt. (Ich muß die Bäckereien dazuzählen.) Der Stallknecht, Tischler, Posthalter oder Bäcker hat ein so klares, von Sorgen freies Gesicht, daß einem scheint, hier könne einfach nichts Böses geschehen. Man wird von einem Gefühl der Schicklichkeit und der Ehrfurcht durchdrungen, wie man es meiner Erfahrung nach niemals in einer Kirche empfindet.

Sie bot mir einen Drink an, und ich fragte noch einmal, ob sie das Haus nicht verkaufen wolle. «Warum sollte ich mein Haus verkaufen?» meinte sie. «Ich habe mein Haus gern. Es ist das einzige Haus, das ich besitze. Wenn Sie sich hier in der Gegend niederlassen möchten, dann nehmen Sie doch das Haus von Barkhams. Sie wollen verkaufen, und es ist wirklich viel hübscher als meines.»

«Ich will aber gerade dieses haben.»

«Warum sind Sie bloß so versessen auf mein Haus? Wenn ich die Wahl hätte, würde ich das von Barkhams vorziehen.»

«Gut, dann werde ich das Haus der Barkhams kaufen und es gegen dieses eintauschen.»

«Ich mag aber nicht umziehen», sagte sie und blickte auf die Uhr.

«Könnte ich hier schlafen?» fragte ich.

«Wo?»

«Hier – hier in diesem Zimmer.»

«Aber weshalb denn? Das Sofa ist steinhart.»

«Ich möchte es eben gern.»

«Na schön, meinetwegen. Aber keine Dummheiten bitte.»

«Keine Dummheiten.»

«Ich hole das Bettzeug.»

Sie ging nach oben, kam mit Bettwäsche und einer Decke zurück und machte mein Nachtlager zurecht. «Ich denke, ich lege mich jetzt auch hin», sagte sie und wandte sich zur Treppe. «Sie wissen wohl, wo alles ist. Hier in der Schale sind Eiswürfel, falls Sie noch einen Drink wollen. Ich glaube, mein Mann hat einen Rasierapparat im Medizinschränkchen zurückgelassen. Gute Nacht.» Ihr Lächeln war höflich und sonst nichts. Sie stieg die Treppe hinauf.

Ich nahm mir keinen Drink. Ich hatte, wie man so sagt, keinen nötig. In einem Sessel am Fenster sitzend, fühlte ich, wie die Ruhe der gelben Wände mich wiederherstellte. Draußen plätscherte der Bach, ich hörte ein paar Nachtvögel, Blätter raschelten, und all diese Laute der nächtlichen Welt erschienen mir so zärtlich, so vertraut, als liebte ich die Nacht, wie man eine Frau liebt, als liebte ich die Sterne, die Bäume, das Unkraut im Gras mit der gleichen Glut, wie man die Brüste einer Frau und das Apfelkerngehäuse, das sie in einem Aschenbecher zurückgelassen hat, lieben kann. Ich liebte das alles und jeden, der lebte. Mein Leben hatte von neuem begonnen, und ich konnte an diesem Beginn sehen, wie weit ich von dem natürlichen Weg abgekommen war. Hier war Wirklichkeit – eine angemessene, gesegnete und nützliche Struktur, zu der ich gehörte. Ich trat auf die Terrasse hinaus. Der Himmel war bewölkt, aber ich erspähte noch einige Sterne. Der Wind hatte sich gedreht, es roch nach Regen. Ich ging hinunter zu der Brücke, zog mich aus und tauchte in den Teich, den der Bach dort bildete. Das Wasser war angenehm kühl, ein wenig brackig von dem Torfmoor, in dem es entsprang, und es hatte, ganz im Gegensatz zu dem desinfizierten, saphirblauen Wasser eines Schwimmbeckens, eine starke und unverkennbar erotische Ausstrahlung. Ich trocknete mich mit meinen Hemdenzipfeln ab und ging nackt zum Haus zurück, mit einem Gefühl, als sei die Erde um meiner Zufriedenheit willen gepflastert. Ich putzte mir die Zähne, löschte das Licht, und als ich ins Bett stieg, hörte ich die ersten Regentropfen fallen.

Seit einem Jahr oder länger hatte mir das Geräusch des Regens lediglich Regenschirme, Regenmäntel, Gummistiefel, nasse Autositze in offenen Sportwagen bedeutet; nun aber empfand ich es als eine Vergrößerung meines Glücks, als ein zusätzliches Geschenk. Es schien mein Gefühl der Geschmeidigkeit und der Unschuld noch zu verstärken, und ich kämpfte gegen den Schlaf an, um dem Regen so aufmerksam, so gespannt zu lauschen, wie man Musik hört. Dann schlief ich ein und träumte (in dieser Reihenfolge) von dem Berg, der befestigten Stadt und den Flußufern. Als ich bei Tagesanbruch erwachte, war von dem *cafard* nichts zu spüren. Ich sprang noch einmal in den Teich und kleidete mich dann an. In der Küche fand ich eine Melone, kochte Kaffee und briet Speck. Der Duft des Kaffees und des Specks war wie der Duft von etwas Neuem, und ich aß mit gutem Appetit. Später kam sie im Bademantel herunter und dankte mir, daß ich Kaffee gemacht hatte. Als sie die Tasse zum Mund führte, zitterte ihre Hand so stark, daß der Kaffee überschwappte. Sie ging in den Anrichteraum, kam mit einer Flasche Whisky zurück und goß einen Schuß in ihren Kaffee. Sie entschuldigte sich weder, noch gab sie mir eine Erklärung, aber die paar Spritzer festigten ihre Hand. Ich fragte, ob ich vielleicht den Rasen mähen sollte. «Wenn Sie nichts Besseres zu tun haben», erwiderte sie, «wäre mir das offen gestanden sehr lieb. Es ist schrecklich schwer, hier in der Gegend jemanden zu finden, der einem ein bißchen hilft. Die jungen Leute gehen alle von zu Hause fort, und die alten sterben. Der Rasenmäher steht im Werkzeugschuppen, und ich glaube, Benzin ist auch da.»

Ich fand den Rasenmäher und das Benzin und mähte den Rasen. Es war eine große Fläche, und ich hatte bis Mittag oder noch länger zu tun. Sie saß derweil lesend auf der Terrasse und trank irgend etwas – Eiswasser oder Gin. Als ich fertig war, setzte ich mich zu ihr und überlegte, wie ich meine Nützlichkeit zu Unentbehrlichkeit steigern könnte. Sollte ich einen Annäherungsversuch machen? Nein, wenn wir ein Liebespaar geworden wären, hätte ich ja das gelbe Zimmer mit ihr teilen müssen, und das war es nicht, was ich wollte. «Wenn Sie ein Sandwich möchten, bevor Sie gehen, finden Sie Schinken und Käse im Kühlschrank», sagte sie. «Mit dem

Vieruhrzug kommt Besuch für mich, aber ich nehme an, Sie fahren schon vorher zurück.»

Ich war erschrocken. Zurück, zurück, zurück zu den schlammigen grünen Wassern des Lethe, zurück zu meiner nichtswürdigen Erbärmlichkeit, zurück zu dem Sanktuarium meines Bettes, um mich vor dünner Luft zu verkriechen, zurück, um mich mit Gin zu betäuben, um eine Portion Rührei zu essen. Ich fragte mich, ob ihr Besuch wohl weiblich oder männlich sei. Wenn es eine Frau war, könnte ich dann nicht als eine Art von Faktotum dableiben, mein Abendessen in der Küche verzehren und in dem gelben Zimmer schlafen? «Haben Sie noch irgendwelche Wünsche?» erkundigte ich mich. «Soll ich Brennholz hacken?»

«Ich kaufe mein Brennholz in Blenville.»

«Oder brauchen Sie Kienspäne zum Feuermachen?»

«Eigentlich nicht», antwortete sie.

«Das Fliegengitter am Küchenfenster ist lose», sagte ich. «Wünschen Sie, daß ich es repariere?»

Sie überhörte meine Frage, ging ins Haus und kam bald darauf mit zwei Sandwiches zurück. «Möchten Sie Senf?» fragte sie.

«Nein, danke», erwiderte ich.

Ich nahm das Sandwich zu mir wie eine Art heiliges Abendmahl, da es das letzte Nahrungsmittel war, das ich mit Appetit verzehren konnte, bis ich zu dem gelben Zimmer zurückkehrte – und wann würde das sein? Ich war verzweifelt. «Ist Ihr Besuch ein Mann oder eine Frau?» fragte ich.

«Also das geht Sie nun wirklich nichts an.»

«Verzeihung.»

«Vielen Dank fürs Grasmähen», sagte sie. «Das war dringend nötig, aber Sie müssen verstehen, daß ich einen fremden Mann nicht auf meinem Sofa schlafen lassen kann. Mein Ruf ist nicht unbedingt gegen Verleumdungen gefeit, und ich möchte ihn ungern aufs Spiel setzen.»

«Ich werde gehen», murmelte ich.

So kehrte ich also nach New York zurück, zur Verbannung verurteilt und ehrlich beunruhigt über meinen Hang zur Selbstzerstörung. Sobald ich meine Wohnungstür hinter mir geschlossen hatte, geriet ich wieder in das alte Fahrwasser: Gin, Kilimandscharo, Rührei, Orvieto und Elysäische Felder. Am nächsten Morgen stand ich erst spät auf. Ich trank Gin, während ich mich rasierte, und dann ging ich fort, um Kaffee zu kaufen. Vor meinem Haus lief ich Dora Emmison in die Arme. Sie trug Schwarz – ich habe sie nie in etwas anderem gesehen – und sagte, sie sei für ein paar Tage in die Stadt gekommen, um Besorgungen zu machen und ins Theater zu gehen. Ich fragte, ob ich sie zum Lunch einladen dürfte, aber sie erwiderte, sie habe keine Zeit. Kaum hatten wir uns getrennt, da holte ich meinen Wagen und fuhr nach Blenville.

Das Haus war verschlossen, aber ich verschaffte mir Zugang, indem ich eine Scheibe des Küchenfensters einschlug. Allein in dem gelben Zimmer zu sein war alles, was ich ersehnt hatte. Ich fühlte mich glücklich, ruhig und stark. Ich hatte den Montale mitgebracht und verbrachte den Nachmittag mit Lesen und Notizenmachen. Die Zeit verging wie im Flug, und das Gefühl, sie werde von den Zeigern meiner Uhr in die Länge gezogen, war verschwunden. Um sechs ging ich zum Schwimmen, trank etwas und machte mir ein Abendessen zurecht. Sie hatte einen großen Lebensmittelvorrat, und ich notierte genau, was ich stahl, um es vor meinem Fortgehen zu ersetzen. Als ich gegessen hatte, las ich weiter und ließ es darauf ankommen, daß die erleuchteten Fenster bei irgendwem Neugier erregten. Um neun zog ich mich aus, wickelte mich in eine Decke und legte mich auf das Sofa, um zu schlafen. Wenige Minuten später sah ich die Lichter eines Wagens, der auf das Haus zukam.

Ich stand auf, lief in die Küche und schloß die Tür. Natürlich war ich nicht angezogen. Wenn sie es war, dann konnte ich wohl durch die Hintertür entwischen. Wenn es nicht sie war, sondern ein Freund oder Nachbar, so würde der Betreffende wahrscheinlich weggehen. Wer es auch sein mochte, er klopfte an die Tür und rief leise: «Dorili, Dorili, schläfst du? Wach auf, Baby, wach auf, hier ist Tony, der alte Liebesbubi.» Während er die Treppe hinaufstieg, rief er immer wieder: «Dorili, Dorili, Dorili», und als er in ihrem Schlafzimmer das Bett leer fand, knurrte er: «Ach, Scheiße.» Dann kam er herunter und verließ das Haus.

Ich blieb fröstelnd in der Küche, bis ich seinen Wagen davonfahren hörte.

Ich legte mich wieder auf das Sofa. Etwa dreißig Minuten später hielt ein anderer Wagen vor dem Haus. Ich verzog mich abermals in die Küche, und ein gewisser Mitch führte mehr oder weniger das gleiche Theater auf. Er stieg die Treppe hinauf, rief dabei zärtlich ihren Namen, bekundete oben mit einem Fluch seine Enttäuschung und verschwand dann. Das alles behagte mir nicht, und so räumte ich am Morgen die Wohnung auf, leerte die Aschenbecher aus und fuhr nach New York zurück.

Dora hatte gesagt, sie werde ein paar Tage in der Stadt bleiben. «Ein paar» bedeutet gewöhnlich vier, und zwei davon waren bereits vergangen. An dem mutmaßlichen Tag ihrer Rückkehr aufs Land kaufte ich einen Karton des teuersten Whiskys und fuhr am Spätnachmittag nach Blenville. Es war schon dunkel, als ich in den Seitenweg einbog. In ihrem Haus brannte Licht. Zuerst spähte ich durch das Fenster, und als ich sah, daß sie wie bei meinem ersten Besuch allein war und las, klopfte ich an die Tür. Sie öffnete. Mein Anblick schien sie zu ärgern und zu verwirren. «Ja?» fragte sie. «Ja? Was wollen Sie denn jetzt schon wieder?»

«Ich habe ein Geschenk für Sie», erwiderte ich. «Sie waren so liebenswürdig, mich in Ihrem Haus übernachten zu lassen, und dafür wollte ich mich mit diesem Bourbon bedanken.»

«Ein Geschenk wäre wirklich nicht nötig gewesen», sagte sie, «aber ich habe eine Schwäche für guten Bourbon. Wollen Sie nicht näher treten?»

Ich trug den Karton in die Diele, riß ihn auf und nahm eine Flasche heraus. «Wie wär's, wenn wir ihn gleich mal probierten?» fragte ich.

«Eigentlich muß ich ausgehen», sagte sie, «aber für einen Drink wird die Zeit wohl noch reichen. Sie sind sehr spendabel. Kommen Sie herein, kommen Sie, ich hole rasch etwas Eis.»

Sie war, wie ich sah, eine dieser ernsthaften Trinkerinnen, die sich ihre Utensilien zurechtlegen, wie das ein Zahnarzt mit seinen Instrumenten für eine Extraktion tut. Sorgsam stellte sie die Gläser, die Schale mit den Eiswürfeln, den Wasserkrug, ein Kästchen mit Zigaretten, einen Aschenbecher und ein Feuerzeug auf den Tisch neben ihrem Stuhl. Als sie alles in Reichweite hatte, setzte sie sich und schenkte ein.

«Chin-chin», sagte sie.

«Prosit», sagte ich.

«Sind Sie direkt aus New York gekommen?» fragte sie.

«Ja», antwortete ich.

«Wie ist die Sicht?»

«Es ist neblig auf der Autobahn. Sehr neblig sogar.»

«Verflixt», sagte sie. «Ich muß nämlich zu einer Party nach Havenswood fahren, und mir graut vor der Autobahn, wenn es neblig ist. Ich wollte, ich könnte zu Hause bleiben, aber die Helmsleys geben eine Party für ein Mädchen, das ich von der Schule her kenne, und ich habe versprochen hinzukommen.»

«Wo sind Sie zur Schule gegangen?»

«Interessiert Sie das wirklich?»

«Ja.»

«Also ich war zwei Jahre in Brearley. Dann ein Jahr in Finch. Dann besuchte ich zwei Jahre lang eine Tagesschule, die Fountain Valley hieß. Dann kam ich für ein Jahr in die öffentliche Schule in Cleveland. Danach war ich zwei Jahre in der Internationalen Schule in Genf, ein Jahr in der Parioli-Schule in Rom, und als wir in die Vereinigten Staaten zurückkehrten, wurde ich für ein Jahr nach Putnay und dann für drei

Jahre nach Masters geschickt. Meine Abschlußprüfung habe ich in Masters gemacht.»

«Ihre Eltern sind wohl viel gereist?»

«Ja. Mein Vater war im Auswärtigen Amt. Und was tun Sie?»

«Ich übersetze Montale.»

«Sind Sie ein berufsmäßiger Übersetzer?»

«Nein.»

«Sie tun es nur so zum Vergnügen?»

«Um mich zu beschäftigen.»

«Sie müssen Geld haben», meinte sie.

«Stimmt.»

«Ich habe auch welches, Gott sei Dank. Es wäre mir gräßlich, wenn ich keines hätte.»

«Erzählen Sie mir von Ihrer Ehe», sagte ich. Das mag aufdringlich gewesen sein, aber ich habe nie einen geschiedenen Mann oder eine geschiedene Frau getroffen, die nicht bereitwillig über ihre Ehe sprachen.

«Eine verpfuschte Sache», sagte sie. «Von Anfang an, die ganzen acht Jahre hindurch. Er trank und beschuldigte mich, Verhältnisse mit anderen Männern zu haben, und er schrieb vielen Freunden von mir anonyme Briefe, in denen er behauptete, ich wäre zur Hure prädestiniert. Schließlich blieb mir nichts anderes übrig, als mich loszukaufen. Ich zahlte ihm einen Haufen Geld und ging nach Reno. Vorigen Monat bin ich zurückgekommen. Ich glaube, ich trinke noch einen Schluck», setzte sie hinzu, «aber zuerst muß ich aufs Klo.»

Ich füllte nochmals ihr Glas. Wir hatten die erste Flasche fast geleert. Als sie von der Toilette zurückkam, schwankte sie nicht, im Gegenteil, sie ging jetzt viel beschwingter, mit viel mehr Selbstvertrauen und Grazie. Ich stand auf und nahm sie in die Arme, aber sie schob mich beiseite – nicht ärgerlich – und sagte: «Bitte nicht, bitte nicht. Mir ist heute abend gar nicht danach zumute. Ich habe mich den ganzen Tag scheußlich gefühlt, und obgleich der Bourbon mich aufgemöbelt hat, ist mir wirklich nicht danach zumute. Erzählen Sie mir Ihre Lebensgeschichte.»

«Ich bin unehelich geboren», sagte ich.

«Ach, wirklich? Sie sind der erste unehelich Geborene, der mir je begegnet ist. Wie fühlt man sich da?»

«Meistenteils lausig. Ich meine, ich hätte gern richtige Eltern gehabt.»

«Nun, Eltern können natürlich schrecklich sein, aber wahrscheinlich sind schreckliche Eltern immer noch besser als gar keine. Meine waren schrecklich.» Sie ließ eine brennende Zigarette auf ihren Rock fallen, hob sie aber auf, bevor die Glut den Stoff versengen konnte.

«Leben Ihre Eltern noch?»

«Ja, sie wohnen in Washington, sie sind sehr alt.» Sie seufzte und stand auf. «Wenn ich noch nach Havenswood will, dann muß ich wohl aufbrechen.» Jetzt war sie doch ziemlich unsicher auf den Beinen. Sie goß etwas Whisky in ihr Glas und trank ihn ohne Eis oder Wasser.

«Warum wollen Sie denn nach Havenswood?» fragte ich. «Rufen Sie doch lieber an und sagen Sie, daß es Ihnen auf der Autobahn zu neblig ist oder daß Sie sich erkältet haben oder irgendwas in der Art.»

«Sie verstehen das nicht», entgegnete sie mit heiserer Stimme. «Es ist eine von diesen Parties, zu denen man einfach gehen *muß*. Wie zu Geburtstagsfeiern und Hochzeiten.»

«Ich glaube, es wäre besser, wenn Sie nicht hingingen.»

«Warum?» Sie war jetzt in Kampfstimmung.

«Ich halte es für besser, das ist alles.»

«Glauben Sie, ich bin betrunken?» fragte sie.

«Nein.»

«Doch, Sie glauben es. Sie glauben, daß ich betrunken bin, Sie Schweinehund, der seine Nase in alles steckt. Was haben Sie überhaupt hier verloren? Ich kenne Sie nicht. Ich habe Sie nie aufgefordert, hierherzukommen, und Sie kennen mich nicht. Sie wissen nichts von mir, außer wo ich in die Schule gegangen bin. Sie kennen nicht einmal meinen Mädchennamen – oder doch?»

«Nein.»

«Sie wissen nichts von mir, Sie kennen nicht einmal meinen Mädchennamen, und trotzdem haben Sie die Frechheit, hier zu sitzen und zu behaupten, daß ich betrunken bin. Ich habe getrunken, das ist wahr, und ich will Ihnen auch sagen, warum. Nüchtern kann ich auf der verdammten Jersey-Autobahn nicht fahren. Diese Straße und all die anderen Autobahnen und Schnellstraßen wurden für Hanswurste und Besoffene angelegt. Wer kein sturer Hanswurst ist, der muß sich besaufen. Sensible oder intelligente Menschen können auf diesen Straßen nicht fahren. Ich habe einen Freund in Kalifornien, der Hasch raucht, bevor er die Autobahn benutzt. Er ist ein großartiger Fahrer, ein fabelhafter Fahrer, und wenn der Verkehr besonders schlimm ist, nimmt er Heroin. Man sollte an den Tankstellen nicht nur Benzin, sondern auch Hasch und Bourbon verkaufen. Dann gäbe es nicht so viele Unfälle.»

«Na, wir können ja vorsichtshalber noch einen trinken», meinte ich. «Scheren Sie sich zum Teufel», sagte sie.

«Bitte sehr.»

Ich ging aus dem gelben Zimmer hinaus auf die Terrasse und beobachtete sie durch das Fenster. Sie schwankte. Sie stopfte ein paar Sachen in eine Tasche, band sich ein Kopftuch um, knipste das Licht aus und schloß die Haustür hinter sich ab. Ich folgte ihr in sicherer Entfernung. Als sie zu ihrem Wagen kam, fielen ihr die Schlüssel ins Gras. Sie schaltete die Scheinwerfer ein, und ich sah sie im Gras umhertasten, bis sie die Schlüssel gefunden hatte. Dann stieg sie in den Wagen, raste auf die Einfahrt zu und rammte mit dem rechten Scheinwerfer den Briefkastenpfosten. Ich hörte einen Fluch und gleich darauf das Splittern von Glas – und warum ist dieses Geräusch so unheilverkündend, warum klingt es wie das Scheppern einer Armesünderglocke? Ich war froh bei dem

Gedanken, daß sie nun nicht nach Havenswood weiterfahren würde, aber da irrte ich mich. Sie setzte den Wagen ein Stück zurück, gab Gas, und fort war sie. Ich übernachtete in einem Hotel in Blenville und rief am Morgen die Autobahnpolizei an. Sie hatte noch etwa fünfzehn Minuten gelebt.

XV Mein Anwalt regelte den Kauf des Hauses. Ich erwarb es – einschließlich acht Morgen Land – für fünfunddreißigtausend Dollar. Doras Mutter kam aus Washington, um ihre persönlichen Sachen zu holen, und drei Wochen später zog ich in das Haus ein und begann mein geordnetes Leben. Ich stand früh auf, schwamm in dem Teich, verzehrte ein reichliches Frühstück und setzte mich zum Arbeiten an einen Tisch in dem gelben Zimmer. Ich arbeitete beschwingt bis ein Uhr, manchmal auch länger, und aß dann einen Teller Suppe. Nachmittags ging ich mit dem Werkzeug, das ich mir angeschafft hatte, ins Freie, um Holz für den Kamin zu hacken und es aufzuschichten. Gegen fünf schwamm ich noch einmal und trank den ersten von drei täglichen Whiskies. Nach dem Abendessen lernte ich bis halb elf Deutsch, und wenn ich dann zu Bett ging, fühlte ich mich elastisch, sauber und müde. Sofern ich überhaupt träumte, waren meine Träume von einer außergewöhnlichen Unschuld und Reinheit. Es verlangte mich nicht mehr nach dem Berg, dem Tal und der befestigten Stadt.

Ich hielt mir einen Kater, nicht weil ich diese Tiere gern mag, sondern um zu verhindern, daß die Mäuse und Spitzmäuse scharenweise über das alte Haus herfielen. Der Mann im Drugstore in Blenville hatte mir den Kater geschenkt, den ich Schwartz taufte und von dessen Vergangenheit ich nichts wußte. Ich nahm an, er sei in mittleren Jahren, und fand ihn ziemlich exzentrisch veranlagt – wenn so etwas bei einem Tier möglich ist. Zweimal am Tag fütterte ich Schwartz mit Katzenfutter aus Büchsen. Es gab eine Sorte Katzenfutter, die er nicht mochte, und wenn ich ihm die versehentlich gab, ging er in das gelbe Zimmer und schiß auf den Boden. Er hatte seinen Kopf für sich, aber so lange ich ihn mit dem fütterte, was er mochte, benahm er sich anständig. Unsere Beziehungen zueinander waren sachlich, frei von jeder Gefühlsduselei. Ich mag Katzen nicht auf dem Schoß haben, aber dann und wann hob ich Schwartz pflichtschuldig auf und streichelte ihn, damit er merkte, daß ich ein guter Kerl war. Als die frühen Fröste einsetzten, begannen die Feldmäuse das Haus zu belagern, und Schwartz brachte fast jede Nacht ein Opfer zur Strecke. Ich war stolz auf ihn. Auf der Höhe seiner Tüchtigkeit als Mäusefänger verschwand er. Ich ließ ihn eines Abends hinaus, und er kehrte am Morgen nicht zurück. Ich weiß nicht viel von Katzen, aber ich hatte gehört, daß sie sehr häuslich sind, und so nahm ich an, ein Hund oder ein Fuchs habe meinen Freund getötet. Eines Morgens, eine Woche später (in der Nacht war etwas Schnee gefallen), kam Schwartz zurück. Ich spendierte ihm eine ganze Büchse seiner Lieblingssorte und ließ ihm einige obligate Liebkosungen zuteil werden. Er roch stark nach französischem Parfum. Entweder hatte ihn jemand, der Parfum benutzte, auf dem Schoß gehabt, oder er war damit besprüht worden. Es war ein strenger, moschusartiger Geruch. Meine nächsten Nachbarn waren polnische Bauersleute, und wie ich zufällig wußte, roch die Frau intensiv nach dem Stall und nach sonst nichts. Das übernächste Haus war während des Winters nicht bewohnt, und ich konnte mir nicht vorstellen, wer in Blenville französisches Parfum benutzen sollte. Schwartz blieb eine Woche oder zehn Tage bei mir und verschwand dann wieder für eine Woche. Als er zurückkam, roch er wie das Erdgeschoß von Bergdorf Goodman während des Hochbetriebs vor Weihnachten. Ich vergrub meine Nase in Schwartz' Fell, und einen Augenblick lang stieg Sehnsucht nach der Stadt und ihren Frauen in mir auf. Am Nachmittag setzte ich mich in den Wagen und fuhr durch alle Straßen zwischen meinem Haus und Blenville, in der Hoffnung, irgendwo ein Haus zu finden, in dem eine bezaubernde Frau wohnen könnte. Ich hatte das deutliche Gefühl, daß sie bezaubernd war und mich bewußt in Versuchung führte, indem sie meine Katze mit Parfum besprengte. Aber sämtliche Häuser, an denen ich vorbeikam, waren entweder Bauernhöfe oder Villen, die Bekannten gehörten. Ich hielt vor dem Drugstore und erzählte meine Geschichte. «Schwartz», sagte ich, «dieser Kater, dieser Mäusefänger, den Sie mir gegeben haben, geht jede zweite Woche fort, und wenn er nach acht Tagen wiederkommt, riecht er wie ein Puff am Sonntagmorgen.»

«Hier gibt's keinen Puff», versicherte der Mann.

«Ich weiß», sagte ich, «aber woher kann er denn nur das Parfum haben?»

«Katzen streunen nun mal umher.»

«Allerdings. Aber verkaufen Sie französisches Parfum? Ich meine, wenn ich herausfinde, wer das Zeug kauft...»

«Ich kann mich nicht erinnern, daß seit Weihnachten eine Flasche verlangt worden wäre», erwiderte der Mann. «Damals hat der junge Avery eine Flasche für seine Freundin gekauft.»

«Danke», sagte ich.

An diesem Abend ging Schwartz nach dem Essen zur Tür und gab zu verstehen, daß er hinausgelassen werden wolle. Ich zog meinen Mantel an und ging mit Schwartz hinaus. Er lief geradewegs durch den Garten und in den Wald zur Rechten des Hauses, und ich folgte ihm, aufgeregt wie ein Liebender, der zur Dame seines Herzens unterwegs ist. Der Geruch des Waldes, verstärkt durch die vom Bach aufsteigende Feuchte, die Sterne am Himmel, besonders die Venus, erschienen mir als passende Umrahmung für meine Liebesgeschichte. Ich stellte mir vor, daß «sie» rabenschwarzes Haar, eine marmorblasse Haut und eine kleine blaue Ader an der Schläfe hätte. Ich stellte mir vor, daß sie an die Dreißig wäre. (Ich selbst war dreiundzwanzig.) Von Zeit zu Zeit ließ Schwartz ein Miauen hören, so daß es nicht allzu schwer war, ihm zu folgen. Beglückt ging ich durch den Wald, über Marshmans Weideland und hinein in Marshmans Wald, der seit Jahren nicht gelichtet worden war. Die Schößlinge schlugen mir an die Hose und ins Gesicht. Plötzlich war Schwartz verschwunden. Ich rief und rief: «Schwartz, komm her, Schwartz!» Würde jemand, der meine Stimme in dem finsteren Wald hörte, sie als die Stimme eines Liebenden erkennen? Ich wanderte durch den Wald und rief immer wieder meine Katze, bis mir die Zweige eines Bäumchens einen Schlag über die Augen versetzten, der mich sekundenlang blind machte. Da gab ich auf. Mit dem Gefühl, gescheitert und einsam zu sein, trat ich den Heimweg an.

Schwartz kam am Ende der Woche zurück. Ich ergriff ihn und roch an seinem Fell, um mich zu vergewissern, daß die Unbekannte noch immer ihren Köder auswarf. Sie tat es. Schwartz blieb diesmal zehn Tage bei mir. In der Nacht, in der er von neuem verschwand, war Schnee gefallen, und am Morgen sah ich, daß seine Spuren deutlich erkennbar waren. Ich folgte ihnen durch Marshmans Wald und kam an dessen Rand zu einem kleinen, grau gestrichenen Fachwerkhaus. Es war ein reiner Zweckbau, ohne jede Anmut, der von einem schwer arbeitenden Amateurzimmermann an Wochenenden und langen Sommerabenden hätte errichtet sein können. Ich bezweifelte ernstlich, daß sich die schwarzgelockte Schöne hier verborgen hielt. Die Katzenspur führte um das Haus herum zu einer Hintertür. Ich klopfte, und ein alter Mann machte mir auf.

Er war klein, jedenfalls kleiner als ich, mit schütterem grauem Haar, das er pomadisiert und sorgfältig gekämmt hatte. Im rechten Ohr trug er einen weißen Knopf, der mit einer Schnur verbunden war. Seine Runzeln und das blutleere Gesicht ließen den Schluß zu, daß er nahe an die Siebzig war. Ein Widerspruch zwischen der unveränderlichen Eitelkeit und der nur allzu veränderlichen Zeit schien ihn zu beseelen. Er war alt, aber an seinem Finger funkelte ein auffälliger Brillantring, die Schuhe waren auf Hochglanz poliert, und mit all der Pomade hätte er einer von diesen geschniegelten Männern sein können, die als Geschäftsführer in Provinzkinos tätig sind.

«Guten Morgen», sagte ich, «ich suche meinen Kater.»

«Ach», rief er, «dann sind Sie wohl das Herrchen von dem lieben Henry. Ich habe mich oft gefragt, wo Henry sich aufhält, wenn er nicht bei mir ist. Henry, Henry, dein zweites Herrchen ist zu Besuch gekommen!» Schwartz schlief auf einem Stuhl und rührte sich nicht. Der Raum war eine Kombination von Küche und chemischem Laboratorium. Außer den üblichen Küchenmöbeln stand dort eine lange Bank mit einem Sortiment von Reagenzgläsern und Retorten. Die Luft war schwer von Düften. «Ich weiß nicht, ob Katzen einen ausgeprägten Geruchssinn haben, aber Henry scheint Parfums zu lieben – ist es nicht so, Henry? Gestatten Sie, daß ich mich vorstelle: Gilbert Hansen, ehemaliger Chefchemiker bei Beauregarde & Cie.»

«Hammer», sagte ich, «Paul Hammer.»

«Sehr angenehm. Wollen Sie nicht Platz nehmen?»

«Danke. Sie stellen hier Parfum her?»

«Ich experimentiere mit Duftstoffen», erklärte er. «Mit der Fabrikation habe ich nichts mehr zu tun, aber wenn mir ein Treffer gelingt, verkaufe ich natürlich das Patent. Allerdings nicht an Beauregarde & Cie. Nach zweiundvierzigjähriger Tätigkeit wurde ich von der Firma grundlos entlassen. Das scheint übrigens heutzutage bei der Industrie gang und gäbe zu sein. Zum Glück sichern mir meine Patente ein leidliches Einkommen. Ich bin der Erfinder von Étoile de Neige, Chous-Chous, Mouguet de Nuit und Naissance de Jour.»

«Sehr interessant», sagte ich. «Wie kommt es, daß Sie sich

ein so abgelegenes Haus im Wald für Ihre Experimente ausgesucht haben?»

«Ach, es ist gar nicht so abgelegen, wie es scheint. Ich habe einen Garten, in dem ich viele Pflanzen selbst anbaue – Thymian, Lavendel, Iris, Rosen, Minze, Wintergrün, Sellerie und Petersilie. Meine Zitronen und Orangen kaufe ich in Blenville, und Charlie Hubber, der am Kreuzweg wohnt, fängt Biber und Bisamratten für mich. Ich finde, ihre Drüsensekrete riechen ebenso nachhaltig wie Zibet, und ich bekam das Zeug für einen Bruchteil des Marktpreises. Ich kaufe auch Gummiharz, Methylsalizylat und Benzaldehyd. Mit Blumenparfums befasse ich mich nur nebenbei, denn sie haben sehr geringe aphrodisische Kräfte. Der Hauptbestandteil von Chous-Chous ist Zedernrinde, und für Naissance de Jour verarbeite ich Petersilie und Sellerie.»

«Haben Sie Chemie studiert?»

«Nein. Ich fing als Lehrling an und vervollkommnete mich durch praktische Arbeit in meinem Beruf. Für mich ist er eher Alchemie als Chemie. Alchemie ist bekanntlich die Umwandlung von unedlen Metallen in edle, und wenn ein Extrakt von Bibergeil, Zedernrinde, Heliotrop, Sellerie und Gummiharz unstillbare Sehnsüchte in einem Mann hervorzurufen vermag, dann sind wir nicht mehr weit von Alchemie entfernt, finden Sie nicht auch?»

«Ich verstehe, was Sie meinen», erwiderte ich.

«Die Vorstellung vom Menschen als einem Mikrokosmos, der in sich alle Teile des Universums enthält, ist grandios. Die Elemente sind konstant. Durch Destillate und Transmutationen werden die ihnen innewohnenden Kräfte frei. Das ist nicht nur der Fall bei der Herstellung von Parfum. Ich glaube, diese Transmutationen können sich auch in der Charakterentwicklung auswirken.»

Ich hörte das Geklapper von Absätzen im Nebenzimmer – eine Frau, leichtfüßig, flink, zweifellos jung. Marietta kam in die Küche. «Das ist meine Enkelin. Marietta Drum.»

«Paul Hammer», sagte ich.

«Hallo.» Sie zündete sich eine Zigarette an. «Die achte», teilte sie ihrem Großvater mit.

«Und gestern?» wollte er wissen.

«Sechzehn», sagte sie, «aber vorgestern waren es nur zwölf.»

Sie trug einen Tuchmantel, und auf der einen Schulter lag ein weißer Faden. Ihr Haar war dunkelblond. Sie war nicht schön – noch nicht. Irgend etwas, eine Form von Einsamkeit und Unglücklichsein, schien ihr gutes Aussehen zu verhüllen oder zu verdunkeln. Es wäre eine Lüge, zu sagen, daß immer ein weißer Faden an ihrer Kleidung hing – daß sogar, wenn ich ihr einen Nerzmantel kaufte, ein weißer Faden daran zu finden war –, aber der weiße Faden hatte eine geheimnisvolle Macht, als wäre er ein Katalysator, der meine Empfindungen läuterte. Er war wie ein Zauber, und als sie den Faden von ihrem Mantel zupfte und auf den Boden warf, blieb der Zauber bestehen.

«Wohin gehst du?» fragte der Alte.

«Ich dachte, ich fahre mal nach New York», antwortete sie.

«Warum? Was willst du denn in New York? Du hast nichts in New York zu tun.»

«Ich werde schon etwas zu tun finden», erwiderte sie. «Ich werde ins Naturhistorische Museum gehen.»

«Und was ist mit den Lebensmitteln?»

«Die kaufe ich später. Bis die Läden schließen, bin ich längst zurück.» Und fort war sie.

«Na, dann leb wohl, Schwartz», sagte ich. «Komm nach Hause, wenn dir danach zumute ist. Du weißt ja, Mäuse sind genug da. – Es war nett, Sie kennenzulernen», wandte ich mich an den alten Mann. «Sie und Ihre Enkelin müssen mal zu einem Drink herüberkommen. Ich wohne in dem Haus, das früher den Emmisons gehörte.»

Ich ging, nein, ich lief durch den verschneiten Wald zu meinem Haus, kleidete mich um und fuhr in Richtung New

York. Alle Anzeichen sprachen dafür, daß ich mich in Marietta verliebt hatte. Mein Leben war unbegrenzt – meine Knie waren schwach. Das lag jedoch keineswegs daran, daß ich die aphrodisischen Düfte von Étoile de Neige, Chous-Chous, Muguet de Nuit und Naissance de Jour eingeatmet hatte. Meine plötzliche Verliebtheit könnte als Zeichen der Unreife abgetan werden, aber in Wahrheit ist es so,daß ich mich häufig in Männer, Frauen, Kinder und Hunde verliebe. Diese Neigungen sind unvorhergesehen, feurig und zahlreich.

So hatte ich beispielsweise, als ich noch im Verlagsgeschäft tätig war, eine Verabredung mit einem Druckereibesitzer, den ich in New York treffen sollte. Als ich ihn von der Hotelhalle aus anrief, bat er mich, zu ihm heraufzukommen. Er öffnete mir die Tür und nannte seinen Namen. Hinter ihm sah ich seine Frau mitten im Zimmer stehen. Sie war keine Schönheit, aber sie strahlte so viel Anmut und Heiterkeit aus, daß es mir den Atem verschlug. Ich sprach mit ihr nur so lange, wie ihr Mann brauchte, um Hut und Mantel zu holen, aber diese kurze Zeit reichte aus, daß ich mich in sie verliebte. Ich drängte sie, mit uns zu essen, aber sie erklärte, sie müsse zu Bloomingdale und sich Möbel anschauen. Wir verabschiedeten uns, und ich ging mit dem Druckereibesitzer zum Lunch. Die geschäftliche Unterredung langweilte mich, und ich hatte Mühe, mich auf die Verträge zu konzentrieren, die wir besprechen wollten. Ich konnte an nichts anderes denken als an ihre Blondheit, an ihre Eleganz, an das Leuchten, das sie – so schien es mir – ausgestrahlt hatte, als ich sie in dem Hotelzimmer stehen sah. Ich beeilte mich mit dem Essen, sagte, ich hätte noch eine andere Verabredung, und sauste hinüber in die Möbelabteilung von Bloomingdale, wo sie gerade das Preisschild an einer Kommode las.

«Hallo», sagte ich.

«Hallo», sagte sie. «Ich hatte gleich das Gefühl, Sie würden vielleicht kommen...» Damit nahm sie meinen Arm. Wir verließen Bloomingdale, fühlten uns wie im siebenten Himmel und gingen in ein Restaurant, wo sie Tee bestellte und ich einen Drink. Wir schienen ineinander versunken – sie strömte eine Wärme und Helligkeit aus, die ich brauchte. Ich erinnere mich kaum an unsere Unterhaltung, aber ich weiß noch, daß ich unsagbar glücklich war und daß alle um uns herum – die Kellner und die Barkeeper – unser Glück zu teilen schienen. Sie und ihr Mann lebten in Connecticut, und sie lud mich für das Wochenende ein. Ich begleitete sie zum Hotel zurück, gab ihr in der Halle einen Abschiedskuß und wanderte eine Stunde lang durch die Straßen, in so gehobener Stimmung, daß ich wie auf Wolken ging. Am Freitag fuhr ich nach Connecticut, und sie holte mich vom Bahnhof ab. Im Wagen tauschten wir eine Menge Küsse. Ich sagte, daß ich sie liebte. Sie sagte, daß sie mich liebte. Abends nach dem Essen, als ihr Mann auf der Toilette war, hatten wir ein ernstes Gespräch über ihre Kinder – drei an der Zahl –, und sie erzählte mir, daß ihr Mann seit sieben Jahren in psychoanalytischer Behandlung sei. Gerade jetzt könne sich jeder unvorhergesehene Zwischenfall katastrophal auswirken. Das Vergnügen, das es uns beiden bereitete, zusammen zu sein, sprang anscheinend ins Auge, denn schon am Samstag war ihr Mann recht mürrisch. Am Sonntag reagierte er ausgesprochen sauer. Er sagte, wenn er etwas verabscheue, dann unausgeglichene Männer, die nur darauf ausgingen, als Schmarotzer das Glück anderer zu zerstören. Er gebrauchte fünfmal das Wort Parasit. Ich sagte, daß ich am Morgen nach Cleveland reisen wolle, und sie sagte, sie werde mich zum Flughafen fahren. Er sagte, das komme gar nicht in Frage. Sie stritten sich, und sie weinte. Als ich am Morgen fortging, schliefen sie noch, so daß ich mich von niemandem außer der Katze verabschieden konnte.

Es dauerte etwa einen Monat, bis ich sie vergessen hatte, aber inzwischen mußte ich nach London. Mein Platznachbar im Flugzeug war ein netter Mann, und wir unterhielten uns recht gut. Zwar wurde nichts von Belang gesprochen, aber wir waren einander sympathisch, und nach einiger Zeit fragte er mich, was mir lieber wäre: schlafen oder die Unterhaltung fortsetzen. Ich antwortete, daß ich sehr gern mit ihm plaudern würde, und so führten wir auf dem ganzen Weg über den Atlantik ein angeregtes Gespräch. Wir fuhren gemeinsam in einem Taxi nach London hinein. Ich wollte im «Connaught» wohnen und er im «Army-Navy». Beim Abschied schlug er vor, daß wir uns zum Lunch träfen. Ich hatte keine andere Verabredung, und wir aßen im «Connaught». Nach dem Essen bummelten wir durch London – gingen zur Westminster Abbey und zum Victoria Embankment –, und als die Lokale wieder öffneten, genehmigten wir uns in einer Kneipe ein paar Drinks. Er sagte, er kenne ein gutes Restaurant in der Nähe des Grosvenor Square, und wir gingen zum Abendessen dorthin und blieben bis gegen Mitternacht. Als wir uns dann trennten, tauschten wir unsere Visitenkarten aus und versprachen, einander in New York anzurufen. Aber das taten wir nicht, und ich habe ihn nie wiedergesehen.

Soweit ich erkennen konnte, war nichts Unnatürliches an dieser Begegnung. Die Dinge sind jedoch nicht immer so einfach. Im Spätwinter fuhr ich südwärts nach Wentworth, um Golf zu spielen. Am Abend meiner Ankunft schlug mir ein liebenswürdiger Mann in der Bar vor, wir sollten uns zusammentun, da wir ungefähr gleichwertige Spieler zu sein schienen. Wir verabredeten uns für den nächsten Morgen. Beim dritten oder vierten Loch fiel mir auf, daß er meine Form lobte, und zwar in den höchsten Tönen. Nun ist meine Form durchaus nicht so, daß sie überschwengliches Lob verdient, und ich hatte plötzlich den Eindruck, in seiner Schmeichelei – denn darauf lief es hinaus – schwinge ein Unterton von Verliebtheit mit. Dann merkte ich, daß er mich absichtlich gewinnen ließ. Sein Spiel war viel besser als meines, aber er führte die Schläge aus dem Handgelenk, um mir einen kleinen Vorteil einzuräumen. Wir spielten neunzehn Löcher, und er wurde – so schien es mir wenigstens – in zunehmendem Maße gefühlsbetont und entgegenkommend. Später, im Duschraum, war ich auf Abstand bedacht, und als wir zur Bar gingen, hatte ich das deutliche Gefühl, es liege etwas in der Luft. Er stieß mich dauernd an und berührte mich wie aus Versehen. Ich empfand keinen Ekel, aber ich wollte meine Sexualität nicht in ein einmaliges nächtliches Gastspiel mit einem Fremden in Wentworth investieren, und daher reiste ich am Morgen ab.

Was Kinder betrifft, so will ich nur ein Beispiel nennen. Ich fuhr über das Wochenende zu Maggie Fowler, die ein Haus an der Hampton-Reede besaß. Ihr Sohn – ein Junge von acht oder neun Jahren – war bei ihr. Er stammte aus ihrer ersten Ehe und lebte offenbar die meiste Zeit bei seinem Vater oder im Internat. Mit Maggie schien er nicht so recht warm zu werden. Er hatte diese außergewöhnliche Distanziertheit, die manchen Kindern eigen ist. Das mag mit der Scheidung der Eltern zusammenhängen, obgleich ich so etwas bei allen möglichen Kindern beobachtet habe. Am Samstagmorgen stand ich früh auf, und als ich ihn unten traf, ging ich mit ihm zum Schwimmen an den Strand. Unterwegs faßte er mich an der Hand – für einen Jungen seines Alters ein ungewöhnliches Zeichen des Zutrauens –, und ich nahm an, er sei einsam. Wenn ich jedoch sein Verhalten damit zu erklären suche, dann muß auch ich einsam gewesen sein, denn ich war froh, ihn bei mir zu haben. Vielleicht erinnerte er mich an meine Kindheit. Jedenfalls war das, was ich für ihn empfand, zum Teil sicherlich der Nachhall einer längst vergessenen tiefen Zuneigung. Wir schwammen tüchtig und frühstückten zusammen, und dann fragte er sehr zaghaft, ob ich Lust hätte, mit ihm Baseballwürfe zu üben. Wir verbrachten etwa eine Stunde damit, auf dem Rasen hinter dem Haus einen Ball hin- und herzuwerfen. Dann kamen die anderen herunter, wir tranken Bloody Marys, und nun lief das übliche Wochenendprogramm ab, von dem Jungen seines Alters zumeist ausgeschlossen sind. Als wir uns abends zum Ausgehen umkleideten, klopfte Maggie an meine Tür und sagte, ihr Sohn lasse mich bitten, ihm gute Nacht zu sagen. Ich tat es. Am Sonntagmorgen fand ich ihn auf einem Stuhl vor meiner Schlafzimmertür sitzen, und wir gingen wieder zum Strand. Tagsüber sah ich nicht viel von ihm, aber ich war mir seiner bewußt – seiner Schritte, seiner Stimme, seiner Anwesenheit im Haus. Am Sonntagnachmittag fuhr ich zurück, und seither habe ich ihn nicht wiedergesehen. In den wenigen Stunden, die wir gemeinsam verbrachten, empfand ich jedoch eindeutig etwas wie Liebe zu ihm.

Was Hunde betrifft, so will ich mich ebenfalls auf ein einziges Beispiel beschränken. Im Frühling fuhr ich nach Connecticut, um ein Wochenende bei den Powers zu verleben. Am Samstag nach dem Lunch beschlossen wir, einen – wie sie es nannten – Berg zu besteigen. In Wirklichkeit war es ein Hügel. Die Powers hatten eine schmutzige alte Colliehündin namens Francey, die mit uns kam. Unweit des Gipfels mußten wir eine steile Felswand erklimmen. Für Francey war das zuviel, und so trug ich sie in meinen Armen hinauf. Sie blieb während der restlichen Kletterpartie dicht an meiner Seite, und auf dem Rückweg trug ich sie den steilen Hang hinunter. Zu Hause wurden Cocktails gereicht. Francey saß die ganze Zeit neben mir, und ich kraulte sie hinter den Ohren. Ich war wohl ebenso zufrieden mit ihrer Gesellschaft wie sie mit der meinen. Als ich zum Umkleiden nach oben ging, folgte mir Francey und legte sich auf den Boden. Gegen Mitternacht zog ich mich zurück, und gerade als ich die Schlafzimmertür hinter mir schließen wollte, kam Francey durch die Halle und zu mir herein. Sie schlief auf meinem Bett. Am Sonntag waren Francey und ich unzertrennlich. Sie begleitete mich überallhin, und ich sprach mit ihr, fütterte sie mit Keksen, kraulte und streichelte ihr den Nacken. Als es abends für mich Zeit zum Aufbruch war, rannte Francey, während ich mich verabschiedete, blitzschnell über den Fahrweg und sprang in meinen Wagen. Ich war natürlich geschmeichelt, aber Geschmeicheltsein ist ein Teil des Empfindungsvermögens, und auf dem Heimweg dachte ich so zärtlich an den alten Hund, als hätte ich eine Geliebte zurückgelassen.

Ich brauchte eineinhalb Stunden für die Fahrt nach New York und weitere zwanzig Minuten, um einen Parkplatz in der Nähe des Museums zu finden. Die Aussichten, Marietta in diesem Labyrinth aufzuspüren, waren, wie ich wußte, sehr gering, aber die Tatsache, daß es ein gewundenes, halbdunkles und höhlenartiges Labyrinth war, verlieh meiner Suche eine gewisse Berechtigung, und so trat ich leichten Herzens durch eine ins Untergeschoß führende Tür ein. So weit ich zurückdenken konnte, war ich alljährlich ein- oder zweimal im Museum gewesen, und wenn sich hier auch manches verändert hatte, so doch weniger – viel weniger – als außerhalb dieser Mauern. Innerhalb von fünfzehn Jahren hatte das aleutische Kriegskanu vielleicht dreiundzwanzig Meter zurückgelegt – es war aus einer Galerie von Totempfählen in eine Vorhalle übersiedelt. Eskimofrauen in Vitrinen führten dieselben bescheidenen Arbeiten aus wie damals, als ich ein Kind war und Gretchen Oxencrofts Hand umklammert hielt. Ich beschloß, meine Suche im obersten Stockwerk zu beginnen und mich nach unten durchzuarbeiten. Der Aufzug brachte mich nach oben, wo ich als erstes in einen Saal gelangte, der Juwelen und Glasnachbildungen molekularer Partikel enthielt. Die Beleuchtung war ein Problem, denn wenn die Säle gut beleuchtet gewesen wären, hätte ich schon von der Tür aus sehen können, ob sie da war oder nicht. Aber in vielen Sälen herrschte ausgesprochenes Dämmerlicht, so daß ich von einem Ausstellungsstück zum anderen gehen mußte, um Ausschau nach ihr zu halten. Im Pleistozänsaal mit der imposanten Nachbildung prähistorischer Skelette und dem intensiv menschlichen Geruch nasser Kleidung gab es in puncto Beleuchtung keine Schwierigkeiten, ebensowenig wie in dem Raum, der die präparierten Mokassinschlangen enthält. Ich ging an den Blauwalen und dem ausgestopften Erdferkel vorbei und betrat einen anderen dämmerigen Saal, in dem nur die Vitrinen mit vergrößerten einzelligen Urtieren ein wenig Licht verbreiteten. Dann stieg ich zu der noch tieferen Dämmerung des afrikanischen Saales hinunter und von dort zu den nordamerikanischen Heimatgruppen. In dem muffigen, höhlenartigen Dunkel empfand ich ein erregendes Gefühl von Beständigkeit. Hier waren Landschaften, Jahreszeiten, Situationen, die sich im Lauf meines Lebens nicht um ein Blatt oder eine Schneeflocke verändert hatten. Die Flamingos flogen noch genauso wie in meiner Kindheit. Die brünstigen Elche waren noch immer Geweih in Geweih verstrickt, die amerikanischen Wölfe schlichen wie eh und je durch den blauen Schnee auf die Glasscheibe zu, die sie von Chaos und Umwälzung trennte, und nicht ein einziges Blatt des leuchtenden Herbstlaubes war zu Boden gefallen. Der Alaskabär stand noch immer auf den Hinterbeinen am Ende eines Ganges, der sein Reich zu sein schien, und hier fand ich sie, in den Anblick des Bären versunken.

«Hallo», sagte ich.

«Ach, hallo», sagte sie.

Das ging schnell. Dann ergriff sie meinen Arm und meinte: «Ich habe eine glänzende Idee. Warum laden Sie mich nicht zum Lunch ins ‹Plaza› ein?»

Wir gingen durch den Park zum «Plaza». «Ich fürchte, daß ich nicht genug Geld bei mir habe», bemerkte ich, «und hier in der Nähe gibt es keine Möglichkeit, einen Scheck einzulösen.» Ich zählte das Geld in meiner Brieftasche. Es waren siebzehn Dollar. «Aber siebzehn reichen doch für meinen Lunch», sagte Marietta. «Und Sie können wohl einmal in Ihrem Leben auf eine Mahlzeit verzichten, nicht wahr?» Gesagt, getan. Sie bestellte ein komplettes Menü und eine Flasche Wein. Ich erklärte dem Kellner, daß ich bereits gegessen hätte und nur ein Glas Wein trinken würde. Sie verabschiedete sich von mir vor dem Hotel. «Ich muß rechtzeitig in Blenville sein, damit ich die Lebensmittel für Großvater kaufen kann», sagte sie. «Jetzt geht es zurück in meinen Kerker, zurück in mein Gefängnis...» Ich aß in einem Kiosk an der Ecke ein Hacksteak und trank dazu Orangensaft. Dann fuhr auch ich nach Blenville zurück.

Am nächsten Nachmittag gegen vier Uhr läutete ich an ihrer Tür. Marietta öffnete selbst. Sie trug ein graues Kleid mit einem weißen Faden auf der Schulter. «Haben Sie gestern noch etwas zu essen bekommen?» fragte sie.

«Ja, ein Hacksteak.»

«Tut mir leid, daß ich Ihr ganzes Geld ausgegeben habe.»

«Macht nichts. Es ist ja noch mehr da. Wollen Sie nicht mit zu mir kommen?»

«Wo wohnen Sie?»

«Ich habe Dora Emmisons Haus gekauft.»

«Ich hole mir nur rasch einen Mantel. Hier fühle ich mich wie eine Gefangene.»

Wir fuhren zu mir nach Hause. Ich zündete ein Feuer im Kamin an, mixte ein paar Drinks, und als wir dann in dem gelben Zimmer saßen, erzählte sie mir ihre Geschichte. Sie war dreiundzwanzig und noch unverheiratet. Bis zu ihrem zwölften Jahr, als ihre Eltern bei einem Unfall ums Leben kamen und der Großvater sie zu sich nahm, hatte sie in Frankreich gelebt. Sie war in Bennington zur Schule gegangen. Als der Großvater aufs Land zog, mietete sie sich eine Wohnung und nahm eine Stellung als Empfangsdame bei Macy an. Da sie das Leben in der Stadt auf die Dauer zu langweilig, zu einsam fand, war sie im Herbst nach Blenville gekommen, in der Hoffnung, dort einen Job zu finden. Aber das einzige Unternehmen in Blenville war das Motel, und sie wollte weder eine Prostituierte noch ein Zimmermädchen sein.

Während sie sprach, ertönte ein lauter Donnerschlag. Gewitter waren ungewöhnlich um diese Jahreszeit – im Spätwinter –, und beim ersten Krachen dachte ich, ein Flugzeug habe die Schallmauer durchbrochen. Das zweite dumpfe Grollen war jedoch ein unverkennbares Donnern. «O Gott», stöhnte sie.

«Was ist denn?»

«Ich fürchte mich so vor dem Donner. Ich weiß, daß es albern ist, aber das ändert nichts. Als ich noch bei Macy arbeitete und allein wohnte, habe ich mich immer im Wandschrank versteckt, wenn es ein Gewitter gab. Schließlich konsultierte ich einen Psychiater, und er sagte, meine Angst vor dem Donner komme daher, daß ich schrecklich egozentrisch sei. Ich hielte mich für so wichtig, daß ich glaubte, der Donner wolle ausgerechnet mich vernichten. Das mag ja alles stimmen, aber deswegen zittere ich doch jedesmal.» Sie zitterte wirklich. Ich nahm sie in die Arme, und wir wurden ein Liebespaar, bevor das Gewitter über mein Grundstück hinweggezogen war. «Das hat gutgetan», sagte sie, «sehr gut sogar. Es hat mir gefallen.»

«Mir hat's noch nie besser gefallen», erwiderte ich. «Laß uns heiraten.»

Sechs Wochen später wurden wir in der Kirche von Blenville getraut. Marietta trug ein graues Kostüm mit einem weißen Faden am Revers. (Woher kamen nur all diese Fäden? Auch später, als wir durch Europa reisten, erschien sie manchmal mit einem weißen Faden auf ihrer Schulter.) Nach der Hochzeit flogen wir nach Curaçao und verbrachten zwei Wochen in St. Martha's Bay. Es war wunderschön, und als wir nach Blenville zurückkehrten, glaubte ich, alles zu besitzen, was ich mir je gewünscht hatte. Der Montale war nun fertig, und ich fuhr mit dem Manuskript nach New York, wo ich feststellte, daß dieses Dichtwerk bereits übersetzt worden war. Aus irgendeinem Grund enttäuschte mich das nicht. Mir schien damals, daß nichts mich enttäuschen könnte. Ich weiß nicht, wann unsere Flitterwochen zu Ende gingen – vermutlich eines Nachts um elf Uhr in Blenville. Ich streckte tastend die Hand aus und fand Mariettas Seite des Bettes leer. In der Küche brannte Licht. Die Form des erleuchteten Fensters zeichnete sich auf dem Rasen ab. War Marietta krank? Ich schlafe immer nackt, und ich ging nackt die Treppe hinunter. In der Küche stand Marietta, nur mit ihrem Ehering bekleidet, und aß Lachs aus einer Büchse. Als ich sie umarmen wollte, stieß sie mich ärgerlich zurück und sagte: «Du siehst doch, daß ich esse.» Der Lachs hatte einen frischen und angenehmen Meeresgeruch, und ich bekam Lust, in der See zu schwimmen. Als ich Marietta noch einmal berührte, rief sie ärgerlich: «Laß mich in Ruhe, laß mich in Ruhe! Kann man sich denn nicht etwas zu essen holen, ohne belästigt zu werden?» Nach dieser Nacht – wenn es diese Nacht war – überschüttete sie mich oft mit Äußerungen des Unmuts und selten mit Zärtlichkeiten, so daß ich meistens allein schlief. Aber obgleich Marietta sehr ungehalten werden konnte, hatten ihre Launen nicht mehr Beständigkeit als der Wind. Zeitweilig schienen sie vom Wind beeinflußt zu sein. Der Frühling und seine zaghaften Zephyrwinde – jede Art von Milde – riefen offenbar in ihrem Wesen eine barometrische Störung hervor, deren Folge tiefste Unzufriedenheit war. Gewalt hingegen – Hurrikane, Gewitter und Blizzards – besänftigte ihr Wesen. Im Herbst, wenn Stürme mit Mädchennamen die Bermudas peitschten und an Kap Hatteras vorbei nach Nordosten zogen, konnte sie freundlich, nachgiebig und fraulich sein. Machten Schneefälle die Straßen unbefahrbar, legten sie den Zugverkehr lahm, dann war Marietta engelhaft, und einmal, auf dem Höhepunkt eines epochalen Blizzards, sagte sie, daß sie mich liebe. Anscheinend hielt sie Liebe für ein universales Dilemma, verursacht durch Erschütterungen in der Natur und der Geschichte. Nie werde ich vergessen, wie zärtlich sie an dem Tag war, an dem wir vom Goldstandard abgingen. Und ihre Leidenschaft war grenzenlos, als man den König von Parthien erschoß. (Er betete gerade in der Basilika.) Wenn unsere einzige Gemeinsamkeit in einem Dach und einigen Möbelstücken bestand, sah sie mich an wie einen widerwärtigen Rohling, an den sie von einem grausamen Sklavenhalter verkauft worden war. Wenn aber der Donner grollte, wenn das Messer des Mörders zustieß, wenn Regierungen zu Fall gebracht wurden und Erdbeben die Stadtmauern einstürzen ließen, war sie meine herrliche Geliebte und mein Kind.

Ein Psychiater wie Shiss hätte gesagt, ich sei gewarnt gewesen, doch in Wirklichkeit lagen die Dinge ganz anders. Mein Fehler war, daß ich mir die Liebe als ein berauschendes Destillat von Sehnsucht nach Vergangenem vorgestellt hatte, als eine Macht der Erinnerung, die der Analyse durch die Kybernetik widerstand. Die Liebe überfällt uns nicht, hatte ich gedacht, sondern wir finden sie wieder, und ich hatte mich in eine Erinnerung verliebt: ein weißer Faden und ein Gewitter. Meine einzige wahre Liebe war ein weißer Faden – so war es.

Wenn ich damals allein schlief, wie es häufig geschah, fand ich mich zu den Träumereien eines Knaben, eines Soldaten oder eines Gefangenen gezwungen. Um meine körperlichen Bedürfnisse zu sublimieren und meine Schlaflosigkeit zu vertreiben, nahm ich die Gewohnheit an, Traummädchen zu erfinden. Ich weiß, wie weit solche Träumereien von der Wirklichkeit eines derben und verschwitzten Ficks an einem gewittrigen Sonntagnachmittag entfernt sind, aber gleich einem Gefangenen in Einzelhaft hatte ich nur meine Erinnerungen und keine Phantasie, an die ich mich klammern konnte. Ich begann mit meinen Erinnerungen und schlief in Gedanken mit einem Mädchen, das ich in Ashburnham gekannt hatte. Ich beschwor sämtliche Einzelheiten herauf, bis ich ihre Schamhaare an meiner nackten Hüfte zu spüren glaubte. Nacht um Nacht vergegenwärtigte ich mir all die Mädchen, mit denen ich jemals ein Liebeserlebnis gehabt hatte. Nacht um Nacht kamen sie einzeln, manchmal auch paarweise, so daß ich zwischen zwei nackten Frauen beglückt auf dem Bauch lag. Anfangs rief ich sie; nach einer Weile schienen sie jedoch aus eigenem Antrieb zu kommen. Wie alle einsamen Männer verliebte ich mich – hoffnungslos – in die Titelbildmädchen von Zeitschriften und in die Modelle der Miederfirmen. Zwar ging ich nicht so weit, daß ich ihre Fotos in meiner Brieftasche mit mir herumtrug, aber ich hätte es gern getan, und nachdem ich meine Liebe zu diesen Fremden entdeckt hatte, fand ich, daß sie willig zu mir ins Bett kamen. Nun war ich also umgeben von den Frauen, an die ich mich erinnerte, und den Frauen, die ich von Bildern her kannte. Zu ihnen gesellte sich bald eine dritte Gruppe von Trösterinnen, die vermutlich von irgendeiner Kammer meines Gehirns produziert wurden. Das waren Frauen, die ich nie gesehen hatte. Einmal erwachte ich gegen Mitternacht und fand mich neben einer imaginären Chinesin liegen, die sehr kleine Brüste und ein wollüstiges Hinterteil hatte. Auf sie folgte eine muntere Negerin, und nach der kam eine liebenswürdige, aber sehr dicke Frau mit rotem Haar. Ich konnte mich nicht erinnern, daß ich je eine dicke Frau intim gekannt hätte. Aber sie kamen, sie trösteten mich, sie schenkten mir Schlaf, und wenn ich am Morgen aufwachte, war ich einigermaßen hoffnungsvoll.

Ich beneidete Männer wie Nailles, von dem ich annahm, daß er seine Frau nur anzuschauen brauchte, um sich an die Anzahl und Vielfalt der Orte zu erinnern, an denen er es mit ihr getrieben hatte. An den Gestaden des Atlantischen und des Pazifischen Ozeans, des Tyrrhenischen und des Mittelländischen Meeres; in Segelbooten, Motorbooten, Außenbordmotorbooten, Kabinenkreuzern und Passagierdampfern; in Hotels und Motels, in Schlössern, in Zelten; auf Betten, auf Sofas, auf Fußböden, auf grasbewachsenen Hügeln, auf Fichtennadeln, auf sonnenwarmen Felsvorsprüngen; zu jeder Stunde des Tages und der Nacht; in England, Frankreich, Deutschland, Italien und Spanien. Ich dagegen konnte mich, wenn ich Marietta ansah, nur daran erinnern, wo ich von ihr abgewiesen worden war. In dem Motel in

Stockbridge hatte sie sich im Badezimmer eingeschlossen, bis ich einschlief. Als ich mit ihr eine vierzehntägige Kreuzfahrt machte, vergaß sie ihre empfängnisverhütenden Mittel einzupacken, und der Schiffsarzt hatte keine vorrätig. In Chicago versetzte sie mir einen Stoß in die Leistengegend. In Easthampton hielt sie mich mit einem Tranchiermesser in Schach. Ihre Periode schien häufiger und länger als üblich aufzutreten, und in den meisten Nächten huschte sie ins Bett und zog sich die Deke über den Kopf, bevor ich mich ausgekleidet hatte. Ich bin zu müde, sagte sie dann, ich bin zu erschöpft. Ich habe Schnupfen. Ich habe Zahnschmerzen. Ich habe Verdauungsstörungen. Ich habe Grippe. Am Strand von Nantucket lief sie vor mir davon, und als ich glaubte, daß ich sie auf dem Segelboot in die Enge getrieben hätte, sprang sie über Bord und schwamm ans Ufer.

Nach ein oder zwei Jahren begann der gelbe Anstrich der Wände abzublättern und sich zu verfärben. Marietta rief den Maler in Blenville an und bat ihn, ihr einige Farbmuster vorzulegen. Ich hatte ihr nie gesagt, was mir die gelben Wände bedeuteten, und so war es nicht Bosheit, die sie bewog, Rosa zu wählen; aber Rosa war die Farbe, für die sie sich entschied. Ich hätte Einspruch erheben können, doch mein Besessensein von der gelben Farbe erschien mir allmählich absurd. Sicherlich hatte ich genug Charakter, um mit einem normalen Spektrum zu leben. Ich ließ also dem Maler freie Hand. Zwei oder drei Wochen nachdem die Malerarbeiten beendet waren, erwachte ich mit dem *cafard*. Ich litt, als ich aus dem Bett stieg, an allen Symptomen der Panik. Meine Lippen waren geschwollen, ich hatte Atembeschwerden, meine Hände zitterten. Ich kleidete mich an und trank zwei große Gin vor dem Frühstück. An diesem Tag war ich betrunken wie seit langem nicht mehr. Mir wurde klar, daß ich die Gangart meines Lebens ändern mußte, und so flogen wir am Freitag nach Rom.

Der *cafard* folgte mir auf der ganzen Reise, er folgte mir

aber ziemlich lässig, entweder aus Faulheit oder weil er ein seines Opfers so sicherer Mörder war, daß er es nicht nötig hatte, sich anzustrengen. Am Samstagmorgen wachte ich gutgelaunt und unternehmungslustig auf. Auch am Sonntag fühlte ich mich großartig, aber am Montag erwachte ich in einer so melancholischen Stimmung, daß ich nur mit Mühe aus dem Bett kriechen und Schritt für Schritt in den Duschraum wanken konnte. Am Dienstag fuhren wir mit dem Zug nach Fondi und von dort im Taxi durch die Berge nach Sperlonga, wo wir Freunde besuchten. Ich verlebte bei ihnen zwei gute Tage; am dritten holte mich jedoch die *bête noire* ein, und wir nahmen in Formia den Zug nach Neapel. Mir waren vier gute Tage in Neapel vergönnt. Hatte die *bête noire* die Spur ihres Opfers verloren, oder bewegte sie sich nur in der gemächlichen Art eines geübten Mörders? Mein fünfter Tag in Neapel war vernichtend, und wir fuhren mit dem Nachmittagszug nach Rom zurück. Hier hatte ich drei gute Tage, erwachte aber am vierten buchstäblich in Lebensgefahr. Ich raffte mich zu einem Spaziergang auf, das heißt, ich setzte einen Fuß vor den anderen. In einer breiten, gewundenen Straße, deren Namen ich vergessen habe, sah ich eine Reihe von Polizisten auf Motorrädern auf mich zukommen. Sie fuhren so langsam, daß sie immer wieder die Füße auf das Pflaster setzen mußten, um die Maschinen aufrecht zu halten. Hinter ihnen gingen ein paar hundert Männer und Frauen, die große Transparente mit der Aufschrift PACE, SPERANZA und AMORE trugen. Es war, wie ich entdeckte, ein Umzug zum Gedenken an den kommunistischen Abgeordneten Mazzacone, der in seiner Badewanne erschossen worden war. Ich wußte nichts weiter von ihm, als daß «L'Unitá» ihn einen wahren Heiligen genannt hatte. Obgleich ich seine Ansichten nicht kannte und keine seiner Reden gelesen hatte, begann ich zu weinen. Ich dachte nicht daran, meine Tränen zu trocknen. Sie flossen wie ein Gießbach über meine Wangen und durchnäßten meine Jacke. Ich schloß mich dem Umzug an, und sobald ich mit den anderen ging, fühlte ich, wie der *cafard* von mir wich. Ordner mit Armbinden begleiteten den Demonstrationszug und achteten darauf, daß nicht gesprochen wurde, so daß, während wir durch Rom marschierten, nur das Schlurfen und Scharren von vielen, größtenteils durchlöcherten Schuhsohlen zu hören war, ein lautes, sonderbares und organisches Geräusch, das wie ein Seufzer klang und das jemand, der mit dem Rükken zu uns stand, für das Rauschen des Meeres hätte halten können.

Wir marschierten durch die Via Veneto zum Colosseum. Wir schritten stolz dahin, Männer, Frauen und Kinder, trotz des schlurfenden Geräusches. Dieser Kummer, den wir – was mich betraf – zufällig teilten, erinnerte mich daran, wie wenig wir sonst noch gemeinsam hatten. Auf einer Weglänge von drei Straßenblocks empfand ich die innigste Liebe für diese Fremden. Im Colosseum fand eine Gedächtnisfeier statt. Sie war nicht so herzbewegend wie der Schweigemarsch, aber als ich zum Hotel zurückging, fühlte ich mich gut. Bald darauf flogen wir nach New York, und es war im folgenden Sommer, als ich an einem Strand saß (ich hatte das Bild bereits in einer Zahnarztzeitschrift gesehen), daß ich kraft einer Drachenschnur erkannte, wie richtig der Plan meiner verrückten alten Mutter war, einen Menschen zu kreuzigen. Ich beschloß daraufhin, mich in Bullet Park niederzulassen und Nailles zu töten. Irgendwann erwählte ich mir statt seiner ein anderes Opfer, nämlich Tony.

Dritter Teil

XVI

Nailles forderte Hammer auf, mit ihm angeln zu gehen. Das kam so: Nailles war Mitglied der Freiwilligen Feuerwehr und fuhr den alten roten La-France-Feuerwehrwagen. Spätnachts wie der Teufel über Hügel und Täler von Bullet Park zu rasen, dabei seine Glocke zu läuten und die Sirene ertönen zu lassen, das war für ihn der Höhepunkt seines bewegten Lebens. Mundwasser, Feuerwehrwagen, Motorsägen und Football! Der Ort schien in dem Sternenlicht kopfzustehen, und nur einige Badezimmerfenster waren noch hell. Das war seine schönste Stunde.

Für die Mitglieder der Feuerwehr fand am ersten Donnerstag des Monats eine Versammlung mit anschließendem Festessen statt, und auch Nailles nahm daran teil. Der rote Feuerwehrwagen war vor dem Gebäude geparkt. Der große Hof sauber gefegt und gesprengt, und man hatte weißgedeckte Tische als Büfett und Bar aufgestellt. Zwei Feuerwehrneulinge polierten Gläser, und Charlie Maddux, der sich selbst zum Koch ernannt hatte, übergoß eine Lammkeule auf einem Gasherd in der Ecke mit Fett. Charlie, ein Gebrauchtwagenhändler, wog fast dreihundert Pfund. Er kaufte, kochte und verzehrte mit Begeisterung gutes Essen, und höchstwahrscheinlich träumte er nachts von schönen Fleischstückchen und Eimern voll Krebsen. Seine Frau war, wie nicht anders zu erwarten, eine dürre Person, die auf eine Diät von Sirup und Vollweizen schwor. Charlie schien als Feuerwehrkoch ein Wirklichkeitsbewußtsein zu genießen, das ihm weder seine Frau noch seine Gebrauchtwagen vermittelten, und er rührte, begoß, würzte, kostete und servierte mit äußerster Hingabe. Allerdings war er wie die meisten Amateurköche unheilbar voreilig und brachte das Essen stets eine halbe Stunde vor der Zeit auf den Tisch. Nailles ging hinauf in das Versammlungszimmer.

Die Freiwillige Feuerwehr hatte damals dreißig Mitglieder, und etwa zwanzig waren an diesem Abend erschienen. Die Tatsache, daß die Feuerwehrleute den Raum, einen ehemaligen Dachboden, eigenhändig in einen hübschen Klubraum verwandelt hatten, trug dazu bei, ihm eine besondere Note zu geben. Sie hatten an den Samstagen und Sonntagen den Vinylkunststoffboden gelegt, die Wandverkleidung angebracht und gestrichen und die Neonlampen montiert. Verständlicherweise waren sie stolz auf ihr Werk. Der Zutritt war natürlich nur Männern gestattet, aber mit Ausnahme des Umkleideraums im Klub war dies der einzige Ort, wo Männer noch unter sich sein konnten, und auch seine Exklusivität war bereits angefochten worden. Einige Mitglieder des Damenhilfskorps hatten an den allmonatlichen Zusammenkünften teilnehmen wollen, hauptsächlich um die Küche zu beaufsichtigen. In ihren Augen war Charlie Maddux ein Usurpator, und sie hatten den Verdacht, daß seine Lebensmittelrechnungen skandalös waren. Man hatte die Eindringlinge abgewehrt, aber das Gefühl, daß es die Männlichkeit des Raumes zu verteidigen galt, verlieh ihm die Behaglichkeit eines Baumhauses. Die Atmosphäre eines Baumhauses war auch in dem nun folgenden Zeremoniell zu spüren. Der Vorsitzende rief die Versammlung mit einem mahnenden Hammerschlag zur Ordnung, und der Schriftführer enthüllte eine amerikanische Fahne aus steifer Seide und mit dicken Goldfransen. Danach verlas der Schriftführer das Protokoll der letzten Versammlung, das gebilligt wurde, und der Kassenwart teilte mit, er habe dreiundachtzig Dollar und vierzehn Cent in der Kasse. Dies und alles Folgende wurde mit einem heiligen Ernst vorgetragen, den die soeben erwähnten Tatsachen und

Zahlen nicht rechtfertigen konnten. Es folgten strenge Ermahnungen, gerichtet an diejenigen Feuerwehrleute, die zum Wagenwaschen kamen, aber nichts taten als Bier trinken. Hätte jemand humorvoll gesprochen, so wäre ihm vorgeworfen worden, daß er die Bedeutung dieser Riten verkenne.

«Wir haben einen neuen Aufnahmeantrag vorliegen», sagte der Schriftführer. «Mr. Hammer, wollen Sie bitte das Zimmer verlassen, während wir über Ihren Antrag beraten?»

Nailles drehte sich um. Er sah, daß Hammer in der hinteren Reihe stand und nun das Zimmer verließ. «Mr. Hammer», erklärte der Schriftführer, «wohnt in Powder Hill. Er scheint ein Mann zu sein, der gut in unsere Vereinigung passen würde, aber... Als wir ihn fragten, ob er entsprechende Vorkenntnisse besitze, gab er an, Mitglied der Feuerwehr in Ashburnham gewesen zu sein. Dieser Ort liegt bei Cleveland. Wir forderten schriftlich seine Papiere an, und der Brief kam zurück. Es gibt keine Feuerwehr in Ashburnham. Hat nie eine gegeben. Ich beschuldige nicht gern einen Menschen der Lüge, andererseits aber wollen wir keine faulen Kunden in unserem Verein haben, nicht wahr?»

«Woher wissen wir, daß es keine Feuerwehr in Ashburnham gibt?» fragte Nailles.

«Der Brief kam zurück.»

«Es könnte ein Versehen des Postamtes gewesen sein. Warum nehmen wir Hammer nicht auf? Wir brauchen noch Leute, und selbst wenn er keine Erfahrung hat, könnte er beim Wagenwaschen helfen.»

«Wollen Sie das in die Form eines Antrags kleiden?»

«Ich beantrage, daß Paul Hammer zum Mitglied der Feuerwehr gewählt wird.»

«Ich unterstütze den Antrag.»

«Alle, die dafür sind, rufen bitte jawohl.»

«Jawohl.»

«Gegenstimmen?»

«Das Essen ist seit zwanzig Minuten fertig», schrie Charlie Maddux die Treppe hinauf, «und wenn ihr eure Ärsche nicht sofort nach unten wuchtet, wird alles verderben. Ich koche ja gern, aber ich habe was gegen kalt gewordenes Essen.»

Die Sitzung wurde vertagt. Eliot gesellte sich an der Bar zu Hammer und fragte, was er vom Angeln halte. Er wurde lediglich von dem Wunsch geleitet, freundlich zu sein. Hammer erwiderte, er halte sehr viel davon.

«Es gibt ein Flüßchen in Venable, zu dem ich manchmal am Samstagmorgen fahre», sagte Eliot. «Wenn Sie's auch mal versuchen möchten, hole ich Sie übermorgen gegen acht Uhr ab. Um diese Jahreszeit benutze ich Köder.»

Am Samstag erschien Eliot, mit Tessie auf dem Rücksitz, um Hammer abzuholen, und sie fuhren auf der Autostraße 61 nach Norden. Diese neue Straße war eine der gefährlichsten und dem Aussehen nach unmenschlichste. Wie eine seismologische Störung hatte sie das Wesen der östlichen Landschaft grundlegend verändert und sie anscheinend gezwungen, sich Teilen von Montana anzugleichen. Mindestens fünfzig Männer und Frauen kamen alljährlich in ihrem Bereich ums Leben. Samstag morgens war die Mischung von privatem und Berufsverkehr katastrophal. Lastwagen, wuchtig und hochragend wie die Burgen der Barbaren, brausten triumphierend die Hügel hinab und mühten sich in Schrittgeschwindigkeit hügelan. Sie wieder und wieder zu überholen machte die harmlose Fahrt zu einer Art kriegerischem Unternehmen. Nailles erinnerte sich an die Straßen seiner Jünglingszeit. Sie folgten den Konturen des Landes. Es war kühl in den Tälern, warm auf den Anhöhen. Man konnte Entfernungen mit der Nase messen. Da war der Geruch von Eukalyptus, Ahorn, Süßgras, Mist aus einem Kuhstall, und wenn man in die Berge kam, duftete es nach Kiefern. Es gab Landschaftsmerkmale – verlassene Farmen, einen steinernen Turm, einen blauen See. In den Fenstern der Häuser, an denen man vorüberfuhr, sah man eine Katze, einen Blumenkasten mit Geranien, das Gesicht eines Kindes oder eines alten Mannes. Nailles erinnerte sich an das alles, und es erschien ihm vertraut, menschenfreundlich und anheimelnd, verglichen mit diesem gefahrvollen Ödland, durch das man die Fremden rasen ließ.

Sie bogen bei Venable von der 61 ab, kauften Köder im Dorf und machten sich auf den Weg, der etwa zwei Meilen durch den Wald führte. Tessie trottete tapfer voran, so anstrengend es für die alte Hündin auch war. Als sie in das Tal hinunterkamen, hörten sie das Plätschern des Flüßchens. Es klang genau – haargenau – wie Lachen. Übermütiges Lachen, das Gelächter törichter Mädchen und Nymphen, hallte durch den kahlen Frühlingswald. Das Flüßchen war seicht – was das dumme, nicht enden wollende Lachen erklärte –, und sie gingen stromaufwärts, bis sie einen tiefen Tümpel fanden. «Ich gehe noch ein Stück weiter und fische abwärts», sagte Nailles. «Wollen wir nicht verabreden, uns gegen Mittag hier zu treffen? Ich will zum Lunch wieder zu Hause sein.» Damit ging er fort, und Tessie folgte ihm.

Als sie sich um die Mittagszeit trafen, konnte Nailles zwei Forellen vorweisen. Hammer hatte nichts gefangen. Beide Männer trugen Taschenflaschen mit Bourbon bei sich und setzten sich nun – vom Geräusch des lachenden Wassers umhüllt – an das Flußufer, um sich einen Drink zu genehmigen. Sie hatten ungefähr das gleiche Gewicht, die gleiche Größe und das gleiche Alter, und sie hatten auch beide die Schuhgröße vierzig. Nailles' Haar war dunkel und so lang, daß es ihm in die Stirn fiel. Er hatte die Angewohnheit, es mit den Fingern hochzukämmen oder zurückzustreichen. Sein Vater hatte diese Geste kritisiert, und vielleicht hielt er als Zeichen der Auflehnung und Unabhängigkeit an ihr fest. Hammers Haar war braun und sehr kurz geschnitten. Nailles' Gesicht war breit, seine Miene sehr offen und ehrlich. Hammer hatte ein schmales Gesicht, und er berührte es oft mit den Fingern, tastend, als suche er etwas, was er verloren hatte. Die rechte Hand fuhr von Zeit zu Zeit über sein Gesicht, wie eine Hand über ein Fach in einem dunklen Schrank fährt, um einen dort hinterlegten Schlüssel zu finden. Sein Lachen war explosiv – drei scharfe, bellende Töne. Er hatte eine nervöse Art, den Kopf ruckartig zu bewegen, die Zähne aufeinanderzubeißen und die Schultern zu straffen, als bestehe sein Denken aus einer Reihe von Vorsätzen und Entschlüssen. Ich muß das Rauchen einschränken. (Zähne aufeinanderbeißen.) Das Leben kann schön sein. (Schultern straffen.) Ich werde oft mißverstanden. (Ein ruckartiges Heben des Kopfes.) Nailles' Art war viel ausgeglichener.

Die Macht der Freundschaft – eine Macht, von der Nailles nie eine Beschreibung gelesen hatte – war ihm fast ebenso wichtig wie die Liebe, obwohl es nicht die geringste Ähnlichkeit zwischen den beiden gab. Liebe mit all ihrem Zubehör – Sexualität, Eifersucht, heißes Sehnen und Verzückung – war leichter zu erkennen als Freundschaft, die außer athletischem Rüstzeug überhaupt kein Zubehör zu haben schien. Nailles hatte, so weit er zurückdenken konnte, immer sehr viele Freunde gehabt. Die meisten von ihnen waren seine Partner bei Sport und allerlei Vergnügungen: Skilaufen, Angeln, Kartenspielen oder Trinken. Er fühlte sich äußerst zufrieden in der Gesellschaft seiner Freunde – zu denen er nun auch Hammer zählte –, aber es war eine Zufriedenheit, bei der es keine Spur von Eifersucht, Sexualität oder heißem Sehnen gab. Er konnte sich erinnern, daß er als Junge – und als Mann – Freunde gehabt hatte, die sowohl eifersüchtig als auch besitzergreifend waren, aber er konnte sich wirklich nicht erinnern, daß er selbst jemals solche Gefühle empfunden hätte. In den Klubs, denen er angehörte, gab es ein rudimentäres, jugendliches Gieren nach Beliebtheit – oder vielleicht nach Liebe –, das ihm vollständig fremd war. Nicht, daß es ihm an Empfindungsvermögen gemangelt hätte. Hinter einem Freund auf Skiern bergab zu fahren kam für Nailles fast einem Wonnegefühl gleich, doch seine Glückseligkeit war nicht analysierbar. Er war ehrlich erfreut, wenn er einem alten Freund begegnete, aber er war nicht betrübt, wenn sie sich wieder trennten. Seine Freunde spielten eine große Rolle in seinen Träumen und überhaupt keine in seinen Sehnsüchten. Wenn sie getrennt waren, schrieb er ihnen niemals und verschwendete kaum einen Gedanken an sie, aber seine Freude, wenn er sie wiedersah, war aufrichtig. Man könnte sagen, daß seine Zuneigung von allen Gefühlen entkleidet war, die eine Zuneigung erkennbar machen. Nailles war sehr glücklich, als er mit Hammer am Fluß saß und Bourbon trank.

Was Hammer anging, so kam ihm der Plan, seinen Angelkameraden zu ermorden, zu diesem Zeitpunkt in keiner Weise unnatürlich vor. Er betrachtete sein Opfer und dachte, daß er bei seiner Anklage gern all die kleinlichen, abgedroschenen Vorwürfe weglassen würde. Er wußte, daß Nailles «Spang» vertrieb, und er hatte die schlimmsten Werbesendungen im Fernsehen gehört. *(Wenn Sie sich Ihrer Kleidung schämten, würden Sie dann nicht andere Sachen anziehen? Wenn Sie sich Ihres Hauses schämten, würden Sie es dann nicht verbessern? Wenn Sie sich Ihres Wagens schämten, würden Sie ihn dann nicht gegen einen anderen eintauschen? Warum* also *sollten Sie sich Ihres Mundgeruchs schämen, wenn «Spang» Ihnen Atemzauber bieten kann, der bis zu sechs Stunden vorhält...)* Es wäre kindisch, über so etwas zu schimpfen, dachte Hammer. Seit fünfundzwanzig Jahren war dies die nationale geistige Nahrung, und er hielt es für unwahrscheinlich, daß sie jemals besser wurde. Er wollte Abwechslung und Neues, aber seine Wünsche sollten die eines reifen Menschen sein. Man brauchte doch Nailles nicht zu verachten, weil er das goldene Feuerzeug liebte, das er jetzt aus der Tasche zog. Die Wirtschaft war rundheraus kapitalistisch, und wer außer einem Kind würde sich darüber empören, daß Gold ihr Haupttalisman war? Die Frau, die von einem Nerzmantel träumte, besaß – wie Hammer dachte – mehr gesunden Menschenverstand als die Frau, die vom Himmel träumte. Die menschliche Natur war sonderbar und erschreckend, die Umwelt des Menschen ein Chaos. Es wäre falsch, sagte er sich, Nailles' Befolgung der religiösen Bräuche als Heuchelei zu bezeichnen. Vermutlich waren seine Beweggründe vage und sentimental, aber da die Christuskirche der einzige Ort in Bullet Park war, wo man sich zu Mysterien bekannte, und da es in Nailles' Leben vieles gab, was für ihn ein Mysterium war (Nellies Schenkel und die Liebe zu seinem Sohn), konnte man es nicht als Verbrechen ansehen, wenn er einmal in der Woche auf die Knie fiel. Hammer hatte sein Opfer wegen seiner Mustergültigkeit gewählt.

«Habe ich nicht neulich Ihren Sohn den Verkehr bei den Browns regeln sehen?» fragte Hammer.

Nailles lachte. «Ja, er regelt den Verkehr bei allen Cocktailparties. Er ist schrecklich krank gewesen.»

«Was hat ihm denn gefehlt?»

«Mononukleose.»

«Wer ist Ihr Arzt?»

«Wir hatten Mullin, bis er Berufsverbot bekam, und dann gingen wir zu dem alten Dr. Feigart, aber keiner der beiden konnte Tony helfen. Es war eine sehr seltsame Sache. Als er schon über einen Monat krank war, erzählte uns jemand von diesem Guru. Er nennt sich Swami Rutuola und wohnt über dem Bestattungsinstitut in der River Street. Eines Abends kam er zu uns, und ich weiß nicht, wie er es anstellte, aber er hat Tony gesund gemacht.»

«Ist er ein heiliger Mann?»

«Das kann ich Ihnen wirklich nicht sagen. Ich weiß gar nichts über ihn. Ich weiß nicht einmal, was er getan hat, denn ich durfte das Zimmer nicht betreten. Aber er hat Tony in Ordnung gebracht. Der Junge ist jetzt wieder kerngesund. Er spielt Basketball und regelt den Verkehr bei Cocktailparties.

Ich muß ihn daran erinnern, daß die Lewellens am Freitag eine Party geben. Na, wollen wir gehen?»

Sie wanderten durch den Wald zurück, der Henker und sein Opfer. Nailles verstaute ihr Angelgerät im Kofferraum und öffnete dann die Tür für die alte Setterhündin, die ihnen treulich gefolgt war. «Spring rein, Tessie», sagte er, «spring rein, Mädchen!» Tessie winselte. Sie versuchte auf den Sitz zu springen, schaffte es aber nicht und fiel auf den Boden. «Armes altes Mädchen», sagte Nailles. Er hob sie auf, ein unhandliches Bündel mit hochragenden Beinen, und legte sie auf den Rücksitz.

«Warum tun Sie nicht etwas mit ihr?» fragte Hammer.

«Ach, ich habe ja schon alles getan», antwortete Nailles. «Fast alles, heißt das. Es gibt nämlich so ein Serum, ein Destillat von Novocain, das angeblich das Leben eines Hundes verlängert, aber jede Spritze kostet fünfzehn Dollar, und die Hunde müssen das Zeug einmal in der Woche bekommen.»

«Das habe ich nicht gemeint», sagte Hammer.

«Was denn sonst?»

«Warum erschießen Sie sie nicht?»

Die niederträchtige Gefühllosigkeit seines neuen Gefährten, die herzlose Roheit, die aus dem Vorschlag sprach, einen geliebten und vertrauensvollen alten Hund zu töten, rief in Nailles einen so rasenden und grenzenlosen Zorn hervor, daß er Hammer in diesem Augenblick hätte umbringen können.

Er erwiderte nichts, und sie fuhren nach Bullet zurück.

XVII Haben Sie jemals einen Mord begangen? Kennen Sie des Mörders erhabenes Gefühl, das rechte zu tun? Gewissenhafte Menschen leben wie die Bürger eines regenreichen Grenzlandes, vertraut mit einem Dutzend Nationalhymnen, die Pässe voller Visa, aber sie werden unfähig zu Liebe und Treue sein, wenn sie nicht das Gesetz brechen. Sind Sie jemals an einem Sommermorgen aufgewacht und haben plötzlich erkannt, daß dies der Tag ist, an dem Sie einen Menschen töten werden? Der Morgen kündet von unvergleichlicher Pracht. Man hebt ein Blatt auf, um einen Makel darauf zu finden, aber es ist keiner da. Der Farbton jedes Grashalms ist vollendet. Hammer mäht an diesem Tag seinen Rasen. Die Täuschung ist erregend. Seht, wie Mr. Hammer das Gras schneidet. Was für ein netter Mann muß Mr. Hammer sein!

Marietta war für das Wochenende nach Blenville gefahren. Hammer war bis mittags mit seinem Rasen beschäftigt. Dann genehmigte er sich einen Drink und fuhr zum Supermarkt. In der Abteilung für Selbstverteidigung kaufte er eine Dose Mace-Gas, das vorübergehend Blindheit verursacht, und einen Totschläger. Alles war bereit, alles bis auf das Benzin. Er schüttelte den Kanister, aus dem er den Rasenmäher mit Treibstoff versorgt hatte. Der Behälter war leer. Hammer ließ ihn füllen und setzte sich dann auf die Terrasse. Um drei Uhr kam der Postbote in seinem Wagen die Straße entlang und hielt bei den Briefkästen, die an jeder Zufahrt angebracht waren. Es gab keine Post für Hammer, aber aus sämtlichen anderen Häusern eilte jemand herbei – eine Köchin, eine Schwiegermutter, ein Invalide –, und alle öffneten ihre Kästen in einer Weise, die heimlich, intim, fast sexuell wirkte. Es war beinahe, als würde man sich die Hose aufknöpfen. Tastend suchten sie im Innern nach einem Bindeglied zu der stürmischen Welt: Rechnungen, Liebesbriefe, Schecks und Einladungen. Dann gingen sie ins Haus zurück. Es war ein wolkenloser Tag. Hammer hatte das Gefühl, die Vögel in den Bäumen sängen eine Gästeliste oder die Namen einer Anwaltsfirma. *Tichnor, Cabot, Ewing, Trilling, Swope*, zwitscherten sie. Er ging in den Anrichteraum und lächelte die Flaschen an. Das tat er dreimal, und bei seinem vierten Gang in die Anrichte goß er sich einen kräftigen Drink ein. Wenn er trank – so dachte er –, dann nicht um sich Mut zu machen oder zur Anregung, sondern um die Ekstase seiner Gesetzlosigkeit ertragen zu können. Er trank zuviel. Hammer gehörte nicht zu jenen Trinkern, die andauernd dasselbe reden, die torkeln und leichtsinnig Auto fahren, aber die Erregung seines Denkens war riskant. Als es dämmerte, wollte er unbedingt jemandem von seinen Plänen erzählen. Er brauchte einen Mitwisser.

Er entschied sich für den heiligen Mann über dem Beerdigungsinstitut, und zwar entschied er sich so spontan für ihn, daß er den Gedanken unbewußt wohl schon früher gefaßt hatte. Er fuhr zu den Slums, fand den Tempel des Lichts und hämmerte an der Tür. «Herein!» rief Rutuola. Er saß auf einem Stuhl, die rechte Hand über das schlimme Auge gedeckt.

«Sind Sie der heilige Mann?» fragte Hammer.

«Ach nein, ganz gewiß nicht. Ich habe nie behauptet, das zu sein. Sie müssen mich entschuldigen. Ich bin heute abend sehr müde.»

«Sie machen die Kranken gesund?»

«Manchmal, manchmal. Ich helfe mit Gebeten, aber heute abend bin ich so müde, daß ich nicht einmal mir selbst helfen kann. Hundertmal habe ich mir vorgesagt, daß ich um vier Uhr in einem Haus am Meer sitze und daß es regnet, aber ich weiß, daß es halb sechs ist und ich auf einem alten Stuhl über einem Beerdigungsinstitut sitze.»

«Erinnern Sie sich an Tony Nailles?»

«Ja.»

«Ich werde ihn töten», verkündete Hammer. «Ich werde ihn auf dem Altar der Christuskirche verbrennen.»

«Machen Sie, daß Sie rauskommen», sagte der Swami. «Verlassen Sie sofort den Tempel des Lichts.»

Die Gäste der Lewellens waren für halb acht eingeladen. Tommy Lewellen stand auf der Terrasse. Sein Ideal einer Party waren die vierundzwanzig Stunden, die er einmal in Westberlin mit drei Nutten vom Kurfürstendamm verlebt hatte. Das war eine Party gewesen! In Bullet Park lagen die Dinge anders, dachte er und sah zu, wie die Lohndiener in einem von Lampions beleuchteten Zelt die Tische deckten. Fünfzig Personen wurden erwartet. «Die Vereinigte Entwicklungsgesellschaft und Mr. und Mrs. Thomas Lewellen geben sich die Ehre...» Der Firmenname stand nur auf der Einladung, damit Lewellen die Ausgaben für die Party von der Steuer absetzen konnte. Wenn ihm das vom Finanzamt bewilligt wurde, kostete ihn der Abend nichts, und es sprang sogar noch ein Tausender heraus. Die finanziellen Manipulationen waren so ungefähr das einzige, was Lewellen an den Parties seiner Frau interessierte. Sie langweilten ihn manchmal so sehr, daß er durch all die aufwendige Eleganz hindurch auf die Rechnungen, die annullierten Schecks und sogar auf die Nägel im Fußboden zu blicken schien. Was gab es auszusetzen an freundlicher Unterhaltung und gut gekleideten Männern und Frauen, die sich Schinken und Huhn schmekken ließen? Nichts, nichts, überhaupt nichts, außer daß die Harmlosigkeit der Szene ärgerniserregend war. Niemand würde sich betrinken, niemand einen Streit vom Zaun brechen, höchstwahrscheinlich würde niemand einen verpaßt bekommen, es bestand kein Anlaß, ein Ereignis zu feiern, sich seiner zu erinnern oder es im voraus festlich zu begehen. Wenn diese Party an etwas grenzte, dann an Ungehörigkeit. Reine Herzensgüte, dachte Lewellen, könnte einen Mann dazu treiben, nur mit einem Suspensorium bekleidet seine Gäste zu begrüßen. Derbe und öffentliche Obszönitäten würden dem Abend seine Zeitlosigkeit nehmen und ihn eindringlich mit dem Tod verbinden. Die Diener stellten Blumenvasen auf. Die Blumen sahen zwar frisch aus, aber Lewellen vermutete, daß sie bereits am Nachmittag bei einem Hochzeitsempfang als Zimmerschmuck gedient hatten und nach einer Nacht im Kühlschrank in Greenwich, Connecticut, während eines Lunches, der zur Aufbringung von Geldmitteln dienen sollte, verwelken würden.

Die Energien der Veränderung waren Lewellen fast unbekannt; die Tatsache aber, daß die Szene, die jetzt beginnen sollte, sich ohne jede Veränderung abspielen würde, machte sie zu etwas Halbem, Nutzlosem, zu einem aus einer Zeitschrift ausgeschnittenen und an den Abendhimmel geklebten Bild, und was für ein elendes Ding war der Himmel, dachte Lewellen, eine langweilige blaue Fläche, auf der sich im Westen ein paar Gewitterwolken zusammenballten wie die Türme eines altmodischen Westside-Apartmenthotels, der letzten Bleibe ängstlicher ungarischer Witwen, die ihr schmutziges Geschirr im Flur abstellten. Wie langweilig war der Himmel! In der Ferne grollte Donner. Der Rhythmus des Donners, dachte Lewellen, war wie der Rhythmus eines gewaltigen Orgasmus. Er hatte das gern.

Von dem klaren Abendglanz im Nordosten hoben sich schwarze Rauchwolken ab, die aus dem Ghetto an den Flußufern aufstiegen. Der Wind wehte von Süden, und wären dort unten Schüsse gefallen, so hätte Lewellen sie unmöglich hören können.

Tony Nailles, der den Verkehr regeln sollte, kam mit einer Taschenlampe über den Rasen. «He, Tony», rief Lewellen, «möchtest du was trinken?» – «Ja, gern. Vielleicht ein Bier», sagte Tony. «Bier gibt's leider nicht», erwiderte Lewellen. «Wie wär's denn mit Gin und Tonic?» Als Tony zu einem der beiden Büfetts hinüberging, bog ein Wagen in die Einfahrt ein und hielt auf dem Rasen. Es waren die Wickwires, wie immer tadellos gekleidet und strahlend charmant. Er trug allerdings eine dunkle Brille und hatte ein Pflaster über dem einen Auge. «Was für ein himmlischer Einfall, ein Zelt aufzuschlagen», rief sie aus. Sie saß in einem Rollstuhl.

Nellie stand nackt im Badezimmer, als Nailles hereinkam, und er nahm sie in die Arme. «Wenn wir es tun wollen», meinte Nellie, «dann lieber gleich, bevor ich in die Wanne steige.» Gesagt, getan. Danach wurde es Zeit zum Ankleiden. Nellie hatte die Sachen ihres Mannes auf dem Bett zurechtgelegt. Nackt über ihnen stehend, fühlte Nailles einen heftigen Widerwillen, sich anzuziehen. Da er auf Grund seiner Erfahrung mit Zügen einiges über die geheimnisvollen Polaritäten gelernt hatte, die in ihm wirkten, fragte er sich, was geschehen würde, wenn sich aus seiner Abneigung gegen das Umkleiden eine Angstneurose entwickelte. Würde er dann sein restliches Leben damit verbringen, nackt im Schlafzimmer umherzutappen, während die arme Nellie versuchte, Freunden und Nachbarn seinen Zustand zu verheimlichen? Er schätzte nicht seine Nacktheit, sondern er verabscheute seinen Anzug, der, auf dem Bett ausgebreitet, Anspruch auf eine Korrektheit, eine Gleichförmigkeit zu erheben schien, die Nailles abstießen, weil sie seiner Natur widersprachen. Wollte er auf der Party ein Feigenblatt tragen, ein Tigerfell oder gar nichts? Ja, etwas in dieser Art.

Nailles dachte an seine Mutter. Er hatte sie am Dienstagabend besucht. «Geht's dir schon besser, Mutter?» hatte er gefragt. «Möchtest du, daß Tony dich besucht? Kann ich etwas für dich tun?» Sie hatte seit fast einem Monat nicht mehr gesprochen. Plötzlich hörte er ein Lied. Es ertönte tief in ihm, tiefer noch als die Erinnerung:

«Das Mägdlein saß singend am Feigenbaum früh,
singt Weide, grüne Weide!
Die Hand auf dem Busen, das Haupt auf dem Knie,
singt Weide, Weide, Weide.»

Als Nailles endlich angekleidet war, begann er seine Brieftasche zu suchen. Sie mußte in der Brusttasche des Anzugs sein, den er nachmittags getragen hatte. Er griff in die Tasche und fand sie leer. Die leere Tasche erschien ihm wie ein geheimnisvolles böses Omen; es war, als habe er schwerwiegende Fragen über Leid und Tod gestellt und die Auskunft erhalten, darauf gebe es keine Antwort. «Ich kam ins Haus», rekapitulierte er laut, «und ich nahm mir einen Drink, und dann ging ich nach oben, zog mich aus und duschte, also muß sie irgendwo im Schlafzimmer sein.» Wahrscheinlich hatte er die Brieftasche auf irgendeine Fläche im Schlafzimmer gelegt und er betrachtete sie jetzt alle genau – den Toilettentisch, die Kommode und so weiter. Die Tasche war nicht da. Obgleich er sicher war, daß er keines der anderen Schlafzimmer betreten hatte, suchte er auch dort. Er hörte Nellies Schritte auf dem Korridor. «Ich habe meine Brieftasche verloren», rief er. «Ach herrje», sagte Nellie. Sie wußte, daß er seine Brieftasche an diesem Abend nicht brauchte, aber sie wußte auch, daß er nicht ohne sie zu der Party gehen würde. Der Verlust irgendeines Gegenstandes war für beide Eheleute katastrophal, als gründe sich ihr Leben auf einen Unterbau von Talismanen. «Ich kam ins Haus», rekapitulierte Nailles noch einmal, «und ich nahm mir einen Drink, und dann ging ich nach oben, zog mich aus und duschte, also muß sie hier irgendwo sein.»

Die nächste halbe Stunde oder länger waren sie bald im Obergeschoß, bald im Erdgeschoß, liefen ins Wohnzimmer und wieder hinaus, zogen unbenutzte Schubladen mit Sammlungen von Weihnachtsbändern auf, tasteten unter Sesseln, hoben Zeitungen und Zeitschriften hoch, schüttelten Kissen aus und griffen unter Polster. Ihre Gesichter ließen den Schluß zu, sie hätten ihren Gral, ihr Kreuz, ihren Anker verloren. Warum konnte Nailles nicht ohne Brieftasche zu der Party gehen? Er konnte es nicht. «Ich kam ins Haus», wiederholte er, «und nahm mir einen Drink, und dann ging ich nach oben, zog mich aus und duschte.» – «Ach, da ist sie ja!» rief Nellie. Ihre Stimme war engelsrein, befreit von den irdischen Banden der Schwere und Mühsal. «Sie lag im Anrichteraum unter dem Protokoll eurer letzten Sitzung. Wahrscheinlich hast du sie dort hingelegt, als du dir den Drink einschenktest.» – «Danke, mein Schatz, vielen Dank», sagte Nailles zu seiner Erlöserin. Nun konnten sie aufbrechen. Donner grollte, und dieses Geräusch erinnerte Nailles von neuem daran, was für ein Gefühl es gewesen war, jung und unbeschwert zu sein. «Weißt du, ich war schrecklich glücklich in jenem Sommer, als ich Bergwanderungen in Tirol machte», sagte er. «Ich war auf dem Wilden Kaiser und auf dem Pengelstein. In Tirol läuten bei einem Gewitter alle Kirchenglocken. Das ganze Tal hinauf und hinunter. Es ist sehr aufregend. Ich weiß gar nicht, warum ich dir das alles erzähle. Vielleicht weil es gerade donnert.»

Eliot und Nellie erschienen um Viertel vor acht auf der Party. Zehn Minuten später parkte Hammer seinen Wagen unmittelbar an der Einfahrt. Er war stockbetrunken und trug einen ganz und gar nicht festlichen Pullover. Tony rief ihm zu: «Bitte fahren Sie Ihren Wagen herauf! Es ist reichlich Platz auf dem Rasen. Bitte fahren Sie Ihren Wagen herauf!» Als Hammer sich nicht rührte, lief Tony zu ihm hinunter. «Bitte stellen Sie Ihren Wagen oben ab», sagte er. «Es ist noch viel Platz auf dem Rasen.»

«Ich muß bald wieder fort», entgegnete Hammer, «und ich dachte, wenn ich hier parkte, käme ich leichter raus.»

«Ach, da haben Sie bestimmt keine Schwierigkeiten», versicherte Tony. «Es werden nur dreißig Wagen erwartet.»

«Gut», sagte Hammer, «dann steigen Sie ein. Ich fahre Sie den Hügel hinauf.»

Sobald Tony in den Wagen geschlüpft war, sprühte ihm Hammer das Mace-Gas in die Augen. Tony stieß einen lauten, heiseren Schmerzensschrei aus und fiel nach vorn, mit dem Kopf auf das Armaturenbrett. Hammer versetzte ihm einen tückischen, mörderischen Hieb mit dem Totschläger. Dann fuhr er los.

Die nahe gelegene Kirche war wie gewöhnlich zur stillen

Andacht geöffnet. Hammer hatte mehr Glück, als er wußte. Erst zehn Minuten zuvor war Miss Templeton fortgegangen, nachdem sie den Altar mit Rosen geschmückt hatte. Er schleifte Tony in die Vorhalle und ging dann zu seinem Wagen zurück, um das Benzin zu holen. Dann schloß er die Tür zur Vorhalle ab; außer der Tür des Vestariums war diese die einzige, die in die Kirche führte. Nur die Ewige Lampe brannte, und bei diesem schwachen Schein zerrte er Tony das Seitenschiff entlang zum Altar. Er fand den Schalter für die Altarbeleuchtung. Gerade wollte er das Benzin über Tony gießen, da fiel ihm ein, daß er zuerst eine Zigarette rauchen könnte. Obgleich er müde und erschöpft war, mußte er lachen, als er sah, wie geschickt das Lamm Gottes auf dem Altar seinen Huf um das hölzerne Banner der Christenheit krümmte. Plötzlich hörte er ein Geräusch in der Kirchenvorhalle. Er glaubte, das Herz werde ihm zerspringen, bis er merkte, daß es nichts war. Es hatte zu regnen angefangen. Das war alles.

Als Rutuola bei den Lewellens aus einem Taxi stieg, vertrat ihm der Butler den Weg. «Wenn es sich um eine Lieferung handelt, müssen Sie den Hintereingang benutzen.»

«Ich muß Mr. Nailles sprechen», sagte der Swami.

«Hier können Sie nicht herein.»

«Mr. Nailles, Mr. Nailles!» schrie Rutuola. «Bitte, Mr. Nailles, kommen Sie schnell!»

Nailles, der an einem der Büfetts stand, hörte seinen Namen rufen und verließ das Zelt. «Gehen Sie zur Christuskirche», sagte Rutuola. «Stellen Sie mir keine Fragen. Gehen Sie sofort zur Christuskirche.»

Der Ton, in dem Rutuola sprach, ließ erkennen, daß Tony in Gefahr war. Trotzdem ging Nailles ohne Hast zu seinem Wagen und überstürzte auch sonst nichts. Seine Lippen waren geschwollen. Seine Nerven waren ungewöhnlich ruhig. Einige Wagen, die vom Bahnhof kamen, wo der Spätzug soeben eingetroffen war, zwangen ihn zu langsamer Fahrt, aber er nahm nicht das Risiko eines Überholversuchs auf sich. Als er an der Kirche war, erkannte er Hammers Wagen. In gewisser Weise hatte er das erwartet. Er hämmerte an die verschlossene Tür.

«Wer ist da?» fragte Hammer.

«Nailles.»

«Sie können nicht herein. Ich habe alle Türen abgesperrt.»

«Was tun Sie? Was wollen Sie tun?»

«Ich werde Tony töten.»

Nailles ging zum Wagen zurück. In seinen Ohren war ein lautes, quälendes Klingen, das ein Teil seiner Zielstrebigkeit zu sein schien. Er hatte weder Angst, noch war er verwirrt. Er fuhr geradewegs in die Chestnut Lane, holte die Motorsäge aus dem Keller und kehrte zur Kirche zurück.

«Hammer?»

«Ja.»

«Ist Tony wohlauf?»

«Im Augenblick ja, aber ich werde ihn töten. Ich will nur noch diese Zigarette fertig rauchen.»

Nailles setzte den Fuß auf das Gestell der Säge und zog kräftig am Anlasserriemen. Die Zylinder machten ein ratterndes Geräusch, und dann, als die Transmission sich einschaltete, begann die Säge ihr Kreischen. Die Spitzbogentür war in Felder eingeteilt, und die Zwischenrahmen bestanden aus dünnem Holz, das unter den Zähnen des Sägeblattes zersplitterte. Nailles machte einen diagonalen Schnitt und brach die Tür mühelos mit den Schultern auf. Hammer saß weinend in einer der vorderen Stuhlreihen. Der rote Benzinkanister stand neben ihm. Nailles hob seinen Sohn vom Altar und trug ihn hinaus in den Regen. Es goß wie aus Kannen. Wassermassen schienen in das Licht zu strömen. Der Regen fiel mit solcher Wucht, daß er die Blätter von den Bäumen streifte. Die Luft roch wie Schlagwasser. Der kalte Regen brachte Tony zu sich. «Daddy», murmelte er, «Daddy, wer war der Mann in dem Pullover? Was wollte er?»

«Bist du verletzt? Ich meine, bist du ernstlich verletzt? Soll ich dich ins Krankenhaus bringen?»

«Nein, ich bin ganz in Ordnung. Ich habe Kopfschmerzen, und die Augen tun mir weh, aber ich möchte lieber nach Hause.»

Die Zeitungen berichteten über den Vorfall. «Motorsäge verhindert seltsamen Mord. Eliot Nailles aus der Chestnut Lane in Bullet Park, New York, drang gestern abend mit Hilfe einer Motorsäge in die verschlossene Christuskirche ein, und es gelang ihm, seinen Sohn Anthony zu retten. Paul Hammer, ebenfalls aus Bullet Park, bekannte sich des versuchten Mordes schuldig und wurde in das staatliche Krankenhaus für geisteskranke Kriminelle eingeliefert. Hammer gestand, daß er Anthony Nailles von einer Dinnerparty entführt hatte, die Mr. und Mrs. Thomas Lewellen in ihrem Haus am Marlborough Circle gaben. Er trug den jungen Mann in die Kirche, um ihn auf dem Altar zu opfern. Wie er erklärte, wollte er mit dieser Tat die Welt aufrütteln.»

Am Montag ging Tony wieder zur Schule, und Nailles – im Drogenrausch – fuhr zur Arbeit, und alles war so herrlich, herrlich, herrlich, herrlich, wie es gewesen war.